문학 속의
자득 철학

2

문학끼리
철학 논란

문학 속의
자득 철학
2

문학끼리
철학 논란

조동일

보고사
BOGOSA

머리말

문학과 철학은 말을 이용해 생각을 창조하는 작업을 함께 한다. 원래 하나였다가 둘로 갈라졌다. 그 뒤에 철학은 문학을 배제해 독자적인 영역을 분명하게 하려고 한다. 문학은 배신을 원망하지 않고 자기 나름대로 철학을 키운다.

철학은 추상적인 개념으로 명확한 논리를 전개한다. 이것은 무척 힘든 작업이므로 전례를 잘 알아야 한다면서, 철학 알기를 철학으로 여기도록 한다. 더 나아가고자 하면, 권위를 자랑하는 선생을 받들고 따르는 依樣 철학을 하는 것이 예사이다. 그 때문에 창조력이 고갈된다.

문학은 이와 다르다. 문학알기의 과정을 조금만 거치고, 문학하기로 바로 나아간다. 누구나 스스로 할 수 있는 문학창작에서 의양이 아닌 自得 철학이 자라난다. 이것을 찾아내 키우면 철학이 달라진다. 힘든 작업이 쉬워지고, 고갈된 창조력이 되살아난다.

이 작업을 《문학 속의 자득 철학》 3부작을 써서 한다. 세 책은 광석의 발견·채굴·제련에 견줄 수 있다. 제1권 《문학에서 철학 읽기》는 발견이다. 제2권 《문학끼리 철학 논란》은 채굴이다. 제3권 《문학으로 철학하기》는 제련이다.

발견을 잘하려면, 어디든지 돌아다니며 탐색의 범위를 아주 넓혀야 한다. 채굴 작업은 긴요한 곳들을 정확하게 확인하고 깊이 파고 들어가, 시행착오를 줄이고 노력의 낭비가 없게 해야 한다. 제련은 불필요한 것들은 제거하고, 순도를 최대한 높이는 결과를 얻어야 한다.

이 책은 제2권 《문학끼리 철학 논란》이다. 제1권이 미완성인 결함을 방법을 바꾸어 시정한다. 철학의 쟁점을 둘러싸고 문학끼리 벌이는 논란이 치열한 곳들을 정확하게 확인하고 깊이 파고 들어간다.

시행착오를 줄이고 노력의 낭비가 없는 작업을 하려고, 서정시만 다루고 논의를 짧게 한다. 동서고금을 헤매고 다니며 해독 가능한 작품 가운데 공동의 문제를 두고 치열한 논란을 하는 것들을 찾아, 한 자리에 놓고 고찰한다. 문학이 철학인 것을 논란을 고찰하면서 더욱 분명하게 한다.

배열 순서를 말하면, 계절, 봄, 가을, 더위와 추위, 씨앗, 꽃, 물, 바람과 구름, 해·달·별, 시간, 넓이, 고향, 죽음, 종소리, 역사이다. 더욱 열띤 논란, 한층 심각한 철학을 찾아나간다. 출전을 밝히고 사실을 고증하는 등의 번다한 작업은 생략하고, 알맹이만 내놓는다.

차례

문학 속의 자득 철학

문학끼리 철학 논란

계절 노래

1

계절의 순환은 기본이 되는 자연현상이다. 계절은 봄·여름·가을·겨울 가운데 어느 하나를 들어 말하는 것이 예사이며, 그런 작품이 무척 많다.

네 계절의 순환을 말하는 노래는 드물다. 각론은 전대하기 쉽고, 총론을 갖추기는 어렵기 때문이다. 계절 총론 노래는 심사숙고의 결과이므로 특히 존중해야 한다. 찾아내는 범위를 넓혀 거시적인 비교고찰을 하면, 자연과 인간의 기본적인 관계를 알아낼 수 있다.

네 계절에 관한 총론을 갖추는 노래는 높이 올라가 멀리 내다보는 시야를 열어준다. 문학으로 철학을 이룩한 성과를 보여준다. 창작과 연구, 연구와 창작이 하나라고 말해준다.

2

金得研의 시조
봄에는 꽃이 피고 여름에는 녹음이 난다.
금수 추산에 밝은 달이 더욱 좋다.
하물며 백설창송이야 일러 무삼 하리오.

김득연은 한국 조선시대의 시조시인이다. 시간의 흐름에 대해 이렇게 말했다. 계절의 진행은 당연하다고 여기고 늦추거나 되돌리려고 하지 않아야 한다고 했다. 시간의 흐름을 그 자체로 관찰하는 데 그치지 않고, 인생과 관련시켰다.

시간이 간다고 서러워하지 말고, 오는 시간을 반갑게 맞이하면 된다고 했다. 봄, 여름, 가을, 겨울, 네 계절이 닥쳐오는 것이 모두 좋다고 했다. "봄에는 꽃이 피고 여름에는 녹음이 난다"고만 하고, 가을에는 "錦繡 秋山"에 달이 밝다고 해서 말을 더 많이 했다.

"白雪蒼松이야 일러 무삼 하리오"라고 해서 겨울이 가장 좋은 계절이라고 했다. 이것은 자연이 저절로 그렇다는 것은 아니다. 결단을 내리고 분발해, 좋고 나쁜 것을 뒤바꾸었다. 슬기롭게 사는 것이 어렵지 않게 했다.

내 바깥의 것들이 불만스럽게 달라진다고 나무라지 말아야 한다. 나도 함께 달라져 피차의 간극 없어지면, 불만이 불만이 아닌 것으로 된다. 어떤 변화든지 환영하겠다고 작심하면, 내 삶에 기쁨이 넘친다.

3

Claude Roy, "Une histoire à suivre"

Après tout ce blanc vient le vert,
Le printemps vient après l'hiver.
Après le grand froid le soleil,
Après la neige vient le nid,
Après le noir vient le réveil,
L'histoire n'est jamais finie.

Après tout ce blanc vient le vert,
Le printemps vient après l'hiver,
Et après la pluie le beau temps.

클로드 롸, 〈이어지는 이야기〉

이 심한 백색 다음에는 녹색이 온다.
겨울 다음에는 봄이 온다.
큰 추위 다음에는 태양이 온다.
눈 다음에는 안식처가 마련된다.
흑색 다음에는 각성이 찾아온다.
역사는 중단되지 않는다.
이 심한 백색 다음에는 녹색이 온다.
겨울 다음에는 봄이 온다.
비 다음에는 좋은 날씨가 온다.

롸는 불국 현대시인이다. 계절의 변화가 중단 없이 이어지는 이야기라고 하면서, 겨울 다음에는 봄이 온다고, 백색 다음에는 녹색이 온다고 되풀이해 말했다. 한쪽으로 지나치게 나가면 반대로 돌아선다는 物極必反, 또는 괴로움이 다하면 달콤함이 온다는 苦盡甘來의 원리를 알아차리게 한다. 이렇게 해서 역사는 중단되지 않는다고 했다.

4

Jean-Pierre Siméon, "Saisons"

Si je dis
Les corbeaux font la ronde

Au dessus du silence
Tu me dis c'est l'hiver.

Si je dis
Les rivières se font blanches
En descendant chez nous
Tu me dis le printemps.

Si je dis
Les arbres ont poussé
Leurs millions de soleils
Tu me dis c'est l'été.

Si je dis
Les fontaines sont rousses
Et les chemins profonds
Tu me diras l'automne.

Mais si je dis
Le bonheur est à tous
Et tous sont heureux
Quelle saison diras-tu
Quelle saison des hommes ?

장-피애르 시메옹, 〈계절들〉

내가 너에게
까마귀들이 침묵 위에서
동그라미를 그린다고 하면,
너는 내게 겨울이라고 말하리라.

내가 너에게

강이 백색을 띠면서
우리 쪽으로 내려온다고 하면,
너는 내게 봄이라고 말하리라.

내가 너에게
나무들이 몇 백만의 태양을
뻗고 있다고 하면,
너는 내게 여름이라고 말하리라.

내가 너에게
샘은 다갈색으로 변하고
길이 깊어진다고 하면,
너는 내게 가을이라고 말하리라.

그러나 내가 너에게
행복이 누구에게든지 이르러
모두 행복하다고 하면,
너는 어느 계절이라고 말하겠나,
인생의 어느 계절이라고?

시메옹은 불국 현대시인이다. 계절의 변화를 "너"라고 한 사람과 함께 다정스럽게 확인하니 행복하다. 행복에 대한 소망이 더 커져서 누구나 행복을 누리는 계절은 어느 계절인지, 인생의 어느 시기인지 물었다.

자연과 인생은 변화 과정이 다르지 않고 같은가? 자연의 계절이 바뀌는 것을 보고 인생의 단계가 달라지는 것을 알아차려야 하는가? 이 말은 맞는가, 틀렸는가? 어느 한쪽만이 아니다. 맞으면서 틀렸다고 해야 한다.

인생에서도 자연처럼 변화가 차례대로 일어나고, 건너뛰지도 생략하지도 못하니, 이 말은 맞다. 인생에서는 겨울이 끝나면 다시 봄이 오는 것은 아니므로, 이 말은 틀렸다. 인생의 겨울이 깊어져도 마음에서는 봄이 오게 할 수 있으니, 이 말은 틀리지 않고 맞다고 인정된다.

5

Lin Nane, "Season of the Heart"

Snow has vanished, ice thawed.
It's the season birds begin to sing.
Something inside of me is flawed
I feel cold in the budding of Spring.

Hot Summer days stretch into night,
the only time I allow myself to cry.
Nothing in my world feels right.
I still feel the chill of our goodbye.

Autumn leaves turn red and gold.
It's the season in which we wed.
We once vowed to have and hold,
but I sleep alone in this empty bed.

Loneliness is etched in Winter's frost.
My insides are cold, frigid, and bare.
It's the time of year hope seems lost.
My heart is frozen far beyond repair.

Glacial mountains have arisen.

I am helpless to scale their height.
No escape from within a prism
Whose colors are no longer bright.

If I could give name to a fifth season,
in which love could have a new start,
forgiveness would be the best reason
for selecting it the season of the heart.

린 낸, 〈마음의 계절〉

눈이 없어지고, 얼음은 녹았구나.
새들이 노래하기 시작하는 계절이다.
내 마음 속에는 무언가 결핍되어,
싹 트는 봄에 추위를 느낀다.

더운 여름날이 밤까지 뻗치는 때에
나는 내게 울어도 된다고 허락한다.
내 삶에 올바른 것이라고는 없고,
나는 아직 우리 작별의 한기를 느낀다.

가을 잎이 적색과 금색으로 변하는
이 계절에 우리는 결혼을 하고,
둘이 함께 손잡고 있자고 맹세했다.
그런데 나는 빈 침대에서 혼자 잔다.

겨울에 서리가 내리면 더욱 외롭다.
내 속은 차갑고, 냉랭하고, 벌거벗었다.
이 계절에는 희망이 사라지는 듯하다.
내 가슴은 냉동되어 회복 불가능하다.

얼어붙은 여러 산이 벌떡 일어났다.
그 모습이 너무 우람해 어쩔 줄 모른다.
무지개 색깔에서 벗어날 길이 없고,
색깔이 계속 밝지 못하고 흐려진다.

다섯 번째 계절을 이름 지을 수 있다면,
사랑이 새로운 출발을 할 수 있다면.
용서하는 것이 가장 큰 이유가 되어,
마음의 계절을 선택할 수 있을 것인가.

  낸은 미국 현대 여성시인이다. 이 시에서 계절의 변화를 차례대로 묘사하면서, 자기 심정은 그것과 상반된다고 했다. 봄·여름·가을·겨울이 모두 그 나름대로 좋지만, 자기는 이별당한 처지여서 언제나 외롭고 괴롭다고 했다.

  네 계절을 다 말한 데다 덧붙여, 극도에 이른 겨울 추위, 극지의 빙하 같은 데 감금된 느낌이라고 했다. 절망이 지나치면 희망으로 전환되어 사랑이 다시 시작될 수 있는가 하고 말했다.

  실제로 가능하지 않더라도, 희망을 가지고 노력하는 것은 훌륭하다. 노력이 긴장을 조성하고 충만감을 가져와, 희망이 이루어지는 것 이상의 소득이 있다. 희망이 이루어지면 오히려 허탈해진다.

  미완이 완성보다 더 소중하다. 미완은 알차고, 완성은 쭉정이가 되고 만다. 미완이 등산이라면, 완성은 하산이라고 할 수 있다. 산에 오르려고 가지, 내려가려고 가는 것은 아니다. 등산가를 보고 하산가라고 하면, 명예훼손이다.

  이 책을 쓰는 즐거움도 출간하면 사라진다. 독자가 누리는 읽는 즐거움에 저자는 동참하지 못한다. 다행히 질문이나 반론이 있어

토론의 즐거움을 누리기를 기대한다.

6

위의 네 노래는 계절의 순환을 총괄해 말한 공통점과 함께 주목할 만한 차이점도 있다. 먼저 정리해 표를 만들고 다음에 설명한다.

김득연	내면순환	物我對等
롸	외면순환	物物對等
시메옹	순환확대	我我對等
낸	순환축소	物我差等

내면순환은 계절의 순환이 마음속에 들어와 있다는 것이다. 물아대등은 계절의 순환과 사람의 마음이 서로 대등한 것을 말한다. 외면순환은 계절의 순환 자체를 말하는 것이다. 물물대등은 네 계절 봄·여름·가을·겨울이 서로 대등한 것을 말한다.

순환확대는 계절의 순환의 의의가, 두 자아가 대화하면서 함께 확인해 확대된다는 말이다. 그래서 둘이 아아대등의 관계를 가진다. 순환축소는 순환이 계절에만 있고 자기에게는 없어, 그 영역이 축소된다는 말이다. 그래서 계절이 정상인 것은 돋보이고, 자기는 비정상이어서 부끄러운 물아차등이 생긴다고 한다.

이 넷에 모든 가능성이 집약되어 있다. 넷으로 구분되는 것이 필연이다. 질서정연한 체계를 발견한 것이 자랑스러운 연구 성과이다. 이것을 다시 창작으로 가져갈 수 있을까? 창 체계를 넘어서면서 보이지 않게 간직해야 하니, 연구보다 어렵다.

봄 노래

1

계절 노래 각론도 돌아보기는 해야 한다. 네 계절 노래를 다 들 것은 없다. 봄 노래와 가을 노래는 특히 많아 천지에 차고 넘치며, 저마다의 사연이 무척 다채로워 찾아가 살피기로 한다. 좋은 말을 다투어 한 동서고금 시인들과 깊이 소통하는 벗이 되면, 마음이 넓고 뜻이 깊어진다.

2

孟浩然, 〈春曉〉

春眠不覺曉
處處聞啼鳥
夜來風雨聲
花落知多少

맹호연, 〈봄 새벽〉

봄잠이 새벽을 깨닫지 못하는데,
곳곳에서 새 우는 소리 들린다.
밤 내내 비바람 소리였으니

꽃 떨어진 것을 얼마나 되나?

맹호연은 중국 당나라 시인이다. 봄날 새벽을 맞이하는 느낌을 이 시에서 나타냈다. 봄잠이 노곤해서 새벽이 된 것을 깨닫지 못하다가 곳곳에서 새 우는 소리가 들린다고 했다. "곳곳"을 뜻하는 원문 "處處"는 "처처"라는 발음으로 새 소리를 나타낸다. 밤 내내 비바람 소리가 들리던 것을 생각해내고, 꽃이 얼마나 떨어졌는지 알 수 없다고 했다. 염려가 된다는 것을 말하지 않고 알렸다. 산뜻한 느낌을 주는 짧은 시이다.

자연도 인생도 복잡하게 얽혀 있다고 하면, 말은 맞지만 맥이 빠진다. 복잡한 얽힘에 휘말려 헤어나지 못할 염려가 있기 때문이다. 간략하게 휘어잡아 단호하게 드러내면, 무엇이든 나와 대등하다. 엄청나게 많을 뿐만 아니라 얽히고설킴이 이루 말할 수 없이 괴이한 정체불명의 괴물을, 연기라는 말 한마디로 가볍게 잡은 부처님의 지혜를 누구나 갖추고 있다.

南九萬의 시조

동창이 밝았느냐, 노고지리 우지진다.
소치는 아이놈은 상기 아니 일었느냐.
재 너머 사래 긴 밭을 언제 갈려 하느냐.

남구만은 한국 조선시대에 영의정의 지위에까지 오른 이름난 문신인데, 이 시조에서 봄날 새벽의 신선한 느낌을 위에서 든 맹호연의 시와 흡사하게 나타냈다. "동창이 밝았느냐"라고 하면서 잠을 깨서 동창을 바라보았다. "노고지리 우지진다"는 맹호연이 "곳곳에서

새 우는 소리 들린다"고 한 것과 같다. 두 시에서 모두 봄날 새벽은
새 소리가 함께 시작된다고 했다.

　그런데 여기서는 비바람이 쳐서 꽃이 떨어지지 않았는가 하고 염
려하지 않고, 소치는 아이가 일을 시작해야 한다고, 밭을 갈아야
한다고 생각했다. 서술자는 아직 자리에서 일어나지 않았어도 "동
창"에서 "재 너머 사래 긴 밭"까지 의식이 확대되는 과정을 한 단계씩
아주 생동하게 보여주었다. 자고 있는 사람을 깨워 생기를 얻어 일
하게 한다고, 한 해의 시작인 봄, 하루의 시작인 새벽을 예찬했다.

　시작은 위대하다. 모든 가능성이 있어 위대하다. 봄이 한 해의
시작이라고 말해, 시작이 위대한 것을 입증한다. 이와 함께, 봄이
제시하는 모든 가능성이 헛되게 하지 않겠다고 다짐한다. 봄만 봄
이 아니다. 이렇게 작심하면 어느 때나 봄이다. 추위가 절정에 이르
렀어도 봄일 수 있다.

3

Théodore de Banville, "Le printemps"

Te voilà, rire du Printemps !
Les thyrses des lilas fleurissent.
Les amantes qui te chérissent
Délivrent leurs cheveux flottants.

Sous les rayons d'or éclatants
Les anciens lierres se flétrissent.
Te voilà, rire du Printemps !
Les thyrses de lilas fleurissent.

Couchons-nous au bord des étangs,
Que nos maux amers se guérissent !
Mille espoirs fabuleux nourrissent
Nos coeurs gonflés et palpitants.
Te voilà, rire du Printemps !

방빌, 〈봄〉
너 보아라, 봄의 미소!
라일락 꽃송이 피었네.
너를 사랑하는 연인들은
머리카락을 풀어 흩날린다.

금빛으로 반짝이는 광선 아래
오래 된 송악은 시들었지만,
너 보아라, 봄의 미소 !
라일락 꽃송이 피었네.

못가에 몸을 눕히고,
괴로운 악행을 치유하자 !
동화 같은 희망 천 가지가 생겨나
우리 가슴이 부풀어 뛴다.
너 보아라, 봄의 미소 !

　방빌은 불국 근대시인이다. 이 시에서 봄이 온 즐거움을 선명하
게 그려냈다. 제1연에서 "머리카락을 풀어 흩날린다"고 한 것이 깊
은 인상을 남기는 환희의 표현이다. 제2연에서는 봄이 온 것은 신구
의 교체라고 했다. 제3행에서는 "괴로운 악행" 때문에 고민하다가
시들지 말고, 못가에 누워 봄빛을 받으면 동화 같은 희망으로 "가슴

이 부풀어 뛴다"고 했다.

봄은 압도적인 위력을 가지고 시인을 지배해, 전적으로 복종하게 한다. 다른 말은 하지 말고 찬사만 바치게 한다. 폭군의 만행 같은 짓이 반대의 평가를 받으니 놀랍다. 정신을 차리려고, 한용운이 시 〈복종〉을 다시 읽어본다.

"남들은 자유를 사랑한다지마는, 나는 복종을 좋아하여요. 자유를 모르는 것은 아니지만, 당신에게는 복종만 하고 싶어요. 복종하고 싶은데 복종하는 것은 아름다운 자유보다도 달콤합니다. 그것이 나의 행복입니다." 이것이 무슨 말인지 이제 알겠다. 복종이 행복이기만 하게 하는 대상이 자연에는 있다.

Heinrich Heine, "Im wunderschönen Monat Mai"

Im wunderschönen Monat Mai,
Als alle Knospen sprangen,
Da ist in meinem Herzen
Die Liebe aufgegangen.

Im wunderschönen Monat Mai,
Als alle Vögel sangen,
Da hab ich ihr gestanden
Mein Sehnen und Verlangen.

하이네, 〈놀랍게 아름다운 달 오월에〉

놀랍게 아름다운 오월에
모든 꽃봉오리가 피어나니,
보아라 내 가슴에는
사랑이 솟아올랐네.

놀랍게 아름다운 오월에
모든 새가 노래를 부르자,
그래서 나는 고백했네,
내 그리움과 갈망을.

하이네는 독일 낭만주의 시인이다. 위의 두 작품 오언절구나 시
조와 맞먹는 짧은 시에서 봄이 무르녹은 오월을 예찬했다. 모든 꽃
이 피고, 모든 새가 우니 자기 가슴에 사랑의 꽃이 피어, 그리움과
갈망을 고백한다고 했다.

아름다움이 절정에 이른 계절이 벅찬 감흥을 가져다주어, 인생의
꽃인 사랑이 활짝 피었다고 했다. 우리 옛 시인 丁克仁은 〈賞春曲〉
에서 "物我一體어늘 興인들 다를손가"라고 한 말을 다시 하면서, 독
일의 하이네는 興을 愛로 바꾸어놓았다. 東西·老少의 거리에서 생
긴 興과 愛의 차이가 있어도, 기쁨의 순수한 성분은 꼭 같다.

4

이장희, 〈봄은 고양이로다〉
꽃가루와 같이 부드러운 고양이의 털에
고운 봄의 香氣가 어리우도다.

금방울과 같이 호동그란 고양이의 눈에
미친 봄의 불길이 흐르도다.

고요히 다물은 고양이의 입술에
포근한 봄 졸음이 떠돌아라.

날카롭게 쭉 뻗은 고양이의 수염에
푸른 봄의 生氣가 뛰놀아라.

이 시는 상투적인 봄타령에서 벗어났다. 봄의 모습을 고양이에게
서 찾는 비상한 관찰을 했다. 봄은 香氣·불길·졸음·生氣의 계절이
라고, 이 모두를 고양이가 잘 보여준다고 했다. 지금까지 누구도
생각할 수 없던 노래를 지어 충격을 준다.

그 능력을 봄에서 얻었다. 어디든지 오는 봄이 누구에게나 주는
능력을 가까이 있는 고양이의 모습에서 이 시인이 발견하고 전폭적
으로 받아들여, 일상적인 무관심을 날카롭게 파괴했다. 둔감하게
지내고 있는 우리 모두 놀라 깨어나게 했다.

윤동재, 〈봄나물〉

옆집 안덕 할매
밥부재에
봄나물 가득 뜯어
우리 집부터 먼저 들러
밥부재 풀어
봄나물을 듬뿍 준다

그러면서 며칠째 몸살 기운으로
누워 계시는
우리 할매한테
할마씨야 이거 묵고
어서어서 기운 차려
같이 나물 뜯으러 가자 한다

우리 할매 겨우 일어나서
안덕 할매가 주신 봄나물을 보시더니
오늘은 깊은 산에 갔제 한다
맛 좋은 건달래 빛 좋은 밤나물
다 깊은 산에서 나는 건데
건달래 밤나물 나한테 다 주면 우짜노 한다

안덕 할매 별소리 다 한다며
밥부재에 내 묵을 거 안죽도 많다
많이 묵고 어서어서 기운 차리라 한다
기운 차려 나하고 같이
쑥 미역취 수리취 다래몽두리 건달래 밤나물 같이 뜯고
원추리 고들빼기 잔대 같이 캐자 한다

이 시는 시인이 나고 자란 곳인 경상도 산골 말로 썼다. "밥부재"
는 "보자기"이다. 이 말 한마디만 들어도 어린 시절로 돌아갈 수 있
게 한다. 시인은 갖가지 산나물 이름까지 잘도 알아, 산골 할매 이야
기를 할 자격이 있다.

옆집 할매는 시인이다. 동심의 동산에서 봄나물처럼 향긋한 시를
지어 이웃에게 갖다 준다. 이웃은 앓아누워 있는데, 살기 어려워
마음이 메말랐기 때문일 것이다. 그런 이웃이 시인을 알아본다. 가
져다준 건달래나 밤나물 같은 시는 동심 깊숙한 곳에서나 얻을 수
있는 것도 안다. 병을 떨치고 일어나 원기를 되찾을 희망이 있다.
둘이 동행하면, 쑥, 미역취, 수리취, 다래몽두리, 원추리, 고들빼
기, 잔대 등의 더 많고 한층 빛나는 시를 캘 수 있으리라고 말해도
된다.

이것은 전연 시답지 않은 시여서 진정한 시이다. 시에서는 다루지 않은 생활을 말해, 봄이 어떤 계절인지 알려주었다. 진정한 시인은 무엇을 해야 하는가 밝혔다.

5

신동엽, 〈봄은〉
봄은
남해에서도 북녘에서도
오지 않는다.

너그럽고
빛나는
봄의 그 눈짓은
제주에서 두만까지
우리가 디딘
아름다운 논밭에서 움튼다.

겨울은,
바다와 대륙 밖에서
그 매운 눈보라 몰고 왔지만
이제 올
너그러운 봄은, 삼천리 마을마다
우리들 가슴 속에서
움트리라.

움터서,
강산을 덮은 그 미움의 쇠붙이들

눈 녹이듯 흐물흐물
녹여 버리겠지.

윤동재의 미세한 시선이 여기서는 엄청나게 확대된다. 신동엽은
예사롭지 않은 시인이고자 해서, 말은 적게 하면서 아주 많은 것을
알려주었다. 계절의 변화에서 역사의 변천을 발견하고 진행 방향
을 제시하고자 했다. 거대한 서사시를 짧은 서정시에다 고스란히
담았다.

겨울은 "바다와 대륙 밖에서 그 매운 눈보라 몰고 왔"다고 하는
민족 수난의 시기이다. 겨울을 몰아낼 봄은 "제주에서 두만까지 우
리가 디딘 아름다운 논밭에서 움튼다"고 하는 자연의 봄일 뿐만 아
니라, "삼천리 마을마다 우리들 가슴 속에서 움트리라"고 하는 마음
의 봄이다. 봄이 움터서 "강산을 덮은 그 미움의 쇠붙이들 눈 녹이듯
흐물흐물 녹여 버리겠지"라고 하는 소망을 말했다.

통일이 이루어져 남북이 하나가 되어야 진정한 봄이 온다고 했
다. 그날이 언제인가? 진정한 봄이 올 수 있는가? 시인이 대답하지
못하는 이런 의문을 우리가 맡아야 하니, 잠들지 말고 깨어 있어야
한다.

Tagore, "One Day in Spring..."

One day in spring, a woman came
In my lonely woods,
In the lovely form of the Beloved.
Came, to give to my songs, melodies,
To give to my dreams, sweetness.
Suddenly a wild wave

Broke over my heart's shores
And drowned all language.
To my lips no name came,
She stood beneath the tree, turned,
Glanced at my face, made sad with pain,
And with quick steps, came and sat by me.
Taking my hands in hers, she said:
"You do not know me, nor I you—
I wonder how this could be?"
I said:
"We two shall build, a bridge for ever
Between two beings, each to the other unknown,
This eager wonder is at the heart of things."

The cry that is in my heart is also the cry of her heart;
The thread with which she binds me binds her too.
Her have I sought everywhere,
Her have I worshipped within me,
Hidden in that worship she has sought me too.
Crossing the wide oceans, she came to steal my heart.
She forgot to return, having lost her own.
Her own charms play traitor to her,
She spreads her net, knowing not
Whether she will catch or be caught.

타고르, 〈어느 봄날에...〉

어느 봄날 내 외로운 숲으로
어느 여인이 찾아왔다.
사랑스러운 모습을 하고 찾아와
내게 노래를, 곡조를 선물했다.

꿈을, 감미로움을 가져다 주었다.
갑자기 거친 물결이
내 마음의 가장자리에서 일어나,
모든 언어가 빠지게 해서,
내 입술에서 아무 이름도 나오지 않았다.
그 여인은 나무 밑에 서서 몸을 돌려
내 얼굴을 바라보며 괴로운 표정을 지었다.
빠른 걸음으로 다가와 내 옆에 앉더니
내 손을 잡고 말했다.
"그대는 나를 모르고, 나도 그대를 모르는데,
어떻게 이런 일이 있을까요?"
나는 말했다.
"우리 둘은 다리를 놓아야 해요,
서로 모르는 둘을 연결시키는 다리를.
모든 것들의 내심에 이런 간절한 소망이 있어요."

내 마음의 울음이 그 여인 마음의 울음이다.
내가 그 여인을 묶는 끈으로 그 여인은 나를 묶는다.
그 여인을 나는 어디서나 찾았다.
그 여인을 나는 내 속에서 찬미했다.
내 찬미 속에 숨은 그 여인이 나를 찾았다.
넓은 대양을 건너, 그 여인은 내 마음을 훔치러 왔다.
그 여인은 자기를 망각해 돌아갈 줄 모른다.
그 여인의 매력이 자기에게 배신자 노릇을 한다.
그 여자는 자기 그물을 던진다.
잡는지 잡히는지도 모르고,

말이 많고, 내용이 복잡하다. 정신을 차리고 이해하려면, 정리가 필요하다. 무엇을 말했는지 세 단계로 정리할 수 있다.

　[가] 봄은 환상을 만든다. 사랑의 희구가 이루어지게 한다. 외로운 숲속에 있는 나에게 사랑스러운 여인이 찾아온다. 노래를 부르며 감미로운 꿈을 가져다준다.

　[나] 갑자기 거친 물결이 일어나 모든 언어가 그 속에 빠지고, 어떤 이름도 부를 수 없게 된 것을 계기로, 사랑으로 이루어지는 만남이 크게 확대된다. 전혀 모르던 사람이 가까워진다. 대양을 건너 만남이 이루어진다. 멀고 가까운 구분이 없어진다. 모두 하나가 된다.

　[다] 나누어져 있는 것들은 연결되어 있다. 기쁨과 괴로움은 하나이다. 훔치려다가 사로잡힌다. 매력이 배신자 노릇을 한다. 능동과 수동의 구분이 없어진다. 이 모든 것이 내 속에 있다.

　[가]에서는 孟浩然·南九萬·방빌·하이네가 노래한 봄을 조금 말했다. 길게 늘이면 진부하기 때문이다. 다음 말이 더욱 긴요하기 때문이다.

　[나]에서는 신동엽의 봄 노래에서처럼 봄이 가져다주는 만남의 의미를 확대한다. 헤어진 민족이 하나가 된다는 것보다 그 범위가 더 넓다. 전연 모르던 사람들이 대양을 넘어서 만나 하나가 된다고 한다. 천지에 봄이 와서, 온 인류의 화합을 희구한다는 말로 이해할 수 있다.

　[다]에서는 만남의 이치에 대한 깨달음을 말한다. 分合이나 一二뿐만 아니라, 有無도 둘이 아니고 하나라고 하면, 이치가 더욱 분명해진다. 物과 心이 다 이렇고, 이래서 하나이다.

가을 노래

1

白居易, 〈早秋獨夜〉

井梧涼葉動
鄰杵秋聲發
獨向簷下眠
覺來半床月

백거이, 〈초가을 밤에 홀로〉

우물 차가운 오동잎 흔들리고
이웃집 다듬이 가을 소리로다.
홀로 처마 밑에서 잠을 자다가
깨어보니 침상 반쯤 달이로다.

백거이는 중국 당나라 시인이다. 이 시에서 가을 달밤의 느낌을
섬세하게 묘사했다. 우물에 오동잎 흔들리는 것은 자연에 닥쳐온
가을이고, 다듬이 소리는 생활에서 맞이하는 가을이다. 술이 취해
서인지 처마 밑에서 잠이 들었다가 자기가 자는 곳인 침상을 절반이
나 달빛이 차지한 것을 보고 가을 정취를 새삼스럽게 느꼈다.

柳方善, 〈山行〉

匹馬孤村逈
遙岑落日低
異鄕人事別
觸處客心迷
兩岸鳴秋葉
雙橋咽晚溪
行行無與語
乘月過城西

유방선, 〈산에 오른다〉

필마로 가니 외로운 마을 멀고,
먼 봉우리 해가 낮게 내려간다.
낯선 고장으로, 인사하고 헤어지니.
닿는 곳마다 나그네 마음 헷갈린다.
양쪽 기슭에서 가을 잎 울어대고,
두 다리 아래 늙은 개울 목멘다.
가고 가도 주고받는 말 없으면서,
달빛 타고 성벽 서쪽을 넘어섰다.

柳方善은 조선초기의 시인이다. 누군지 알려지지 않아, 《한국문학통사》에서 한 말 두 마디를 옮긴다. "나라에 쓰이기를 바라지 않고, 배후에 어떤 다른 생각이 없기에 그저 아름답기만 한 시를 썼다." "徐居正은 자기가 글로 이름을 얻게 된 것은 柳方善의 가르침 덕분이라고 했다."

이 시는 가을의 스산하고, 허전하고, 외로운 느낌을 모호한 말로 나타냈다. 홀로 멀리 가는 나그네 되어 헷갈리는 마음이 가을 잎이 울어대고, 늙은 개울이 목메는 것과 같다. 이 정도만 해도 감탄을 자아내는데, 훨씬 더 나아갔다.

가을은 생각을 많이 하도록 하는 계절이라는 사실을, 앞뒤에 말한 사연을 연결시켜 이해하려면 독자가 생각을 많이 하지 않을 수 없는 하는 방식으로 고지했다. "異鄕人事別"는 말을 보태 풀이하면 "아는 사람들과 인사하고 헤어져 낯선 고장으로 갔다"는 말로 이해된다. 앞에서 "匹馬孤村逈", "필마로 가니 외로운 마을 멀고"라고 한 것이, 그 자체를 목적으로 한 자의적인 선택이었다고 해명한다. "行行無與語", "가고 가도 주고받는 말 없으면서"라고 한 대목에서는 말을 주고받을 수 있는 상대방이 누군지 의문이다가, "乘月過城西", "달빛 타고 성벽 서쪽을 넘어섰다"에 이르니, "아하 그 상대방이 달이었구나"라고 하게 된다.

말동무일 수 있는 달이 탈 것으로 바뀌었다. 달빛을 타고 성벽 서쪽을 넘어섰다고 했다. 이 구절은 서두의 "匹馬孤村逈", "필마로 가니 외로운 마을 멀고"와 호응된다. 몸은 지상의 말을 타고 더디게 가고, 마음은 하늘의 달을 타고 성을 쉽게 넘었다. 이렇게 말해 생각이 비약하는 경이를 알아차리게 했다.

시 제목이 〈登山〉인 이유는 전연 해명하지 않고, 읽는 사람이 풀어야 할 의문으로 남겨놓았다. "過城西"을 등산이라고 과장했다고 여기면, 함정에 빠져 웃음거리가 된다. 증거를 주워 모아 합리적인 설명을 하려고 하는 서투른 시도는 그만두고, 달빛이 비치는 하늘같이 큰 공백을 읽어내야 한다.

가지 않아도 될 길을 가는 것을 등산이라고 했다. 스산하고, 허전한 느낌이 홀로 산에 오를 때 느낄 수 있는 것이라고 했다. 비관이나 자학을 말해주는 것은 아니다. 스스로 선택해 시련을 담담하게 받아들이고 불만이 없다.

등산을 인생행로를 상징하는 말로 삼았다. 자기는 홀로 등산을
선택했다. 이렇게 말하면 작품 전편이 이해된다. 상징주의 이전의
상징시를 아주 높은 수준으로 쓴 것을 알아볼 수 있다.

2

Rainer Maria Rilke, "Herbsttag"

Herr, es ist Zeit. Der Sommer war sehr groß.
Leg deinen Schatten auf die Sonnenuhren,
und auf den Fluren lass die Winde los.

Befiehl den letzten Früchten, voll zu sein;
gib ihnen noch zwei südlichere Tage,
dränge sie zur Vollendung hin, und jage
die letzte Süße in den schweren Wein.

Wer jetzt kein Haus hat, baut sich keines mehr.
Wer jetzt allein ist, wird es lange bleiben,
wird wachen, lesen, lange Briefe schreiben
und wird in den Alleen hin und her
unruhig wandern, wenn die Blätter treiben.

릴케, 〈가을날〉

주여 시간이 되었습니다. 여름은 아주 위대했습니다.
해시계 위에 당신의 그림자를 드리우소서.
그리고 들판에는 바람이 일게 하소서.

마지막 열매가 무르익게 하소서.
남향의 나날을 이틀 더 주셔서
결실이 완결되게 하소서.
마지막 단물이 포도주에 몰려들게 하소서.

집이 없는 사람은 이제 집을 짓지 않습니다.
혼자인 사람은 오랫동안 혼자이면서
잠들지 않으면서 독서하고 긴 편지를 쓸 것입니다.
그리고 길거리를 이리저리 헤맬 것입니다.
가로수의 나뭇잎이 떨어지면.

릴케는 체코 출신의 독일어 시인이다. 깊은 뜻을 지닌 시를 이해
하기 어렵게 짓는 것이 예사인데, 이 작품은 쉽게 읽혀 릴케를 대중
과 가까워지게 한다. 제1연에서는 위대한 여름이 가고 쓸쓸한 가을
이 시작되었다고 한 것은 다음에 드는 보들래르의 〈가을의 노래〉와
같다. 제2연에서는 가을 열매가 충실하게 익게 해달라고 기원해,
가을이 의미 있는 계절이게 하고자 했다. 제3연에서는 가을이면 외
로운 사람이 어떻게 하는지 말했다.

　모두 으레 하는 소리이다. 기발한 발상이나 뜻밖의 언사는 없다.
멀리 떠나가 아득한 데서 논다고 하던 릴케가 어쩌다가 가까이 다가
와 친근한 소리를 들려주니, 과분한 환영을 받았다.

Charles Budelaire, "Chant d'automne"

I

Bientôt nous plongerons dans les froides ténèbres ;
Adieu, vive clarté de nos étés trop courts !
J'entends déjà tomber avec des chocs funèbres

Le bois retentissant sur le pavé des cours.

Tout l'hiver va rentrer dans mon être : colère,
Haine, frissons, horreur, labeur dur et forcé,
Et, comme le soleil dans son enfer polaire,
Mon coeur ne sera plus qu'un bloc rouge et glacé.

J'écoute en frémissant chaque bûche qui tombe ;
L'échafaud qu'on bâtit n'a pas d'écho plus sourd.
Mon esprit est pareil à la tour qui succombe
Sous les coups du bélier infatigable et lourd.

Il me semble, bercé par ce choc monotone,
Qu'on cloue en grande hâte un cercueil quelque part.
Pour qui ? – C'était hier l'été ; voici l'automne !
Ce bruit mystérieux sonne comme un départ.

II

J'aime de vos longs yeux la lumière verdâtre,
Douce beauté, mais tout aujourd'hui m'est amer,
Et rien, ni votre amour, ni le boudoir, ni l'âtre,
Ne me vaut le soleil rayonnant sur la mer.

Et pourtant aimez–moi, tendre coeur ! soyez mère,
Même pour un ingrat, même pour un méchant ;
Amante ou soeur, soyez la douceur éphémère
D'un glorieux automne ou d'un soleil couchant.

Courte tâche ! La tombe attend ; elle est avide !
Ah ! laissez–moi, mon front posé sur vos genoux,
Goûter, en regrettant l'été blanc et torride,
De l'arrière–saison le rayon jaune et doux !

보들래르, 〈가을의 노래〉

I

이윽고 우리는 차가운 어둠 속에 잠기리라.
잘 가거라, 너무 짧은 우리의 여름 날빛이여!
나는 이미 음산한 충격을 느끼면서 듣는다.
마당 길 위에 부려놓는 나무가 울리는 소리를.

겨울이 닥쳐와 온통 내게로 들어오려고 한다.
분노, 증오, 전율, 공포, 장기간의 강제 노동이.
극지의 지옥에 갇혀 있는 태양이라도 된 듯이,
내 가슴은 붉게 얼어붙은 덩어리이기만 하다.

나는 떨며 장작 떨어지는 충격에 귀 기울인다.
사형대를 짓는 소리라도 더 둔탁하지 않으리.
내 마음은 무너져내리고 마는 탑과도 같다.
성벽 파괴 도구로 무겁고도 끈덕지게 내리쳐.

이 단조로운 충격에 흔들리면서 나는 느낀다.
어디선가 누가 급히 관에 못을 박는 것 같다.
누구를 위해? – 어제는 여름이고, 지금은 가을이다!
이 야릇한 소리가 출발 신호처럼 울린다.

II

나는 너의 긴 시선 푸르스름한 빛을 좋아한다.
다정한 미인이여, 나는 오늘 모든 것이 쓰다.
그대의 사랑, 안방, 아궁이, 그 어느 것이라도
바다에서 빛나는 태양보다는 못하구나.

하지만 나를 사랑해다오, 부드러운 마음으로

어머니처럼 감싸다오. 배신자나 적대자라도.
연인이든 누이이든, 잠시 부드러움을 베풀어다오.
영광스러운 가을인 듯이, 넘어가는 태양인 듯이.

잠깐 동안 수고이다! 기다리는 무덤이 탐욕스럽다.
아! 내 이마를 가져다가 그대의 무릎에다 얹고,
흰빛으로 작열하던 지나간 여름을 아쉬워하면서,
늦은 계절의 노랗고 부드러운 광선을 음미하게 해다오.

보들래르는 불국 상징주의 시인이다. 이 시에서 여름이 가고 가을이 시작될 때의 느낌을 적절한 말로 전해주었다. 불국에서는 비가 오지 않고 날씨가 청명한 여름이 아름다운 계절이고, 가을은 비가 부슬부슬 내리는 음산한 계절이다. 여름이 가는 것을 아쉽게 여기고 가을이 오는 것을 반가워하지 않는다.

두 편 가운데 Ⅰ의 제1연에서 난방용 장작을 부려놓는 소리를 들으면서 음산한 충격을 느끼면서 원하지 않는 가을을 맞이한다고 한데다 다른 말을 이었다. 제2연에서는 가을이 어떤 계절인지 말하지 않고, 바로 겨울이 오는 것을 예감하면서 불안에 사로잡혔다. 제3-4연에서는 장작 떨어지는 소리를 들으면서 사형대를 짓는 소리, 탑이 무너지는 소리, 성벽을 파괴하는 소리, 관에 못을 박는 소리를 연상하고, 갖가지 불안에 사로잡혔다. 제4연 말미에서 말한 "이 야릇한 소리"도 장작 부려놓는 소리이다. 그 소리를 새 출발의 신호로 삼겠다고 했다. 새 출발은 무엇인지 짐작조차 할 수 없어 막연한 기대에 지나지 않는다.

Ⅰ에서는 눈에 보이는 것들을 묘사하고, Ⅱ에서는 자기 심정을 술회하기로 했다. 가을 해가 넘어가는 것을 보고 떠오르는 생각을 펼

첫다. 계절이 지나가고 하루해가 저물듯이 인생이 덧없다고 했다. 잠시 동안이나마 사랑하는 사람에게서 위안을 얻으려고 했다. I에 음산함이 언제까지나 지속될 듯이 말한 데서 벗어나 사그라지는 아름다움을 잠시 동안이라도 사랑하자고 했다.

릴케와 보들래르의 가을 노래는 둘 다 가을의 정경을 묘사했다. 시가 할 일이 그림과 같아 묘사를 해야 한다는 전통을 끈덕지게 이었다. 윤곽을 더 모호하게 색채를 더 어둡게 한 것을 대단하게 여기고 높이 평가하면 우습다. 배우고 따라야 한다면 어리석다.

독일이나 불국의 가을은 흐린 날이 많고, 단풍이 아름답지 못하다. 그래서 우중충한 시를 가을날이 맑고 단풍이 고운 쪽에서 흉내내면 상실이 크다. 자기 가을을 상실하는 것만 아니다. 묘사하는 말을 늘어놓느라고, 육안만 커지고 심안은 줄어들어 철학과 자꾸 더 멀어진다. 철학 상실이 치명적인 잘못인지 모른다.

먼 곳의 릴케나 보들래르는 너무나도 잘 알고 있어 소개가 필요하지 않고, 이 나라의 柳方善은 이름을 들어본 사람이 거의 없다. 시의 우열이 아주 커서 이런 것은 아니다. 유럽중심주의 문학관이 편견을 빚어냈다. 시 작품을 비교해보면 잘못을 분명하게 알아차릴 수 있으니 시정해야 한다.

보들래르나 릴케를 시의 교주로 받들고, 가르침을 얻으려고 하는 것은 우상 숭배의 나쁜 풍조이다. 상징주의는 너무나도 소중해 힘써 받아들여야 한다는 것은 착각이다. 상징주의라고 표방하지 않은 상징시에 오랜 전통과 뛰어난 작품이 있는 것을 알아야 한다.

3

T. E. Hulme, "Autumn"

A touch of cold in the Autumn night—
I walked abroad,
And saw the ruddy moon lean over a hedge
Like a red-faced farmer.
I did not stop to speak, but nodded,
And round about were the wistful stars
With white faces like town children.

흄, 〈가을〉

가을밤 싸늘한 느낌,
나는 밖에 나가 거닐다가
불그레한 달이 울타리에 구부리고 있는 것을 보았다.
얼굴이 붉은 농부처럼.
나는 멈추어 말하지 않고, 고개만 끄덕였다.
그 주위에는 생각에 잠긴 별들이 있었다.
도시의 아이들처럼 하얀 얼굴을 하고.

이 시는 가을 노래의 상투적인 언사를 벗어던져 충격을 준다. 가을의 느낌을 아주 인상 깊게 그린 그림을 보여주었다. 농부와 도시의 아이들, 붉은 얼굴과 하얀 얼굴을 대조해 보여주어 사회적인 의미도 어느 정도 지니고 있다.

황석우, 〈낙엽〉

낙엽은

풀과
나무들의
그 산후의 몸 씻어 내린 것

낙엽은
풀과
나무들이
그 즐거운 노동의 자서전을
싸우며 기록한 말, 그 굵은 글자

풀·나무와 낙엽의 모습은 묘사는 간단하게 했다. 누구나 알고 있어, 쉽게 생각할 수 있기 때문이다. 풀·나무와 낙엽이 어떤 관계인지는 보고 알 수 없으므로 두 가지 해명을 했다.

첫 연에서는 낙엽이 풀과 나무가 출산을 하고 몸을 씻어낸 것이라고 했다. 출산한 결과는 풀과 나무의 성장 자체로 남아 있다는 말이다. 둘째 연에서는 낙엽이 풀과 나무가 노동하며 싸운 자서전 기록의 굵은 글자라고 했다. 노동하며 싸운 결과 또한 풀과 나무의 성장 자체로 남아 있다는 말이다.

우리는 성장 자체는 직접 확인하지 못하고 낙엽을 보고 간접적으로 추론한다고 했다. 풀과 나무는 출산하고 노동하는 삶을 사람과 대등하게 영위하므로, 차등을 두어 폄하하지 말고 대등하게 존중해야 한다고 했다. 이것이 깊은 의미이다.

흄은 위의 시에서 가을 달에 관한 사실판단만 하고, 달과 농부의 얼굴이 비슷한 것도 거기 포함시켰다. 황석우는 이 시에서 낙엽의 외형에 대한 사실판단을 출발점으로 하고, 낙엽이 떨어지는 이유에 대한 인과판단을 하고, 더 나아가 풀이나 나무의 삶을 사람과 대등하게 평가해야 한다는 가치판단까지 했다. 흄은 그림을 그리고, 황석우는 철학을 했다.

4

봄은 생성의 계절이다. 가을은 소멸의 계절이다. 생성이 어디까지 나아가야 하는지 말하려면 긴 시를 써야 한다. 통념을 깨고 넘어서려면 말이 많아지지 않을 수 없다. 소멸은 짧게 노래해야 표현과 대상이 근접한다. 아무 말도 하지 않으면 소멸이 무엇인지 알려줄 수 없으므로, 말을 하지 않은 것처럼 하면서 소멸이 무엇이고 어떤 의의를 가지도록 해야 한다.

이 작업을, 수다 떠는 관습을 떨치지 못해 유럽 각국의 시는 할 수 없다. 575자 俳句(하이쿠)나 5언절구 한시는 축소 표현의 관습이 고정되어 있어, 새로운 발상을 담기 어렵다. 그림을 잘 그리려고 하는 데 머물러 철학을 창조하지 못한다. 한국 현대시는 축소형을 자유롭게 하면서 虛則氣나 眞空妙有의 철학을 마음껏 쇄신한다.

낙엽은 무어라고 예찬해도 無用之物이다. 가을이 소멸의 계절임을 분명하게 알려준다. 낭만적인 환상에 사로잡혀 헛된 기대를 가지지 말고 사실을 직시해야 한다. 無用之物은 無用之用이 있다. 이 시가 無用之用이 무엇인지 잘 알려준다.

박진환, 〈낙엽〉
중량 없는 황금
액면 없는 수표

아무것도 살 수 없다
다만 비매품
사랑과 추억을 거래한다

　소멸은 단념을 요구한다. 단념하려면 눈으로 보는 것도 귀로 듣
는 것도 없어야 한다. 그래서 절망할 것은 아니다. 보지 않으면 아름
답지 않은 것이 없다. 듣지 않으면 황홀하지 않은 소리가 없다. 다
주어버리고, 모든 것을 버리면 허탈해서 눈물을 흘릴 것은 아니다.
마음자리에서 빛이 스스로 난다. 이런 말을 아주 쉽게 한 시를 보자.

홍해리, 〈가을 들녘에 서서〉
눈멀면
아름답지 않은 것 없고

귀먹으면
황홀치 않은 소리 있으랴

마음 버리면
모든 것이 가득하니

다 주어버리고
텅 빈 들녘에 서면

눈물겨운 마음자리도
스스로 빛이 나네

　늦가을에 떨어진 잎새가 다 날아가면 모든 미련을 버리고 아무
것도 없다고 해야 한다. 남은 무엇에 미련을 가지고 겨울의 시련을

견디면 새봄이 온다고 하는 것은 소멸의 의의를 망각하게 하는 얄팍한 수작이다. 있음에 집착하지 않고 없음, 空이니 虛니 無니 하는 것을 깨달아야 높은 경지의 철학에 이를 수 있다.

철학한다고 하는 사람들은 남들이 한 말을 너무 많이 알아 그 무게 때문에 운신도 하기 어렵다. 불교 승려가 禪房에 들어앉아 맹렬 정진을 하고 깨달았다면서 내뱉는 悟道頌은 누천년 하던 소리이다. 시인은 지식의 무게가 없으며, 도를 닦는 절차도 거치지 않고, 가볍게 날아올라 한 소식이 온 것을 알려준다.

김지하, 〈늦가을〉

늦가을
잎새 떠난 뒤
아무 것도 남김 없고
내 마음 빈 하늘에
천둥소리만 은은하다

이 시는 빈 하늘에서 들리는 은은한 천둥소리를 전해준다. 이것이 虛則氣나 眞空妙有의 진면목이다. 이런 설명은 시를 더럽히기만 하니, 더 하지 말아야 한다. 이미 한 것도 취소해야 한다.

5

시는 둘로 나누어진다. 말을 적게 하는 少言詩, 말을 많이 하는 多言詩가 있다. 少言詩는 다시 둘로 나누어진다. 말을 적게 하고 뜻이 좁은 少言狹意詩, 말은 적게 하고 뜻이 넓은 少言廣意詩가 있다. 多言詩도 둘로 나누어진다. 多言廣意詩만 있지 않고, 多言狹意詩도 있다. 少言廣意詩는 없는 말을 활용하고, 多言狹意詩는 하고 있는 말을 낭비한다.

특정 내용을 길게 늘어놓는 多言狹意詩가 최악인데, 보들래르의 〈가을의 노래〉는 이에 근접했다. 흄의 〈가을〉은 少言狹意詩여서 좋다고 할 수 없다. 柳方善의 〈山行〉은 多言廣意詩로 나아갔다. 박진환이나 김지하는 少言廣意詩의 좋은 본보기를 보여주었다.

더위와 추위 노래

1

더위와 추위는 누구에게나 대등하다. 대등론의 근거가 된다. 난방으로 추위를, 냉방으로 더위를 없애지는 못해, 사람의 차등이 자연의 대등 앞에서 무력하다.

추위와 더위를 없애면 사람이 살 수 없다. 추위나 더위는, 견디기 힘들어도 견뎌야 한다. 견디면서 자연에 순응해야 한다. 자연에 순응하면서 얻을 수 있는 것을 얻어야 한다.

이것은 당연한 이치인데, 그대로 받아들이지 않고 말이 많다. 시인이 그런 말을 시에다 담아 추위 노래도 있고, 더위 노래도 있어, 고찰해야 할 것이 된다. 이 작업에서 차등론과 대등론의 관계가 어떻게 되어 있는지 구체적으로 밝히는 성과를 기대한다.

순서는 더위 노래를 먼저 들고, 추위 노래와 비교하는 것으로 한다. 주위에 있는 자료를 다루는 데 힘쓰면서 다른 나라의 것들도 이따금 살핀다. 이 둘 다 이해하기 쉽고, 문제가 적은 것부터 고찰하는 방법이다.

2

　민요를 먼저 살펴보자. 다음과 같은 더위 노래를 논매기를 할 때
부른다.

　　　얼럴럴 상사디야
　　　　　　얼럴럴 상사디야
　　　땀이 나서 흐르는구나
　　　　　　얼럴럴 상사디야
　　　땀을 닦아도 또 나는구나
　　　　　　얼럴럴 상사디야

　　　농부님네 농부님네요
　　　　　　얼럴럴 상사디야
　　　유월 농부 하루에 땀이 흘러 비지구나
　　　　　　얼럴럴 상사디야
　　　여보소 저보소 허방 마소
　　　　　　얼럴럴 상사디야
　　　우리도 농사 알뜰히 지으면 부자 된다
　　　　　　얼럴럴 상사디야
　　　그리 그리 하다가 팔월이 되는구나
　　　　　　얼럴럴 상사디야

　'허방'은 웅덩이이다. "허방 마소"는 웅덩이처럼 빈말을 하지 말
라는 것이다. 더운 여름날에 논매기를 하면 땀이 너무 나서 감당하
지 못한다. 그래도 고생만 하고 만다는 빈말은 하지 말라고 한다.
농사를 애써서 잘 지으면 부자 된다고 믿자. 추수의 계절 팔월이

다가온다. 이런 노래를 여럿이 주고받으면서 함께 부르니 즐겁다.

함께 일하면서 노래를 주고받는 동류 농군들끼리는 대등의식이 분명하다. 이것이 지금 누리고 있는 즐거움의 원천이다. 농사를 잘 지어 추수가 많으면 어떤 부자나 잘난 사람과도 대등할 수 있다는 것은 막연한 생각이다. 실현되지 않을 수도 있는 상상의 영역이다.

민요의 추위 노래는 어떤가? 산에 가서 나무를 하면서 신세를 한 탄하는 어사용을 들어보자. 너무 추워 고생이 막심하다는 말을 이 렇게 한다.

> 어떤 사람 팔자 좋아 겨울이면 뜨신 방 찾아
> 이불 담요 펴놓고 포시라이 놀건마는,
> 나는 어아 팔자가 기박하여
> 석자 시치 감발에다가 육날이 미틀이에다
> 목발없는 지게에다 썩은 새끼 지게꼬리에
> 황경피 낫갊에다 지게 꽂아 짊어지고,
> 산천을 후워보니 눈은 설상가상인데,
> 쳐다보나 만학이요 내려다보니 절벽이라.

혼자 일하면서 부르는 신세타령이다. 동료와의 대등을 확인하는 즐거움은 없다. 일하는 것이 힘들고 괴롭기만 하다. 눈도, 험준한 산도, 하고 있는 고생도 雪上加霜이다.

이런 추위 노래는 힘들다는 소리나 되풀이하고 있어, 더위 노래 보다 더 초라하게 보인다. 세상이 행복한 사람과 불행한 사람으로 양분되어 있게 마련이라는 차등론을 재확인하거나 하고, 대등론에 대한 반론 제기에 기여하는 바가 있는지 의문이라고 할 수 있다.

가까이서 다시 들으면, 그렇기만 하지 않다. 차등이 너무 심하다고 하는 말에 탄식과 함께 분노가 서려 있다. 세상이 잘못되었다고 절실한 체험을 실어 나무란다. 허접스러운 것 같은 신세타령이 준엄한 사회비판이다.

그 격정이나 각성이, 준엄한 비판이 "뜨신 방에서 포시랍게 지내는" 양반을 압도한다. 어떤 반론을 제기할 수 있는지 의문이다. 양쪽의 우열이 상반되어, 차등론이 대등론으로 바뀐다.

3

일하는 사람들이 더위 때문에 고생한다는 더위 노래가, 시조에도 다음과 같은 것들이 있다.

李徽逸의 시조
여름날 더운 적에 단 땀이 불이로다.
밭고랑 매자 하니 땀 흘러 땅에 듣네.
어사와, 입입신고 어느 분이 알으실고?

말뜻을 풀이한다. '듣네'는 '떨어지네'이다. '粒粒辛苦'는 곡식 한 알 한 알이 모두 쓰라린 고생이라는 말이다.

李鼎輔의 시조
삼복 끓는 날에 땀 흘리며 기음맬 제
신고한 이 거동을 그 뉘라서 그려다가
임 계신 구중궁궐에 들여 뵙고 하노라

말뜻을 풀이한다. 三伏 끓는 날에 땀 흘리며 기음맬 적에, 辛苦(쓰디쓴 고생)한 이 擧動을 그 뉘라서 그려다가, 임 계신 九重宮闕에 들여 보일고 (하고 염려)하노라.

"방에서 포시랍게 지내"야 할 양반이 밖으로 나가, 더운 날에 힘들게 일하면서 땀을 흘리는 농민의 말을 대신 전한다. 농민은 하지 못하고 있는 발언을, 자기가 시인이 되어 시조에 올리면 널리 알려질 수 있다고 여긴다. 하층 농민의 노동 생산과 양반 시인의 언로 개척이 有無相通하고 以長補短해서 대등하다고, 양반 시인 쪽에서 생각한다.

시를 통한 언로 개척은 그 자체로 소중할 수 있어도, 기대하는 전달 효과가 있을지 의문이라고 세 시인 모두 말한다. 李徽逸은 "어느 분이 알으실고?"라고 했다. 魏伯珪는 자기가 "길 가는 손님 내 아는 듯이 머무른고?"라고 한 손님에 지나지 않을까 염려했다. 李鼎輔는 "그 뉘라서 그려다가 임 계신 구중궁궐에 들여 뵐고 하노라"라고 하면서, 자기가 하는 노력에 대한 근본적인 회의를 나타냈다.

李徽逸과 魏伯珪는 관직을 얻지 못하고 농촌에 은거하는 양반이었다. 농민과 가까이 지내며 대변자가 되고자 했으나, 어려움을 해결하는 방도를 알지 못하고, 해결능력을 가진 쪽과의 연결이 가능하지도 않았다. 그 탄식이 농민의 탄식과 바로 연결되지는 않는데, 겹쳐서 들린다.

李鼎輔는 혈통과 지위가 국왕과 가까웠다. 일시적인 수난을 당해 귀양살이를 하는 동안에 농민의 참상을 알고 고발하는 시를 지었다. "임 계신 구중궁궐에" 다시 갔을 때 문제를 해결할 수 있었던 것은 아니어서, 귀양살이 하던 시인만 칭송된다.

4

　더위 노래는 아디까지 나아가는가? 새로운 경지에 이른 작품을 찾기 어렵다. 김지하, 〈타는 목마름으로〉에서는 "타는 목마름으로"가 간절하다는 말이고 더위가 심하다는 것은 아니다. 외국의 시는 어떤가 둘러보아도 크게 주목할 만한 것은 발견되지 않는다. 어느 정도 근처에 간 것 둘을 가져와 시비한다.

Albert Samain, "Chanson d'été"

Le soleil brûlant
Les fleurs qu'en allant
Tu cueilles,
Viens fuir son ardeur
Sous la profondeur
Des feuilles.

Cherchons les sentiers
A demi frayés
Où flotte,
Comme dans la mer,
Un demi-jour vert
De grotte.

Des halliers touffus
Un soupir confus
S'éléve
Si doux qu'on dirait
Que c'est la forêt
Qui rêve…

Chante doucement ;
Dans mon coeur d'amant
J'adore
Entendre ta voix
Au calme du bois
Sonore.

L'oiseau, d'un élan,
Courbe, en s'envolant,
La branche
Sous l'ombrage obscur
La source au flot pur
S'épanche.

Viens t'asseoir au bord
Où les boutons d'or
Foisonnent…
Le vent sur les eaux
Heurte les roseaux
Qui sonnent.

Et demeure ainsi
Toute au doux souci
De plaire,
Une rose aux dents,
Et ton pied nu dans
L'eau claire.

알베르 사맹, 〈여름의 노래〉
태양이 타오른다.
너는 길을 가면서

꽃을 꺾는구나.
찌는 듯한 열기를 피해
잎이 무성한 곳으로
오너라.

반쯤 트인
오솔길을 찾자.
바다에서처럼,
반나절의 초록빛이
동굴 모양으로
떠도는 곳을.

울창한 나무들에서
흐릿한 숨결이
올라오는 것이
너무나도 부드러워
숲이 꿈을 꾼다고
말할 수 있다.

부드럽게 노래하라,
사랑하는 내 마음 속에다.
나는 찬미하면서,
너의 목소리를
조용하게 울리는
삼림에서 듣는다.

새는 한 번 날아
몸을 낮추더니 멀리 갔다.
나뭇가지는

어두운 그늘 아래에서
순수한 물결의 원천으로
넘쳐난다.

와서 앉아보아라.
황금색 싹이
무성한 곳에...
물 위로 바람이 불면서
갈래를 스쳐
소리가 나게 한다.

그리고는 머물러 있어라,
감미로운 호감을 주는
금잔화,
가시 돋은 장미꽃 곁에,
맨발을
맑은 물에 담그고.

태양이 떠올라 생긴 찌는 듯한 열기를 잎이 무성한 그늘로 가서
피하면 된다고 했다. 더워도 일을 해야 할 사정이 아니고, 더위에
상징적 의미를 부여하려는 뜻이 없다. 시원한 곳에서 관찰한 여름
의 아름다운 모습을 잘 그리려고 했다. 시는 길게 이어졌어도 할
말은 얼마 되지 않는다.

Jayanta Mahapatra, "Summer"

Over the soughing of the sombre wind
priests chant louder than ever;
the mouth of India opens.

Crocodiles move into deeper waters.

Mornings of heated middens
smoke under the sun.

The good wife
lies in my bed
through the long afternoon;
dreaming still, unexhausted
by the deep roar of funeral pyres.

마하파트라, 〈여름〉

어두운 바람이 윙윙거리는 것을 무릅쓰고,
사제자는 더 큰 소리로 노래한다.
인도의 입이 열린다.

악어들은 더 깊은 물속으로 들어간다.

과열한 두엄이 아침마다
태양 아래에서 김을 낸다.

훌륭한 아내는
내 침대에 누워 있다.
긴 오후 동안 내내,
아직도 꿈을 꾸면서, 지치지도 않고,
화장용 장작이 깊숙이 으르렁거리니.

이 사람은 인도인이며, 경력이 별나다. 물리학 교수를 하면서 영어로 시를 써서 높은 평가를 얻고 있다. 간결한 표현으로 단순한 시상을 나타낸 작품이 생각을 깊게 하도록 한다.

이 시는 인도에서 흔히 볼 수 있는 여름 풍경을 묘사한 것 같다. 말이 몇 마디 되지 않아 새겨 읽도록 한다. 앞뒤를 견주어보면서 많이 생각해야 숨은 뜻을 알아낼 수 있다.

제1연에는 "사제자", 제4연에서는 "아내"를 들어 양쪽 다 사람에 관해 말한다. 그 사이에 든 제2연에서는 "악어"를, 제3연에서는 "두엄"을 말했다. 넷의 관계를 파악해야 작품의 기본구조를 이해할 수 있다.

제2·3연에 관해 먼저 고찰해보자. 시 제목이 〈여름〉이다. 여름이어서 더우니까 "악어들은 더 깊은 물속으로 들어간다." 자연의 도전인 더위에 순응하는 자세이다. 그런데 사람은 "두엄"을 만들어 "과열한 두엄이 아침마다 태양 아래에서 김을" 내게 한다. 사람은 더위를 무릅쓰고 할 일을 하는 것이 "악어"로 대표되는 동물과 다르다. 그래서 자연과 사람의 관계는 단순하지 않다.

제1연의 "사제자"는 "어두운 바람이 윙윙거리는 것을 무릅쓰고" 큰 소리로 노래를 한다. 그래서 "인도의 입이 열린다"고 했다. 제4연의 "아내"가 "내 침대에 누워 있다"는 것은 사랑하는 관계를 말하는 듯하지만, 이어지는 말을 읽어보면 그렇지 않다. "화장용 장작이 깊숙이 으르렁거리니"라고 한 데서 누가 죽어서 장례를 지내는 것을 알 수 있다. 죽은 사람이 "나"인 줄 알아야 앞뒤가 연결된다. "내 침대에 누워 있다"는 것은 잊을 수 없어서이다. 아직도 꿈을 꾸면서 지치지도 않고, 죽은 사람을 생각한다고 했다.

"사제자"에 관한 말과 "아내"에 관한 말은 서로 무관한 것들을 열거했다고 생각하지 않는다. "사제자"가 바람 소리를 무릅쓰고 인도의 입을 열어 노래를 하고, "아내"는 죽은 사람을 잊지 못하는 것은 자연을 따르지 않고 거역하는 행위라고 할 수 있다. 그러나 거역은 나타나 있는 표면일 수 있다. 사제자의 노래는 인간과 자연의 표면적인 불일치를 넘어서서 근원적인 일치에 이르는 지혜를 말해야 인도의 입이라고 할 만하다.

사제자는 노래를 불러 무엇을 하나? "아내"를 절망에서 벗어날 수 있게 인도해야 칭송을 받을 만한 사제자가 아닌가? 이런 의문에 부딪힌다. 무슨 철학이 있는 것 같아 주의해 읽었는데, 허망하게 되었다. 더위는 정신을 모으지 않고, 흩는다.

5

추위 노래는 어디까지 나아가는가? 申欽의 "산촌에 눈이 오니 돌길이 묻혔어라"보다 고독이 더 깊다는 것도 있어 되돌아가야 한다.

柳宗元, 〈江雪〉

千山鳥飛絶
萬徑人蹤滅
孤舟蓑笠翁
獨釣寒江雪

유종원, 〈강에 내린 눈〉

천 산에 새가 날지 않고,
만 길에 사람 자취 없다.
외로운 배 도롱이 삿갓 노인
홀로 낚시하는 추운 강의 눈.

당나라 시인이 겨울 풍경을 그린 시이다. 천 개나 되는 산에 새가
날지 않고, 만 가닥의 길에 사람 자취도 없는데, 눈이 내린 추운
강에서 외로운 배를 타고 도롱이 삿갓 차림의 노인이 홀로 낚시를
한다고 했다. 고기를 잡으려고 하는 것은 아니리라. 겨울이 오고
눈이 내린 혹독한 계절에 순응해 누구나 자취를 감추는데, 이 노인
홀로 모습을 드러내 무엇을 하는 것은 대세에 거역하는 고독한 결단
이라고 이해해야 한다. 깊은 뜻을 알면 숙연해지지 않을 수 없다.

Wilhelm Müller, "Wintereise, Gute Nacht"

Fremd bin ich eingezogen,
Fremd zieh' ich wieder aus.
Der Mai war mir gewogen
Mit manchem Blumenstrauß.
Das Mädchen sprach von Liebe,
Die Mutter gar von Eh', –
Nun ist die Welt so trübe,
Der Weg gehüllt in Schnee.

Ich kann zu meiner Reisen
Nicht wählen mit der Zeit,
Muß selbst den Weg mir weisen
In dieser Dunkelheit.
Es zieht ein Mondenschatten
Als mein Gefährte mit,
Und auf den weißen Matten
Such' ich des Wildes Tritt.

Was soll ich länger weilen,
Daß man mich trieb hinaus ?

Laß irre Hunde heulen
Vor ihres Herren Haus;
Die Liebe liebt das Wandern —
Gott hat sie so gemacht —
Von einem zu dem andern.
Fein Liebchen, gute Nacht !

Will dich im Traum nicht stören,
Wär schad' um deine Ruh'.
Sollst meinen Tritt nicht hören —
Sacht, sacht die Türe zu !
Schreib im Vorübergehen
Ans Tor dir: Gute Nacht,
Damit du mögest sehen,
An dich hab' ich gedacht.

뮐러, 〈겨울 나그네, 잘 자라〉

나는 나그네로 왔다가
나그네로 다시 떠나간다.
오월은 흐드러진 꽃다발로
나를 따뜻하게 맞아주었지.
아가씨는 사랑을 말하고
그쪽 어머니는 결혼까지…
이제 세상이 흐려지고
길에는 눈이 덮였네.

나는 여행은 떠나면서
계절을 선택할 수는 없네.
스스로 길을 찾아야 하네,
이 캄캄한 어둠 속에서.

달의 그림자를
길동무로 삼고.
그리고 흰 들판에서
짐승의 자취를 찾네.

내가 오래 머무르다가
쫓겨나기야 하겠나?
낯선 개 짖으려무나,
자기네 주인 집 앞에서.
사랑은 방랑을 좋아한다.
하느님이 이렇게 점지했다.
한 곳에서 다른 곳으로 가니
사랑하는 그대여, 잘 자라.

나는 그대의 꿈을 방해하고
휴식을 해치지는 않으리.
발자국 소리 들리지 않도록
조용히, 조용히 문을 닫으리라.
나는 가면서 적어놓는다,
방문에다 "잘 자라"고.
이 말로 그대가 알아차렸으면
내가 그대를 생각한 것을.

　　독일 시인 뮐러는 柳宗元 천여 년 뒤에, 〈겨울 나그네〉(Wintere-
ise)를 전체 제목으로 하고 24편의 시를 지었다. 그 전부를 슈베르트
(Franz Schubert)가 작곡한 노래가 널리 알려져 있다. 첫째 노래 〈겨
울 나그네, 잘 자라〉 전문이 위와 같다.
　　겨울에 홀로 길을 가는 나그네는, 위에서 든 柳宗元 시의 눈 내린

강에서 홀로 낚시를 하는 노인처럼 혹독한 계절을 거역하면서 간직한 뜻을 펴고자 하는 외톨이이다. 그러면서 머물러 있는 것과 나다니는 것의 차이가 있다. 유종원은 노인의 내심을 감추어놓고 말하지 않았으나, 뮐러는 겨울 나그네가 이루지 못한 사랑 때문에 생긴 마음의 상처를 달래느라고 추위를 무릅쓰고 방랑을 한다고 했다.

사랑하는 사람에게 "잘 자라"고 인사를 하고 서술자는 밤길을 떠난다고 했다. 사랑하는 사람을 대면해서 한 말이 아니고 마음속으로 자기 혼자 한 말이다. 사랑하는 사람이 등장하지 않아 실제로 있는지 의문이다. 사랑하는 사람의 휴식과 꿈을 방해하지 않고 조용히 떠난다고 거듭 말한 것도 실제 상황이라고 하기 어렵다.

사랑은 대부분의 경우 혼자만의 짝사랑이다. 대면해서 구애를 해볼 생각을 하지는 않고, 자기 마음속에서 키운 짝사랑이 이루어지지 않아 실연을 했다면서 시를 짓는 것이 낭만주의 시인들의 공통된 밑천이다. 실연의 괴로움을 그냥 지니고 있을 수 없어 길을 떠나야 하면, 계절은 겨울이고 시간은 밤인 것이 적합하다. 봄은 새벽, 여름은 한낮, 가을은 저녁이라야 어울리듯이, 겨울은 밤이라야 제격이다.

오월이 가장 좋은 계절이고, 겨울과는 반대가 된다고 했다. 그때는 아가씨가 사랑을, 그 어머니는 결혼까지 말했다고 했다. 그런데 왜 파탄이 생겼는가 묻는 것은 산문적인 관심이다. 소설이 아닌 시를 쓰는 시인은 사건의 경과는 무시하고 계절에 따라 달라지는 느낌을 나타내면 되는 특권이 있다. "나는 여행은 떠나면서 계절을 선택할 수는 없네"라고 한 것은 겨울이 여행을 떠나도록 하는 것을 따를 수밖에 없다는 말이다.

겨울 추위는 고독을 요구한다. 이 말을 시대와 나라가 다른 柳宗

元·申欽·뮐러가 함께 했다. 추위의 철학은 고독의 철학이어서 차
등론일 수밖에 없다.

5

Émile Verhaeren, "En hiver"

Le sol trempé se gerce aux froidures premières,
La neige blanche essaime au loin ses duvets blancs,
Et met, au bord des toits et des chaumes branlants,
Des coussinets de laine irisés de lumières.

Passent dans les champs nus les plaintes coutumières,
A travers le désert des silences dolents,
Où de grands corbeaux lourds abattent leurs vols lents
Et s'en viennent de faim rôder près des chaumières.

Mais depuis que le ciel de gris s'était couvert,
Dans la ferme riait une gaieté d'hiver,
On s'assemblait en rond autour du foyer rouge,

Et l'amour s'éveillait, le soir, de gars à gouge,
Au bouillonnement gras et siffleur, du brassin
Qui grouillait, comme un ventre, en son chaudron d'airain.

에밀 베르아랑, 〈겨울에〉

젖은 땅이 첫 추위가 오자 갈라진다.
흰 눈이 솜털을 멀리까지 흩어 보내고,
지붕이 흔들리는 초가 옆으로 가면서
무지개처럼 빛나는 가벼운 이불을 편다.

빈 들판으로 귀에 익은 신음소리가 지난다.
구슬프게 침묵하는 사막을 가로질러 간다.
덩치 큰 까마귀들이 천천히 날아오르더니
배가 고파, 인가 근처에 와서 배회한다.

회색 하늘이 덮여버린 다음에는 오히려
겨울을 즐기는 웃음소리를 들을 수 있다.
모두들 붉게 타오르는 불 가까이 모여 있다.

저녁이 되면 아녀자에게도 사랑을 베푼다.
하나 가득 기름진 먹거리가 소리를 내면서
배처럼 불룩한 청동 냄비 안에서 끓는다.

1·2연에서는 밖을 보았다. 제1연에서는 눈이 와서 아름다운 광경이 벌어진다고 하고, 제2연에서는 빈 들판에서 날아오르는 까마귀들이 을씨년스럽다고 했다. 제3·4연에서는 시선을 안으로 돌려, 여기서도 겨울 추위를 인정으로 녹인다고 했다. 제3연에서는 어두운 겨울에 사람들이 집안에서 즐거움을 누린다고 하고, 제4연에서는 먹을 것을 넉넉히 장만해 누구에게든지 사랑을 베푼다고 했다.

겨울은 인정과 사랑의 계절이다. 인정과 사랑이 소중한 것을 혹독한 추위를 겪어야 제대로 알 수 있다. 추위의 철학은 인정과 사랑의 철학이어서 대등론이다.

6

추위 노래는 더 나아간다. 柳寅植의 한시 〈此夜寒〉, 〈이 밤이 차다〉는 몇 겹으로 이루어진 추위 노래이다. 추운데 힘든 일을 하는 상황을 말한 것은 위의 어사용과 같다. 시간이 낮이 아니고 밤이어서, 격정이나 각성이 더욱 절실하다. 밤이 차다는 말로 일제의 식민지 통치가 가져다준 모멸에 찬 삶의 고난을 그리면서, 민족해방을 지향하는 불굴의 의지를 확인했다.

板屋風鳴此夜寒
莊嚴奇氣薄秋旻
定知愛國靑年血
不作囹圄凍餒魂

판잣집에 바람이 불어 이 밤이 차갑구나
장엄하고 기이한 기운 가을 하늘에 엷도다.
정녕 애국청년들의 피를 알고 있으니
감옥에서 얼고 굶어 죽는 귀신 되지 않으리.

모두 열수 가운데 둘째 수이다. 판잣집은 자기가 사는 형편이라면, 감옥은 시대상황이다. 고난이 겹겹이 닥쳤지만, 장엄하고 기이한 기운이라고 표현한 민족정신이 사라지지 않고, 애국청년들의 피가 끓으니 절망할 수 없다고 했다. 얼어 죽지도 않고 굶어 죽지도 않으리라는 말로 모든 고난을 이기고 민족해방을 이룩하겠다고 다짐했다.

자기 처지에서부터 시작해서 시야를 확대했다. 멀리 해외에서 비바람을 무릅쓰고 분투하고 있는 동포를 생각했다. 학계, 사회, 상업계 등에서 괴로움을 삼키며 피를 토하며 핍박에 시달리며 의지를 굽히지 않고 조국을 되찾으려 하는 사람들과의 공감을 다졌다. 여덟째 수에 이르러서는 노동자를 부르면서 이렇게 노래했다.

勞動諸君此夜寒
氷程雪海走如丸
四千餘載神明族
何忍呻吟異種鞭

노동하는 여러분 이 밤이 차갑구려.
얼음 길 눈 내리는 바다를 총알처럼 달리네.
사천 년 역사를 지닌 신성한 민족이
다른 종족의 채찍에 신음하고만 있겠는가?

　노동자가 비참하게 사는 모습을 그리려고 한 것은 아니다. 노동
자가 고난을 견디어내는 주체라고 했다. 얼음길과 눈바다를 총알처
럼 달려야 먹고살 수 있는 노동자의 처지가 되어, 다른 종족의 채찍
에 신음하고만 있을 수 없는 민족적 자부심을 되새겼다.

李陸史, 〈絶頂〉
매운 계절의 채찍에 갈겨,
마침내 북방으로 휩쓸려오다.

하늘도 그만 지쳐 끝난 고원,
서릿발 칼날진 그 위에 서다.

어디 가 무릎을 끓어야하나?
한 발 재겨 디딜 곳조차 없다.

이럼에 눈 감아 생각해 볼밖에
겨울은 강철로 된 무지갠가 보다.

추위가 매서운 겨울은 시련이 극도에 이르러 투쟁하지 않을 수 없는 시기이다. 이런 발상을 근거로, 민족의 수난과 항쟁을 치열하게 노래한 항일시이다. 상징적인 수법을 쓴 덕분에 검열을 통과하고 발표되었다.

"매운 계절의 채찍에 갈겨"라고 한 첫 줄로 일제의 억압을 나타냈다. 시련이 극도에 이른 "서릿발 칼날진" 곳에 이르러 굴종을 받아들일 여유조차 없다 했다. "강철로 된 무지개"는 무지개 같은 희망이 시련을 이기는 강인한 투쟁으로 성취된다는 것을 암시한 말이다. 극도에 이른 절망은 열렬한 희망이라는 역설로 겨울과 봄, 현재와 미래의 구분을 없앴다.

柳寅植이나 李陸史는 혹독한 추위를 무릅쓰고 비장한 결단을 내려, 고독을 추구하는 철학의 차등론을 극단화한 것이 같다. 이것은 과정이고 결과가 아니다. 극단에 이르면 필연적으로 일어나는 반전으로 거대한 탄력이 생겨, 차등론보다 진폭이 훨씬 넓은 대등론이 펼쳐진다. 추위가 이런 철학을 알려주는 데까지 이른다.

7

더위와 추위는 계절만이 아니고 날씨이다. 겨울에도 더울 수 있고, 여름에도 추울 수 있다. 더위와 추위는 날씨만이 아니고 느낌이다. 추위도 덥다고, 더위도 춥다고 할 수 있다. 더위와 추위는 느낌만이 아니고 상징이다. 많은 것을 연상하도록 하는 문을 양쪽으로 열어준다.

더위와 추위는 상징만이 아니고 철학이다. 많은 것을 모아들여 陽이니 陰이니 하는 철학을 알기 쉽게 전달한다. 두 문이 하나이게 한다. 이제 그쪽으로 가보자.

李穡,〈秋暑〉

秋暑困衰翁
凍雨一洗之
劃時五內涼
兀坐靜言思
靈臺方寸地
外物莫能移
奈何觸寒熱
勢窘難支持
稽首謝天君
泰然其在玆

이색,〈가을 더위〉

가을 더위가 쇠약한 늙은이 괴롭히더니,
얼음 덩이 같은 비가 한차례 씻어준다.
죽 그어 내릴 때 오장이 모두 시원해져,
오뚝히 앉아 조용히 생각하고 말을 한다.
靈臺라는 마음 사방 한 치 크기이지만.
外物이라는 것들이 움직일 수 없도다.
어째서 추위를 만나거나 더위가 닥치면,
형세 군색해 견디기 어렵게 되겠는가.
머리 조아려 감사하노니 天君이시여,
태연히 그 자리에 그대로 계시옵소서.

이 시는 더위와 추위에 관한 철학을 전개한다. 신령스러운 돈대라고 여겨 靈臺라고 하고, 온몸을 다스리는 하늘 같은 군주라고 받들어 天君이라고도 하는 마음이 外物에 흔들리지 말아야 한다고 다짐했다. 外物은 마음 밖의 모든 것이며 특히 세태를 의미한다.

추위나 더위는 세태 변화가 이리저리 극단으로 치닫는 사태이다. 그런 세태에 휘말리지 않고 중심을 잡고 있겠다고 했다. 그래야 쇠약한 늙은이가 당당하게 詩人이고 哲人이다. 고려 때의 시인 李穡이 이런 시를 남긴 것을 잊지 말아야 한다.

太能, 〈偶題〉

寒時寒殺闍梨去
熱時熱殺闍梨來
寒熱去來惟一味
淸香飄拂雪中梅

추울 때 추위를 죽인다면, 스승이 가고,
더울 때 더위를 죽인다면, 스승이 오는가?
추위와 더위, 가고 오는 것이 오직 한 맛,
맑은 향기 나부끼는 눈 속의 매화로다.

조선후기 禪僧 太能은 이렇게 말했다. 闍梨(도리)는 阿闍梨(아도리) 약칭이며, 승려들을 이끌어주는 스승을 말한다. 범인은 물론 예사 승려들까지도 추위나 더위를 싫어한다. 죽여 없앴으면 싫어 한다. 그러나 스승은 추위나 더위를 죽이겠다는 마음이 없다. 추위나 더위가 가고 오는 것을 분별하고 시비하지도 않는다.

거기서 말을 끝내면 부정만 있고 긍정은 없다. 잘못을 나무라기만 하고 대안을 말하지 않으면 스승이라고 할 수 없다. 스승이라고 참칭하는 사기꾼이다. 대안을 두 단계로 제시해 사기꾼이 아닌 스승이다.

"추위와 더위, 가고 오는 것이 오직 한 맛"이라고 한 것은 1단계 대인이다. 추위와 더위, 가고 오는 것을 따로 뗄 수 없다. 추우니까 덥고, 더우니까 춥다. 가므로 오고, 오므로 간다. "맑은 향기 나부끼는 눈 속의 매화로다"라고 한 것은 2단계 대안이다. 추위와 더위, 가고 오는 것이 하나가 되니, 향기롭고 아름다운 꽃이 핀 듯한 창조가 이루어진다.

유학의 용어를 사용하면 말이 줄어들 수 있다. 먼저 陰陽互根을 알아야 한다. 다음에는 互根에서 相生으로 나아가야 한다. 나는 이치를 좀 더 분명하게 한다. 萬物의 對等을 인정하고, 萬物對等生克論에 이르러야 한다.

씨앗 노래

1

'씨'란 무엇인가? 사전에서는 한 말을 든다. "식물의 열매 속에 들어 있는 것으로, 땅에 뿌려지면 싹이 터서 다시 같은 식물로 자라게 될, 비교적 단단한 물질. 씨앗. 종자."

'씨'와 '씨앗'은 같은 것인가? 용례를 들어 말한다. "씨 뿌린다"고 하고 "씨앗 심는다"고 한다. 말을 바꾸어, "씨 심는다" 하고 "씨앗 뿌린다"고 하면 어색하다. '씨'는 너무 작아 여럿을 한 줌으로 잡고 뿌려야 하고, '씨앗'은 하나하나 살피고 고르면서 심을 만한 크기이다.

'종자'는 이 둘을 함께 일컫는 말이다.

노래를 보자. 종자 노래라는 것은 없다. 종자는 시적 감흥과는 거리가 멀기 때문일 것이다. 씨는 어떤가? 씨를 노래하지 않고, 씨 뿌리는 농부를 노래한다. 씨앗 노래는 많이 있다. 씨는 너무 작아 시선을 끌지 못하고, 씨앗은 심은 것이 어떻게 싹트고 자라는지 관심을 가지고 노래한다.

씨 뿌리는 농부 노래는 사람에 관한 것이다. 씨앗 노래는 자연의 의문을 풀고자 한다. 씨 뿌리는 농부 노래는 거듭 논의해 새삼스러운 의문이 없을 것 같다. 씨앗 노래는 여기서 처음 진지하게 살펴 해결해야 할 과제, 해야 할 말이 아주 많다.

씨앗은 아주 작은 것이 무척 크게 자라나 놀랍다. 사람이 먹고 사는 식품의 원천이어서 아주 소중하다. 이런 생각을 하고 지은, 동서고금 시인의 씨앗 노래를 모아 고찰하면 큰 소득이 있을 것이다. 사실 파악 이상의 깨달음을 얻어, 창작의 경지로 나아가는 연구를 할 수 있으리라고 생각한다.

이 작업을 두 단계로 한다. 앞에서는 자료를 모아 제시한다. 반드시 필요한 설명만 간략하게 적는다. 작품을 하나하나 착실하게 읽기를 바란다. 뒤에서는 제시한 자료를 비교해 고찰한다. 공통점과 차이점을 밝히면서 논의를 확대하고 심화한다. 이에 관한 토론을 기대한다.

2

씨앗 노래는 관심을 가지지 않던 영역이다. 자료가 알려지지 않았으므로 찾아서 제시해야 한다. 분량이 많은 곳을 각오하고, 전문 그대로 든다.

자료를 언어에 따라 분류해 찾아보기 쉽게 한다. 가깝고 멀고, 오래되고 새로운 것을 언어 분류의 기준으로 한다. 가깝고 오랜 한문을 먼저, 가깝고 새로운 한국어를 그다음에 든다. 멀리 가서 독어·영어·불어 자료를 찾는다. 이것이 오래된 데서 새로운 데로 가는 순서일 수 있다. 그 밖의 다른 언어를 아는 분들이 작업을 확대해주기 바란다. 비교고찰을 모든 문명권, 되도록 많은 언어에서 하면 아주 좋을 것이다. 그날이 오기를 기대한다.

제시하는 자료 수는 한문 2, 한국어 4, 독어 2, 영어 2, 불어 2이다. 동쪽 6, 서쪽 6이 균형을 이룬다. 한국어 4, 독어 2, 영어 2,

불어 2 가운데 어린이가 노래하는 동요가 한국어 2, 독어 1, 영어 1, 불어 1이고, 성인이 읽으라고 하는 시도 같은 수이다.

한문·독어·영어·불어 자료에는 번역을 첨부한다. 자료에 번호를 붙이고, 고찰할 때 이용한다. 번역이 있는 자료는 번호와 함께 번역명을 들고, 번역을 인용한다.

자료를 제시할 때에는 작자나 제목에 대한 최소한의 설명만 한다. 고찰은 나중에 총괄해 하면서 비교론도 갖춘다. 우선 일독하고, 논란에 참여해주기 바란다.

3

[1-1] 孟郊, 〈春日有感〉

雨滴草芽出
一日長一日
風吹柳線垂
一枝連一枝
獨有愁人顔
經春如等閑
且持酒滿杯
狂歌狂笑來

맹교, 〈봄날의 느낌〉

비가 오니 풀싹이 나서
하루 자라고 또 하루.
바람 불어 버들이 처지며
이 가지 저 가지 이어지네.
얼굴에 근심을 띤 사람은

봄이 돌보지 않는 것 같네.
잔에 술을 가득 채우고,
미친 듯 노래하고 웃자구나.

맹교는 중국 당나라 시인이다.

[1-2] 李睟光, 〈沙溪精舍〉

淑氣鍾靈天地東
幽居占勝帶方中
生孫舊有千竿竹
種子今成十丈松
山學高標猶偃蹇
水留淸韻自玲瓏
知翁道德從來富
休說臞儒活計窮

이수광, 〈사계정사〉

맑은 기운 천지 동쪽에 뭉쳐 있고,
은거처는 나라 한가운데 자리 잡았네.
죽순은 어느새 천 그루 대가 되었고,
종자가 이제는 열 길 솔로 자랐구나.
산은 높은 품격 배워 아주 우뚝하고
물은 맑은 운치 지녀 절로 영롱하다.
늙은이 도덕 알기 원래부터 넉넉하니,
숨은 선비 살기 힘들다는 말을 말아라.

이수광은 한국 조선시대 선비이다. 사계정사는 어느 분의 亭子이
다. 정자를 노래하면서 그 주인을 칭송한다.

4

[2-1] 동요친구들, 〈씨앗〉

씨씨씨를 뿌리고 꼭꼭 물을 주었죠
하루밤 이틀밤 쉿쉿쉿
뽀드득 뽀드득 뽀드득
싹이 났어요

싹싹싹이 났어요 또또 물을 주었죠
하루밤 이틀밤 어어어
뽀로롱 뽀로롱 뽀로롱
꽃이 폈어요

　작자 이름은 없다. 아이들이 부르는 동요이다. 반복구가 흥을 돋운다.

[2-2] 서정은, 〈씨앗〉

난 조그만 씨앗 내 안에 세상이 있죠
난 꿈꾸는 씨앗 매일 매일 자라나요
작은 씨앗 속엔 넓은 바다도
높은 산도 있어요
내 안에는 끝없는 우주가 꼭꼭 숨어 있죠
지금은 아무도 볼 수 없지만
언젠가 내 안에 있는 우주와
내가 꿈꾸는 멋진 세상을
모두에게 보여 줄래요
작은 씨앗 속엔 넓은 바다도

높은 산도 있어요
내 안에는 끝없는 우주가 꼭꼭 숨어 있죠
지금은 아무도 볼 수 없지만
언젠가 내 안에 있는 우주와
내가 꿈꾸는 멋진 세상을
모두에게 보여 줄래요
나는 무엇이든 될 수 있어요

서정은은 한국 현대시인이다.

[2-3] 백무산, 〈씨앗 속에는〉

씨앗 속에는
무엇이 들어 있어
작은 점 하나가
큰 나무가 되나.

씨앗 속에는
엄마가 그려 준
설계도가 들어 있지.

햇살 일꾼
바람 일꾼
물 일꾼
흙 일꾼이 와서
뚝딱뚝딱 만들 때

정성을 다해 만들라는
부탁 편지도 들어 있지.

백무산도 한국 현대시인이다.

[2-4] 윤동재, 〈씨앗 두알〉

우리 할아버지
밭에다 씨앗을 심을 때 보면
한 구멍에다 꼭 두 알씩 심지요

한 알만 심지 않고
왜 두 알씩 심어요?
물어보면

두 알씩 심으면
서로서로 잘 자라려고 애쓰느라
둘 다 쑥쑥 자란다지요

두 알씩 심으면
서로서로 끌어 주고 밀어 주느라
둘 다 무럭무럭 큰다지요

윤동재도 한국 현대시인이다. 이 시를 동시라고 했다.

5

[3-1] Matthias Claudius, "Wir pflügen und wir streuen den Samen"

Wir pflügen, und wir streuen
den Samen auf das Land
doch Wachstum und Gedeihen

steht in des Himmels Hand:
der tut mit leisem Wehen
sich mild und heimlich auf
und träuft, wenn heim wir gehen
Wuchs und Gedeihen drauf

Alle gute Gabe
kommt her von Gott dem Herrn,
drum dankt ihm, dankt, drum dankt ihm
dankt und hofft auf ihn!

Er sendet Tau und Regen
und Sonn- und Mondenschein
er wickelt seinen Segen
gar zart und künstlich ein
und bringt ihn dann behende
in unser Feld und Brot
es geht durch unsre Hände,
kommt aber her von Gott

Alle gute Gabe
kommt her von Gott dem Herrn,
drum dankt ihm, dankt, drum dankt ihm
dankt und hofft auf ihn!

Was nah ist und was ferne
von Gott kommt alles her
der Strohhalm und die Sterne
der Sperling und das Meer
Von ihm sind Büsch und Blätter
und Korn und Obst von ihm
das schöne Frühlingswetter

und Schnee und Ungestüm

Alle gute Gabe
kommt her von Gott dem Herrn,
drum dankt ihm, dankt, drum dankt ihm
dankt und hofft auf ihn!

Er läßt die Sonn aufgehen
er stellt des Mondes Lauf
er läßt die Winde wehen
und tut den Himmel auf
Er schenkt uns so viel Freude
er macht uns frisch und rot
er gibt den Kühen Weide
und unsern Kindern Brot

Alle gute Gabe
kommt her von Gott dem Herrn,
drum dankt ihm, dankt, drum dankt ihm
dankt und hofft auf ihn!

쿨라디우스, 〈우리는 밭을 갈고 씨를 뿌린다〉

우리는 밭을 갈고, 우리는 뿌린다
씨를 땅에다가
자라고 번성하는 것은
하늘의 손에 달려 있다.
하늘은 고통이 적게
부드럽고 은밀하게 움직이며
우리가 집으로 돌아갈 때
성장과 번성을 조금씩 이룬다

모든 좋은 선물은
주님에게서 온다
그러므로 그분에게 감사해야, 감사, 감사해야 한다
그분에게 감사하고 기대해야 한다.

그분이 이슬과 비를 보내주신다
햇빛도 달빛도 보내주신다
그분은 아주 섬세하고 예술적인
기도를 받아들이시고
민첩하게 보내주신다
우리의 들판과 식량을
우리 손에 넣어주신다
모두 주님께서 주신 것이다

모든 좋은 선물은
주님에게서 온다
그러므로 그분에게 감사해야, 감사, 감사해야 한다
그분에게 감사하고 기대해야 한다

가까운 것이나 먼 것이나
모두 주님에게서 왔다
지푸라기나 별이나
참새나 바다나
그분에게서 온 덤불이고 흔적이다
낟알이고 열매이다
아름다운 봄 날씨
눈 내리고 사나워도

모든 좋은 선물은

주님에게서 온다
그러므로 그분에게 감사해야, 감사, 감사해야 한다
그분에게 감사하고 기대해야 한다

그분은 해가 떠오르게 하고
달이 움직이게 하고
바람이 불게 하고
하늘이 위에 있게 하고
우리에게 많은 기쁨을 선물하고
우리를 신선하게도 붉게도 하고
암소 목장을 주고
우리 아이들에게 빵을 준다

모든 좋은 선물은
주님에게서 온다
그러므로 그분에게 감사해야, 감사, 감사해야 한다
그분에게 감사하고 기대해야 한다!

　

18세기 독일 시인이 지은 오랜 동요이다. 후렴이 번다하다. "씨앗을 심는다"고 하지 않고, "씨를 뿌린다"고 했다. 둘의 차이를 의식하지 않은 것 같다. 할 말이 따로 있기 때문이라고 생각한다.

[3-2] Otto Pötter, "Ein Samenkorn - ein Wunder!"

Ein Samenkorn - ein Wunder!
Ein Samenkorn - ein Wunder!
Ins Erdreich fällt's hinunter
und fängt dort im Geheimen
auch bald schon an zu keimen.

Im Körnlein schlummern Kräfte,
da wirken Lebenssäfte;
hervor sprießt eine Pflanze:
Ein Kunstwerk ist das Ganze!

Von all den vielen Samen
weiß ich nur wenig Namen,
weshalb ich mich bescheide,
zu reden von Getreide!
Schon viel zu sagen wäre
zu Wurzel, Halm und Ähre;
vor allem: Wer kann Leben,
Gestalt und Wachstum geben?

Das ist ein großer Meister.
Gott ist's, und Schöpfer heißt Er.
Auf wunderbare Weise
sorgt Er für unsre Speise,
gibt Brot aus Weizen, Roggen,
aus Hafer feine Flocken,
schenkt Fülle an Getreide,
dass keiner Mangel leide!

Wenn Gott nichts wachsen ließe,
dass es der Mensch genieße -
wir würden bald verderben,
vor Hunger elend sterben!
Doch der einst sprach: „Es werde!",
schafft Nahrung aus der Erde,
gibt Frucht und wieder Samen,
drum rühm' ich seinen Namen!

퓌터, 〈씨앗 하나 - 그 놀라움〉

씨앗 하나 - 놀라움 하나!
씨앗 하나 - 놀라움 하나!
땅 저곳에 떨어지니
거기서 모르는 사이에
벌써 싹이 트기 시작한다.
잠든 작은 알갱이가 숨겨놓은 힘이
생명의 양식으로 작동해;
식물이 피어나게 한다.
완전한 예술 작품이다!

많은 씨앗 그 모두에서
내가 아는 이름 아주 적어
나는 겸손하게 조심하는데,
곡식에 대해 이야기하는 것을!
이미 말을 많이도 했구나.
뿌리, 줄기, 이삭
그 모두를 누가 살리고,
모습과 성장을 주었는가?

위대한 주님이 있으니,
하느님이고, 창조자라고도 한다.
경이로운 방법으로
우리 인류를 돌보고
밀이나 호밀 빵을 주고,
귀리로 만든 좋은 프래이크도.
곡물을 많이도 보내주어
궁핍에 시달리지 않게 한다!

주님이 아무 것도 자라게 하지 않아,
먹을 것이 없게 되면
우리 인간은 곧 망가진다.
비참하게 굶어 죽는다!
그러므로 최초의 말이 "이루어지다!"이다.
땅에서 먹을 것이 생기게 하고,
과일을 주고 다시 씨앗을 준다.
그래서 나는 그 분의 이름을 칭송한다.

1948년에 태어난 독일 현대시인은 아직도 이런 노래를 짓는다.

6

[4-1] "The farmer plants the seeds"

The farmer plants the seeds,
[Stoop and pretend to plant seeds.]
The farmer plants the seeds
Hi, Ho, the dairy-o.
The farmer plants the seeds.

The sun comes out to shine.
[Make a large circle with arms.]
The sun comes out to shine.
Hi, Ho, the dairy-O
The sun comes out to shine.

The rain begins to fall.
[Hands flutter up and down.]
The rain begins to fall.

Hi Ho the dairy-O.
The rain begins to fall.

The seeds begin to grow.
The seeds begin to grow.
[Stand up slowly.]
Hi, Ho. the dairy-O.
The seeds begin to grow.

The vegetables are here.
The vegetables are here.
Hi, Ho, the dairy-O.
The vegetables are here.

The farmer digs them up.
The farmer digs them up.
Hi, Ho, the dairy-O.
The farmer digs them up.

Now, it's time to eat.
Now it's time to eat.
Hi, Ho, the dairy-O.
Now it's time to eat.

〈농부가 씨앗을 심네〉

농부가 씨앗을 심네.
[몸을 구부려 씨앗을 심는 듯이 한다.]
농부가 씨앗을 심네.
하이, 호, 데어리-오.
농부가 씨앗을 심네.

해가 나와서 빛나네.

[팔로 큰 동그라미를 그린다.]
해가 나와서 빛나네.
하이, 호, 데어리-오
해가 나와서 빛나네.
하이, 호, 데어리-오.
해가 나와서 빛나네.

비가 오기 시작하네.
[손을 아래 위로 흔든다.]
비가 오기 시작하네.
하이, 호, 데어리-오.
비가 오기 시작하네.

씨앗이 자라기 시작하네.
씨앗이 자라기 시작하네.
[천천히 일어난다.]
하이, 호, 데어리-오.
씨앗이 자라기 시작하네.

채소가 여기 있네.
채소가 여기 있네.
하이, 호, 데어리-오.
채소가 여기 있네.

농부가 채소를 캐내네.
농부가 채소를 캐내네.
하이, 호, 데어리-오.
농부가 채소를 캐내네.

이제 먹을 시간이네.
이제 먹을 시간이네.
하이, 호, 데어리-오.
이제 먹을 시간이네.

작자 이름이 없다. 유치원 아이들이 몸짓을 하면서 부르는 동요
이다.

[4-2] Malcolm Bradshaw, "The Seed Of Life"

The seed of life is precious,
It is protected with love and care,
It is nourished with love and kindness,
Through emotions of joy and despair.

The seed of life must be cherished,
To grow into a perfect form,
All these things must be precise,
Before a child is born.

When a seed is rejected,
It is no fault of your own,
It is nature's way of saying,
That the seed should not be grown.

Those precious seeds are not wasted,
For the light and love will remain,
Waiting once more to be called on,
Waiting too born once again.

Do not give up and think you're a failure,
For it is just an experience of life,

The things you wish will happen,
Even through trouble and strife.

Thank God for things you have,
Look forward for the things to come,
Maybe the next time you conceive,
You will be a proud and wonderful mum.

브래드쇼, 〈생명의 씨앗〉

생명의 씨앗 소중하다.
사랑과 걱정으로 보호된다.
사랑과 친절로 양육된다.
즐겁고 실망스러운 감정을 거친다.

생명의 씨앗은 소중하게 여겨야 한다.
완전한 모습으로 자라나게 해야 한다.
모든 것이 정밀해야 한다.
어린아이가 태어날 때까지.

거절당하는 씨앗이 있다면,
그것은 너의 잘못이 아니다.
자연이 으레 그러는 것이다.
그런 씨앗은 자라지 않아야 한다.

소중한 씨앗은 낭비되지 않아야 한다.
빛이나 사랑이 대기하고 있으면서
다시 불러주기를 기다린다.
다시 태어나기를 기다린다.

포기하지 않고, 실패했다고 생각하지도 말아야 한다.

그것은 인생의 한 경험이기 때문이다.
생겨나야 한다고 네가 바라는 것은
다툼과 분쟁까지도 거쳐야 한다.

네가 가진 것을 신에게 감사하고,
장차 닥쳐올 일을 기대하여라.
아마도 너에게 다음 기회가 있을 것이고,
너는 되리라 자랑스럽고 놀라운 그 무엇이…

　호주 고등학교 교장이 학생들을 가르치려고 지은 노래이다. 자료
의 다양성을 말해준다.

6

[5-1] Aurélie Pauly, "La petite graine"

C'est une petite graine qui a été semée,
On l'a mise dans la terre et on l'a arrosée.
Le soleil l'a chauffée, et puis elle a germé,
Maintenant qu'elle a poussé, on peut bien l'admirer.

J'aime la sentir, la, la, la,
J'aime la cueillir, la, la, la,
Mais j'aime surtout vous l'offrir, la, la, la.

폴리, 〈작은 씨앗〉
심은 것이 작은 씨앗이다.
땅에다 넣고 물을 준다.
해가 따뜻하게 하니 싹이 튼다.

이제 쑥 내밀어 찬양할 수 있다.

느낌이 좋아, 라 라 라.
꺾으니 좋아, 라 라 라.
그대에게 주니 더욱 좋아, 라 라 라.

룩셈부르크의 여교사가 아이들이 부르라고 지은 동요이다. 이것
도 자료의 다양성을 말해준다.

[5-2] Laurent Chaumette, "Graine Mère"

A Marie

Cette émotion comme un grain de lumière

Planté au creux de moi

Ce sont les bras d'une mère

Tu jalonnes ma lignée

Je viens pour toi

Le visage inconnu de l'amour

La douceur qui ruisselle

Je n'ai personne d'autre

Qui m'apprenne à aimer

Alors je te salue

Mère des rescapés

Prière des noyés

Mais qui sur la terre ravagée

Sent tes bras étendus

Et le secret dans la matière

De ta virginité

Alors berce-moi encore

De tes bras nus

Que je m'élève en transparence

Jusqu'aux plis de ta robe — la source claire —
Pour que j'y enveloppe
L'enfance d'un éclair.

쇼메트, 〈씨앗은 어머니〉

마리에게
빛나는 씨앗 같은 이 느낌이
나의 빈 곳에 심어지더니
어머니가 내미는 팔로
그대는 내가 나아갈 길을 표시한다
나는 그대를 위해서 왔다
알아볼 수 없는 사랑의 얼굴
넘치는 부드러움
내게는 다른 사람이 없고
그대만 내게 사랑을 알려준다
이윽고 나는 그대를 찬양한다
생존자들의 어머니
물에 빠진자들의 기도
황폐하게 된 땅 위로
그대의 팔이 뻗어 있는 것을 감지한다
그리고 내면에 감추어져 있는
그대의 처녀성
지금도 나를 흔들어다오
맨살을 드러낸 팔로
나는 투명하게 몸을 일으키리라
빛나는 원천 그대의 옷 주름까지
거기서 나를 감싸려고
빛나는 어린 시절로.

이슬람으로 개종했다고 하는 불국인 시인·철학자가 이런 시를 지었다. 이것도 자료의 다양성을 말해준다.

7

이제 제시한 자료를 모두 고찰한다. 먼저 전체를 총괄하는 말을 한다. 작은 씨앗이 바람에 날려가다가 떨어진 땅에서 싹이 나서 크게 자라나는 것은 아주 경이롭다. 시인이 면밀하게 관찰하고 알아낸 그 비밀을 노래를 지어 알려줄 만한데, 그렇지 않다. 저절로 땅에 떨어진 것에는 관심을 두지 않는다.

〈성주풀이〉에서는 솔씨를 심어 생겨난 소나무가 아주 커졌다고 한다. 솔씨는 크기를 보면 씨앗이 아니고 씨이다. 그래도 바람에 날려가다가 저절로 떨어졌다고 하지 않고, 사람이 심었다고 한다. 그래서 노래가 이루어진다. 그래도 이것은 예외이다.

위에서 든 모든 노래는 씨앗을 노래하고, 씨앗이 농작물 씨앗이다. 농작물 씨앗에 관한 노래만 많이 지어 부르는 것이 어디서나 확인되는 공통된 현상이다. 이것은 무슨 까닭인가? 과학과 문학이 다르기 때문이라고 할 수 있다.

과학은 씨나 씨앗을 아울러 일컫는 종자의 성장을 그 자체로 연구한다. 문학은 자연을 사람과 관련시켜 탐구한다. 사람이 심은 씨앗의 자라남이 사람이 사는 것과 어떤 관련을 가지는가 하는 의문을 풀고자 한다. 관련 양상을 몇 가지로 생각한다.

[A] 씨앗의 성장과 사람의 삶이 겹친다.
[B] 씨앗의 성장과 사람의 삶이 연관된다.

[C] 씨앗이 성장하는 이유를 사람이 말한다.

8

[A] 씨앗의 성장과 사람의 삶이 겹친다. 이것은 다시 몇 가지로 나누어진다.

[A1] 씨앗의 성장과 사람의 삶은 외형에서 겹친다. 아이들이 씨앗 노래를 부르면서 씨앗의 성장을 체험한다. 자기가 씨앗이 되어 성장한다고 생각하고, 씨앗과 사람의 합일을 노래한다. 농경을 시작한 이래로 치른 원시적인 의례를, 지금에 와서는 씨앗처럼 삶을 시작하는 아이들이 맡아서 재현한다. 이것이 씨앗 노래의 기본 양상이고 의의이다.

이것이 [1] 한문에는 없는 것이 당연하고, 모든 경우에는 다 있다. [2-1] 동요친구들, 〈씨앗〉; [3-1] 마티아그 쿨라디우스, 〈우리는 밭을 갈고 씨앗을 뿌린다〉; [4-1] 〈농부가 씨앗을 심네〉; [5-1] 오렐리 폴리, 〈작은 씨앗〉이 이런 것이다.

[4-1]에는 노래 부르면서 하는 동작 설명도 있다.

농부가 씨앗을 심네.
[몸을 구부려 씨앗을 심는 듯이 한다.]

해가 나와서 빛나네.
[팔로 큰 동그라미를 그린다.]

비가 오기 시작하네.
[손을 아래 위로 흔든다.]

씨앗이 자라기 시작하네.
[천천히 일어난다.]

다른 경우에도 동작이 있는 것이 당연하다. 어디 것이든지 거의 같다.

[A2] 씨앗의 성장과 사람의 삶은 내면에서 겹친다.

[2-2] 서정은, 〈씨앗〉이 이런 것이다. 씨앗의 성장이, 사람의 삶에서 간직한 다음과 같은 소망을 펼친다고 했다.

작은 씨앗 속엔 넓은 바다도
높은 산도 있어요
내 안에는 끝없는 우주가 꼭꼭 숨어 있죠
지금은 아무도 볼 수 없지만
언젠가 내 안에 있는 우주와
내가 꿈꾸는 멋진 세상을
모두에게 보여줄래요

[A3] 씨앗의 성장과 사람의 삶은 창조력에서 겹친다.

[2-3] 이런 것인 백무산, 〈씨앗 속에는〉을 보면, 씨앗에서 이루어지는 다음과 같은 건설 작업을 시인은 시를 창조해 보여준다고 했다. 어느 쪽이 더 기발한가 경쟁했다.

씨앗 속에는
엄마가 그려 준
설계도가 들어 있지.

햇살 일꾼

바람 일꾼
물 일꾼
흙 일꾼이 와서

9

　[B] 씨앗의 성장과 사람의 삶이 연관된다. 이것도 몇 가지로 나누
어진다.
　[B1] 씨앗이 자라 얻은 수확물을 사람이 먹는다.
　[4-1] 〈농부가 씨앗을 심네〉는 다음과 같은 대목에서 여기 가담
한다.

　　농부가 채소를 캐내네.
　　이제 먹을 시간이네.

　[B2] 씨앗의 성장 과정이 사람과 흡사하다.
　[1-2] 李睟光, 〈沙溪精舍〉가 이런 것이다. 다음 두 대목 앞의 말
과 뒤의 말이 흡사하고, 서로 호응한다.

　　죽순은 어느새 천 그루 대가 되었고,
　　종자가 이제는 열 길 솔로 자랐구나.

　　늙은이 도덕 알아 원래부터 넉넉하니,
　　숨은 선비 살기 힘들다는 말을 말아라.

　[B3] 씨앗의 성장 과정은 사람과 다르다.

[1-1] 孟郊의 〈春日有感〉이 이런 것이다. 앞의 네 줄의 씨앗 성장과 뒤의 네 줄 사람의 처지는 반대가 될 만큼 다르다고 했다.

비가 오니 풀싹이 나서
하루 자라고 또 하루.
바람 불어 버들이 처지며
이 가지 저 가지 이어지네.

얼굴에 근심을 띤 사람은
봄이 돌보지 않는 것 같네.
잔에 술을 가득 채우고,
미친 듯 노래하고 웃자구나.

자연은 잘 나가는데, 사람은 그렇지 못하다고 했다. 사람이 근심스럽게 쭈그러드는 것을 두고 보지 못하겠다고 했다. 생기를 되찾기 위해 술 마시고, 미친 듯 노래하고 웃자고 했다.

[B4] 씨앗의 성장 과정에서 사람은 교훈을 얻어야 한다.

[4-2] 맬콤 브래드쇼, 〈생명의 씨앗〉이 이런 것이다. 씨앗의 성장과 인생이 같다고 하다가 싹트지 못하는 씨앗도 있다고 하는 대목에 이르러, 말이 달라진다. 교훈을 말하는 인생론을 시작한다.

거절당하는 씨앗이 있다면,
그것은 너의 잘못이 아니다.
자연이 으레 그러는 것이다.
그런 씨앗은 자라지 않아야 한다.

소중한 씨앗은 낭비되지 않아야 한다.

빛이나 사랑이 대기하고 있으면서
다시 불러주기를 기다린다.
다시 태어나기를 기다린다.

이런 말에 이어서, 실패하더라고 좌절하지 말아라, 다음 기회를
기다려 실패를 성공으로 바꾸어놓으라고 훈계를 한다. 씨앗에 견주
어 말하니, 훈계가 의심할 여지가 없는 타당성을 가지는 것 같다.
그러나 씨앗은 망가진 것이 다시 살아나지 않는다.

[5-2] 로랑 쇼메트, 〈씨앗은 어머니〉가 이런 것이다. 생각이 복
잡해 요약하기 어렵다. 어느 대목에 핵심이 나타나 있는 것도 아니
다. 전문을 자세하게 살펴야 한다.

빛나는 씨앗 같은 이 느낌이
나의 빈 곳에 심어지더니
어머니가 내미는 팔로
그대는 내가 나아갈 길을 표시한다

자기는 씨앗을 어머니로 하고 생겨나고 자란다고 여긴다.

나는 그대를 위해서 왔다
알아볼 수 없는 사랑의 얼굴
넘치는 부드러움
내게는 다른 사람이 없고
그대만 내게 사랑을 알려준다
이윽고 나는 그대를 찬양한다

어머니인 씨앗에 대해 깊은 친근감을 가진다.

생존자들의 어머니
물에 빠진자들의 기도
황폐하게 된 땅 위로
그대의 팔이 뻗어 있는 것을 감지한다
그리고 내면에 감추어져 있는
그대의 처녀성
지금도 나를 흔들어다오

어려움이 생기면 원초적 가능성이 해결해주기를 바란다.

맨살을 드러낸 팔로
나는 투명하게 몸을 일으키리라
빛나는 원천 그대의 옷 주름까지
거기서 나를 감싸려고
빛나는 어린 시절로.

모태에 회귀하고 싶다고 한다.

10

[C] 씨앗이 성장하는 이유를 사람이 말한다. 이것은 둘로 나누어진다.

[C1] 이유를 밖에서 든다. 주님이 모든 것을 관장하고 선물한다는 교리를 의심하지 말고 받아들여야 한다. 주님에게 감사하고 찬양하는 신도가 되어야 한다.

[3-1] 마티아그 쿨라디우스, 〈우리는 밭을 갈고 씨앗을 뿌린다〉;

[3-2] 오토 쾨터, 〈씨앗 하나 - 놀라움 하나〉가 이런 것이다.

모든 좋은 선물은
주님에게서 온다
그러므로 그분에게 감사해야, 감사, 감사해야 한다
그분에게 감사하고 기대해야 한다.

위대한 주님이 있으니,
하느님이고, 창조자라고도 한다.
경이로운 방법으로
우리 인류를 돌보고
밀이나 호밀 빵을 주고,
귀리로 만든 좋은 프래이크도.
곡물을 많이도 보내주어
궁핍에 시달리지 않게 한다!

　주님이 어떤 분이고 무엇을 하는지 알려주는, 기독교 사제들의 설교를 아무 여과도 변형도 없이 그대로 옮긴다. 시인은 사제자를 받드는 충직한 시종에 지나지 않는다. 시인이 사제자의 시종 노릇을 충직하게 하려고 부르는 씨앗 노래가 씨앗을 초라하게 만든다.
　주님은 무엇이든지 그냥 지어낼 수 있는데, 씨앗같이 초라한 도구를 구태여 먼저 지어냈다. 이것은 무슨 까닭인가? 이런 의문을 가지면, 그것은 주님의 선물을 사람이 그냥 받아먹으면 게을러지기만 하니 씨앗을 심는 수고라도 하라는 각별한 배려를 하는 것 같다.
　[C2] 이유를 안에서 찾는다. 씨앗이 생장과 생산의 능력을 지니고 있는 것을 알아내야 한다. 씨앗 두알을 함께 심으면 서로 돕고

경쟁해 잘 자라는 생극의 이치도 알아야 한다.

[2-4] 윤동재, 〈씨앗 두알〉이 이런 것이다.

두 알씩 심으면
서로서로 잘 자라려고 애쓰느라
둘 다 쑥쑥 자란다지요

두 알씩 심으면
서로서로 끌어 주고 밀어 주느라
둘 다 무럭무럭 큰다지요

씨앗이 이렇게 말없이 하는 말을 농부가 알아듣고, 시인에게 일러주었다. 이것을 시인이 알아듣고 시에다 적어, 누구나 알아들을 수 있게 한다. 농사가 시작되는 아득한 옛적부터 있어야 할 일이 이제야 있어 너무나도 놀랍다.

씨앗을 두 알씩 심으면 잘 자란다는 것은 대단한 발견이다. 그 이유가 무엇인가? 시인은 서로서로 잘 자라려고 애쓰고, 서로서로 끌어 주기 때문이라고 아주 소박하게만 말하고, 더 깊이 생각하도록 하는 과제를 내주었다. 주님이 모든 것을 관장하고 선물한다는 교리를 역설하는 것과는 여러 모로 정반대이다.

서로 도우면서 경쟁하는 것을 함께 해서, 상생이 상극이고 상극이 상생인 생극의 이치를 구현한다. 과제를 해내려면, 이렇게 말해야 한다. 씨앗이 실행하는 철학이 농부를 거쳐 시인에게 전달되어, 누구나 알 수 있게 되었다. 제일 먼저 씨앗에게 감사해야 한다.

11

씨앗이란 무엇인가? 사람이 기근을 해결하고, 무지를 시정할 수 있게 하는 이중의 혜택을 베풀어준다. 이 점을 바로 알고 깊이 감사해야 한다.

씨앗이 기근을 해결하는 것은 말이 더 필요하지 않지만, 무지를 시정하는 것은 아는 사람이 적어 여러 시인이 수고한다. 이에 대한 해설과 평가가 연구자의 임무이다. 임무를 끝까지 충실하게 수행하려고 마무리하는 말을 한다.

씨앗은 작아서 큰 가능성을 지니고 실현한다. 씨앗은 여건이 좋지 못하면 숨어 지내다가 좋아지는 것을 알고 뜻을 펴는 슬기로움이 있다. 씨앗은 역사가 단절되지 않고 계속되는 것을 실행으로 입증한다.

씨앗은 서로 도우면서 경쟁하는 생극의 이치를 알려준다. 철학을 한다고 하지 않고 하는 진정한 철학자이다. 이 말이 가장 소중해, 마무리의 마무리로 삼는다.

꽃 노래

1

"듣기 좋는 꽃 노래"라고 옛날부터 일러왔다. 꽃 노래를 빼놓고 노래를 말하지 말아야 한다. 꽃 노래는 듣기 좋을 뿐만 아니라 알기도 쉬워, 긴 말이 필요하지 않다고 여기면 오해이다. 알기 쉬운 꽃 노래에 깊은 뜻이 있는 것을 가까운 데서 시작해 확인하자.

안숙선, 〈꽃이 피었네〉
꽃이 피었네 꽃이 피었네
건너 마을 김선달네 큰애기 얼굴 홍도화 피었네
사주단자 받았다고 문밖 출입 안한다네
니나노 난실 니나노 난실 얼싸 내 사랑아

개가 짖네 개가 짖네
임 오실 달밤의 울타리 밑의 삽살개 짖네
달을 보고 짖는 갠가 임을 보고 짖는 갠가
니나노 난실 니나노 난실 얼싸 내 사랑아

닭이 우네 닭이 우네
임이 와 가실 줄 알려든 이 밤 백설은 날려
임이 가실 소식 알려 이내 마음 안타깝네

니나노 난실 니나노 난실 얼싸 내 사랑아

"꽃이 피었다"는 것은 좋은 일이 생겼다는 말이다. 큰애기가 사주단자를 받고 시집갈 날이 정해지자 좋은 일이 생겼다. 얼굴에 홍도화 피어 좋아하는 마음 나타낸다. 임을 보고 울타리 밑의 삽살개 짖는다. 닭이 울고 백설이 날려 임 가실 소식 알린다. "니나노 난실 니나노 난실 얼싸"라고 노래한다. 이 모두가 남녀가 만나 사랑이 이루어지고 사라지는 경과이고, 꽃이 피고 지는 모습이다.

김부자, 〈꽃타령〉
꽃 사시요 꽃을 사시요 꽃을 사
사랑 사랑 사랑 사랑 사랑 사랑의 꽃이로구나
꽃바구니 둘러매고 꽃 팔러 나왔소 붉은 꽃 파란 꽃 노랗고도 하얀 꽃
남색 자색의 연분홍 울긋불긋 빛난 꽃 아롱다롱의 고운 꽃

꽃 사시요 꽃 사 꽃을 사시요 꽃을 사
사랑 사랑 사랑 사랑 사랑 사랑의 꽃이로구나
봉올봉올 맺힌 꽃 숭올숭올 달린 꽃 방실방실 웃는 꽃
활짝 피었네 다 핀 꽃 벌 모아 노래한 꽃 나비 앉아 춤춘 꽃

꽃 사시요 꽃 사 꽃을 사시요 꽃을 사
사랑 사랑 사랑 사랑 사랑 사랑의 꽃이로구나
이 송이 저 송이 각 꽃송이 향기가 풍겨 나온다
이 꽃 저 꽃 저 꽃 이 꽃 해당화 모란꽃 난초지초 온갖 행초 작약 목단의 장미화

꽃 사시요 꽃 사 꽃을 사시요 꽃을

사랑 사랑 사랑 사랑 사랑 사랑의 꽃이로구나

  꽃을 바구니에 넣어 들고 다니면서 사라고 한다. "사랑 사랑 사랑 사랑 사랑 사랑의 꽃"이니, 사라고 한다. 빛깔, 생김새, 향기, 이름 등이 갖가지로 아름다운 수많은 꽃이 사랑의 모습이다. 사라고 내미는 꽃을 사면 그런 사랑이 아주 풍성하게 이루어진다. 닥쳐오는 사랑을 받아들이기만 하면 다채롭게 넘치는 즐거움을 누린다. 외로워하고, 번민하고, 싸우고 할 이유가 전연 없다.

2

윤동재, 〈살구꽃 활짝 핀 봄날 아침〉

우리 집 마당귀
살구꽃 활짝 핀
봄날 아침

일찍 일어나신 할아버지
"너희들이 올해도 활짝 피었구나."
살구꽃과 고마운 인사를 나눈다.

강아지 복실이도 할아버지 곁에서
꼬리를 살랑살랑 흔들며
살구꽃과 반가운 인사를 나눈다.

나도 할아버지와 복실이와 살구꽃과
다 함께 정겨운 인사를 나눈다
오늘은 어쩐지 힘차고 기쁜 하루가 될 것 같다

살구꽃은 아름다워, 보면 기쁘다. 이 말도 직접 하지 않고 알아차리도록 했다. 살구꽃이 어떻게 얼마나 아름다운지 장황하게 묘사하다가 시를 저질로 만들어 망치지 않고, 가장 요긴한 말을 간명하게 했다. 살구꽃이 활짝 피어, 할아버지, 강아지 복실이, 내가 함께 기뻐하게 한다. 고마운·반가운·정겨운 인사를 서로 나누니 기쁨이 더 커진다. 살구꽃이 이런 이치를 깨닫고 실행하게 하니 아주 훌륭한 스승이다.

장옥관, 〈살구꽃 필 때〉

전라도 위도의 시도리라는 곳에는 아름드리 늙은 살구나무가 하나 있는데 그 고목에 자욱하게 꽃이 필 때면 해마다 참조기 떼의 노래가 들려온다는 거라 알주머니마다 탱탱하게 노랑 꽃술이 들어찬 은빛 물고기 떼들이 우우우, 서로 짝을 찾는 소리로 바다가 온통 몸살을 앓는다는 것인데 그 소리 마침 참빗을 빠져나가는 솔바람 같다는 거라 아무렴 짝 없는 것들은 더욱 미칠 듯 한참 휘몰아치는 꽃보라 속이어서 그렇게 많은 배들이 숱하게 난파를 당했다는 거라 그 때 어부의 아내들은 기다란 대[竹]통을 바닷물에 꽂고선 연가를 탐지코자 밤샘을 한다는 거지 그 물살의 림은 또 어떻고, 뱃전에 부딪치는 달빛은 그토록 반짝이며 눈을 뜨는 것이어서 흩뿌려지는 흰 꽃잎과 한 웅큼 꽃소금처럼 별들이 바다 속으로 자진하는 거라 그 물속 조가비 등딱지는 은하의 소용돌이무늬를 그려내는 거겠지 그 밤사 숫처녀의 바다는 저절로 몸이 부풀어 오르기도 하겠지만 또 가지 끝에 숨 죽여 돋아나고 있는 저 분홍 손톱달은 어떻고, 하지만 붉은 신열에 떨며 무더기무더기 꽃잎을 게워내고 있는 지금은 다만, 살구나무 아래 봄밤이다.

살구꽃은 아름다워, 보면 기쁘다. 여기서도 이 말을 직접 하지 않고 알아차리도록 했다. 살구꽃이 어떻게 얼마나 아름다운지 장황하게 묘사하다가 시를 저질로 만들어 망치지도 않았다. 그러면서도 가장 요긴한 말을 간명하게 하는 것과는 거리가 멀게, 줄 바꾸기도 하지 않은 글을 지저분하게 보이도록 썼다. 풍경화를 그리면서 지우고 고치다 말았다고 할 것은 아니다. 복잡하게 얽힌 사설을 의식의 흐름을 그대로 노출하듯이 늘어놓아, 문맥의 가닥을 잡아 이해하기 어렵게 하는 별난 기법으로 자기 소리를 했다.

정신을 차리면 무슨 소리인지 어렴풋이는 들린다. 내 집이나 우리 동네가 아닌 저 먼 곳으로 가보자. 이를테면 전라도 위도의 시도리 같은 곳에서는 살구꽃이 피었어도 기쁨을 나누고 있을 수 없다. 생활 현장의 설명하기 어려운 사정이나 심각한 사태가 얼키설키 겹쳐져 있기 때문이다. 선후를 가려 풀어내려고, 인과를 밝혀 해결하려고 하면 어림없다. 야릇하게 더 꼬이고, 한층 깊이 빠져들게 한다. 시인은 이런 줄 알면서, 도와주지는 못한다. 얼마나 반성해야 하는지도 몰라, 과분하게 지닌 붉은 꽃잎이나 게워내고 있다.

앞의 시를 다시 읽고 둘을 견주어 살피면, 이쪽에 어떤 차질이 있는지 알 수 있다. 종잡을 수 없는 문장으로 별난 소리를 하려고 하는 일탈, 자기는 높은 곳에서 따로 피는 살구꽃이라고 여기는 자만, 이런 것들이 시를 가까이 두지 않고 멀리 보내게 한다. 고고한 차등론을 버리고, 아래로 내려와 대등론을 실행하면 어떤 어려움도 쉬워진다. 누구하고도 같이 기뻐하면서 함께 시를 지을 수 있다.

3

Heinrich Heine, "Die Lotosblume"

Die Lotosblume ängstigt
Sich vor der Sonne Pracht
Und mit gesenktem Haupte
Erwartet sie träumend die Nacht.

Der Mond, der ist ihr Buhle
Er weckt sie mit seinem Licht,
Und ihm entschleiert sie freundlich
Ihr frommes Blumengesicht,

Sie blüht und glüht und leuchtet
Und starret stumm in die Höh';
Sie duftet und weinet und zittert
Vor Liebe und Liebesweh.

하이네, 〈연꽃〉

연꽃은 불안하게 여긴다.
햇빛이 빛나는 앞에서는
고개를 숙이고 있으면서
밤을 꿈꾸듯이 기다린다.

달은 연꽃의 연인이다.
달빛으로 연꽃을 깨우면,
베일을 벗고 다정스럽게
경건한 꽃 얼굴을 보인다.

연꽃은 피고, 열 내고, 빛난다.

높은 곳을 말없이 바라본다.
탄식하고, 울고, 몸을 떤다.
사랑과 사랑의 아픔 때문에.

하이네는 독일 낭만주의 시인이다. 연꽃의 아름다움에 매혹되어 이런 시를 지었다. 아름다운 여인에게 견준 연꽃이 햇빛은 두렵게 여긴다고 제1연에서, 달을 사랑해 연인으로 맞이한다고 제2연에서 말했다. 그러나 달은 높이 있어 연꽃이 "피고, 열 내고, 빛나"도 간격이 메워지지 않아 이루어지지 않는 사랑의 슬픔을 안고 "탄식하고, 울고, 몸을 떤다"고 했다. 아름다운 자연물을 들어 사람이 겪는 좌절, 이루어지지 못하는 사랑을 노래했다.

김용택, 〈섬진강 매화꽃을 보셨는지요〉
매화꽃 꽃 이파리들이
하얀 눈송이처럼 푸른 강물에 날리는
섬진강을 보셨는지요
푸른 강물 하얀 모래밭
날선 푸른 댓잎이 사운대는
섬진강가에 서럽게 서보셨는지요
해 저문 섬진강가에 서서
지는 꽃 피는 꽃을 다 보셨는지요
산에 피어 산이 환하고
강물에 져서 강물이 서러운
섬진강 매화꽃을 보셨는지요
사랑도 그렇게 와서
그렇게 지는지
출렁이는 섬진강가에 서서 당신도

매화꽃 꽃잎처럼 물 깊이
울어는 보았는지요
푸른 댓잎에 베인
당신의 사랑을 가져가는
흐르는 섬진강 물에
서럽게 울어는 보았는지요

김용택은 한국 현대시인이다. 섬진강 가에 살면서 섬진강 시를
짓는다. 섬진강 가에는 매화가 많이 피니 매화시를 짓는 것이 당연
하다. 매화가 얼마나 아름다운지 그려서 알려주지 않고, 매화를 보
면 서러움을 느낀다고 했다. 매화를 지극히 존중해 예찬의 대상으
로 삼으면서, 매화가 피고 지는 것이 흐르는 섬진강과 함께 사랑이
오고 가는 것과 같다고 했다.

두 노래 모두 꽃이 아름다움이 충만하다고 예찬하지 않았다. 결핍
이나 상실을 말해주기도 해서 더욱 소중하다고 했다. 인생을 되돌아
보면서, 자만에 빠지지 않고 모자라는 것을 깨닫게 한다고 했다.

5

李滉, 〈陶山月夜詠梅〉

獨倚山窓夜色寒
梅梢月上正團團
不須更喚微風至
自有清香滿院間

山夜寥寥萬境空
白梅凉月伴仙翁

箇中唯有前灘響
揚似爲商抑似宮

步屧中庭月趁人
梅邊行繞幾回巡
夜深坐久渾忘起
香滿衣布影滿身

이황, 〈도산 달밤의 매화를 읊는다〉

홀로 산으로 난 창에 기대니 밤기운 찬데,
매화나무 끝에 오른 달 둥글고 둥글도다.
구태여 다시 부르지 않아도 산들바람 불어
맑은 향기 저절로 담장 안에 가득하네.

산속 밤은 적막하고 온 세상이 비었는데,
흰 매화 차가운 달이 신선 늙은이 벗해주네.
그 가운데 오직 앞 내만 소리를 울리니,
높을 때는 商음이요 낮을 때는 宮음일세.

뜰을 거닐고 있으니 달이 사람을 따라오네.
매화 언저리 돌기를 몇 번이나 했던고.
밤 깊도록 오래 앉아 일어나기를 잊었더니,
향기 옷에 가득하고, 그림자 몸에 가득하네.

이황은 한국 조선시대 성리학자이다. 시를 즐겨 짓는 시인이기도
했다. 매화를 사랑하고 매화시 짓는 것을 좋아했다. 모두 여섯 수
연작인데 처음 세 수를 든다. 달밤에 매화를 보니 더욱 아름답고,
산들바람이 불어 향기를 전한다고 했다.

달밤의 매화를 제1연에서는 방안에서 창을 열고 내다보고, 제2연에서는 주위의 모습까지 다 보고, 제3연에서는 밖에 나가서 즐긴다고 했다. 방안에 칩거하고 있는 늙은이를 매화가 밖으로 불러냈다. 매화가 달빛을 받고, 바람과 어울려 빚어내는 아름다움은 사람에게 즐거움을 줄 뿐만 아니라 고결한 정신을 지니도록 한다고 했다. 매화를 모든 꽃의 으뜸으로 여겼다.

William Wordsworth, "Daffodils"

I wandered lonely as a cloud
That floats on high o'er vales and hills,
When all at once I saw a crowd,
A host, of golden daffodils;
Beside the lake, beneath the trees,
Fluttering and dancing in the breeze.

Continuous as the stars that shine
And twinkle on the milky way,
They stretched in never-ending line
Along the margin of a bay:
Ten thousand saw I at a glance,
Tossing their heads in sprightly dance.

The waves beside them danced; but they
Out-did the sparkling waves in glee:
A poet could not but be gay,
In such a jocund company:
I gazed—and gazed—but little thought
What wealth the show to me had brought:

For oft, when on my couch I lie

In vacant or in pensive mood,
They flash upon that inward eye
Which is the bliss of solitude;
And then my heart with pleasure fills,
And dances with the daffodils.

워드워즈, 〈수선화〉

골짜기와 산 위에 높이 떠도는
외로운 구름처럼 방랑하다가
나는 문득 보게 되었네
금빛 수선화가 무리 지어 핀 것을.
호수 옆, 나무 아래에서
미풍에 한들한들 춤추는 모습을.

은하수에서 빛나고 반짝이는
별들처럼 이어지면서,
호반의 가장자리에서
끝없이 줄지어 뻗어 있는
수천 송이 수선화를 한눈에 보았네,
즐겁게 춤추면서 머리를 흔드는.

그 옆에서 물결도 춤을 추지만,
반짝이는 그 물결 어찌 따르리.
시인은 오직 즐겁기만 하네.
이처럼 즐거운 벗들과 어울리니.
바라보고, 바라보기만 하고,
얼마나 값진 선물인지 생각 못했네.

그러다가 이따금 침상에 누워

하염없이 생각에 잠겨 있을 때,
고독의 축복인 내면의 눈에서
그 수선화의 무리가 번쩍이면서,
내 마음을 기쁨으로 채워주고
함께 춤추게 하네.

　이것은 널리 알려지고 애송되는 영국 낭만주의 시인 워드워즈의 시이다. 방랑자가 하는 말로 시작해 유랑의 노래라고 해야 할 것 같지만, 수선화를 보고 기뻐하는 마음을 나타내면서 유랑에서 위안으로 나아갔다. 제1연에서 제3연까지 외형의 아름다움을 묘사한 수선화가 자기 내면에서 어떤 의의를 가지는지 미처 모르고 있다고 제3연의 말미에서 말하고, 나중에 깨닫게 되었다고 제4연에서 말했다.

　이 시의 수선화는 언제나 보면서 사랑하는 것이 아니고 우연히 만나 감탄했다고 하는 위안물이다. 눈으로 보고 향기를 맡아 그 아름다움에 도취된다고 하지는 않았다. 외형에서도 내면에 남긴 기억에서도 무리를 지어 춤을 추는 율동감이 즐거움을 준다고 했다. 앞의 두 시는 읽고 상념에 잠기도록 지었는데, 이 시는 음악적인 운율을 잘 갖추어 독자의 마음이 움직이게 한다.

　이황은 매화의 고결한 기풍을 높이 평가하며 조용히 완상했다. 워드워즈는 이 시에서 수선화가 바람에 흔들리는 율동감에 매혹되었다고 했다. 靜과 動, 自省과 活力이 좋은 대조를 이루는 두 시가 각기 그 나라에서 으뜸가는 고전으로 평가되어왔다.

6

Victor Hugo, "La pauvre fleur"

La pauvre fleur disait au papillon céleste
— Ne fuis pas !
Vois comme nos destins sont différents. Je reste,
Tu t'en vas !
Pourtant nous nous aimons, nous vivons sans les hommes
Et loin d'eux,
Et nous nous ressemblons, et l'on dit que nous sommes
Fleurs tous deux !
Mais, hélas ! l'air t'emporte et la terre m'enchaîne.
Sort cruel !
Je voudrais embaumer ton vol de mon haleine
Dans le ciel !
Mais non, tu vas trop loin ! — Parmi des fleurs sans nombre
Vous fuyez,
Et moi je reste seule à voir tourner mon ombre
À mes pieds !
Tu fuis, puis tu reviens, puis tu t'en vas encore
Luire ailleurs.
Aussi me trouves—tu toujours à chaque aurore
Toute en pleurs !
Oh ! pour que notre amour coule des jours fidèles,
Ô mon roi,
Prends comme moi racine, ou donne—moi des ailes
Comme à toi !

위고, 〈가여운 꽃〉

가여운 꽃이 하늘 나비에게 말했다.
- 가지 마세요 !

우리는 운명이 다른 것을 보아요. 나는 남아 있고,
그대는 가버리네요!
그래도 우리는 사랑해요, 우리는 인간들 없이 살아가요,
그들로부터 멀리서.
그리고 우리는 닮았어요, 우리는 둘 다
꽃이라고 해요!
그렇지만, 아! 공기가 그대를 앗아가고, 땅이 나를 묶어두네요.
기혹한 운명!
나는 내 입김으로 그대의 비상이 향기롭게 하려고 해요
저 하늘에서!
아주 아니네요. 그대는 아주 멀리 - 헤아릴 수 없이 많은 꽃들 사이로
그대는 가버리네요.
나는 홀로 남아 내 그림자나 보네요
내 발밑으로!
그대는 달아나고, 다시 왔다 가버리네요,
저쪽에서 빛나네요.
그대는 나를 발견하게 될 것이네요 새벽마다
온통 눈물에 젖은 나를!
오! 우리가 사랑하기 적합한 나날은 흘러가네요.
아 나의 제왕이시여,
내 뿌리를 잡고, 내게도 날개를 주세요
그대처럼!

김소월, 〈진달래꽃〉
나 보기가 역겨워
가실 때에는
말없이 고이 보내 드리우리다.

영변에 약산
진달래 꽃
아름 따다 가실 길에 뿌리우리다.

가시는 걸음걸음
놓인 그 꽃을
사뿐히 즈려 밟고 가시옵소서.

나 보기가 역겨워
가실 때에는
죽어도 아니 눈물 흘리우리다.

이 두 시는 뚜렷한 공통점이 있다. 이별을 말한다. 떠나는 쪽과 남는 쪽은 처지가 다르다. 떠나는 쪽은 걸림이 없다고 여기지만, 남는 쪽은 자기 고장에 고착되어 있다. 떠나는 쪽은 무엇이든 잊을 수 있고, 남은 쪽은 과거를 그대로 이어가고 있다.

앞의 시에서 떠나는 쪽은 나비와 같고, 남는 쪽은 꽃과 같다고 했다. 뒤의 시에서는 남는 쪽이 꽃을 한 아름 꺾어다가 떠나는 길에 뿌린다고 했다. 그 꽃이 자기와 같고, 자기 심정을 말해주는 것을 알도록 했다. 이것은 자기는 꽃과 같다는 말과 다르지 않다. 이 점에서 두 작품은 꼭 같다.

꽃이란 무엇인가? 아름다움이 빼어나면서 움직이지 못하고 한 자리에 머물러 있어야 하는 존재의 표상이다. 아름다움에 향기를 더해 널리 혜택을 베푸는 봉사자이기만 하고, 누구를 해치는 가해자일 수는 없다. 간절한 의사를 표시하기만 하고, 수용 여부에는 관여하지 않는다. 화해하고 화합하고 상생하게 한다.

두 작품에서 다 꽃이 떠나는 것을 막지 못해 이별이 진행된다.

그러나 꽃이 떠나는 것이 잘못되고, 이별이 부당한 줄 알게 한다. 그러고 보면, 꽃이 이별을 당하고 남는 쪽의 처지만 말해주는 것만은 아니다. 이별의 노래가 꽃 노래이게 지어 불러 시인이 무엇을 하는가 말해준다고 할 수도 있다. 시는 꽃이고, 시인은 꽃 가꾸는 사람이라고 해도 된다.

두 시는 이런 공통점 못지않게 차이점도 크다. 상이한 풍토에서 자란 별개의 품종인 것이 분명하다. 말이 많고, 적다. 산만하고, 가지런하다. 열변을 토하고, 넌지시 이른다. 이것은 서양과 동양, 불국과 한국의 차이만이 아니다.

위고는 가장 위대한 시인이라고 자처하며 과장을 일삼았다. 김소월은 자세나 목소리를 아주 낮추어 누구나 친근하게 여기도록 했다. 차등론과 대등론이 어떻게 다른지 아주 잘 보여주었다고 할 수 있다. 그렇지만 꽃이고자 한 시인인 것은 같다.

7

김춘수, 〈꽃〉
내가 그의 이름을 불러주기 전에는
그는 다만
하나의 몸짓에 지나지 않았다.

내가 그의 이름을 불러주었을 때,
그는 나에게로 와서
꽃이 되었다.

내가 그의 이름을 불러준 것처럼

나의 이 빛깔과 향기에 알맞는
누가 나의 이름을 불러다오.
그에게로 가서 나도
그의 꽃이 되고 싶다.

우리들은 모두
무엇이 되고 싶다.
너는 나에게 나는 너에게
잊혀지지 않는 하나의 눈짓이 되고 싶다.

Paul Celan, "Blume"

Der Stein.
Der Stein in der Luft, dem ich folgte.
Dein Aug, so blind wie der Stein.

Wir waren
Hände,
wir schöpften die Finsternis leer, wir fanden
das Wort, das den Sommer heraufkam:
Blume.

Blume - ein Blindenwort.
Dein Aug und mein Aug:
sie sorgen für Wasser.

Wachstum.
Herzwand um Herzwand
blättert hinzu.

Ein Wort noch, wie dies, und die Hämmer
schwingen im Freien.

첼란, 〈꽃〉

돌,
공중에 떠 있는 돌을 나는 따라갔다.
너는 돌처럼 눈이 멀었다.

우리는
손이었다.
우리는 어둠을 텅 비게 하고, 우리는
여름을 들어올리는 그 말을 발견했다.
꽃.

꽃 - 장님이 하는 말.
너의 눈과 나의 눈은
물을 위해 근심한다.

성장.
가슴 칸막이 위에 가슴 칸막이를
한 장씩 올려놓는다.

이와 같은 말 한 마디 더, 망치 여럿이
공터에서 움직인다.

　두 시를 함께 읽자. 상호조명해 함께 읽어야, 난해의 안개를 걷어
내고 실상을 이해할 수 있다. 득실을 평가하고, 잘못을 나무랄 수도
있다. 대질심문을 하면 숨은 내막이 밝혀지는 것과 같다.
　몸짓에 지나지 않는 것을 꽃이라고 불러주니 다가와 꽃이 된다
면, 공중에 떠 있는 것을 돌이라고 불러주면 돌이 되는가? 내가 그
돌을 따라가도 되는가? 이렇다고 하면, 너는 돌처럼 눈이 멀었는

가? 대뜸 이런 생각으로, 관습의 잠에서 깨어나게 한다.

앞의 시는 혼자 더듬거리면서 말이다. 내 이름을 불러줄 너는 아직 나타나지 않았다. 나와 네가 우리가 되는 것은 간절한 희망에 지나지 않는다. 그래서 하는 말이 모두 막연하다. 뒤의 시에서는 나와 네가, 더러는 우리가 되어 눈앞에 보이는 것의 정체를 함께 탐색하고 있다. 그러므로 착각이 심해도 크게 걱정하지 않아도 된다.

앞의 시는 기발한 착상을 갖춘 것 같은 거동을 보이면서, 꽃의 빛깔과 향기를 받드는 관습을 확인한다. 꽃을 그 범위 안에 가둔다. 시쳇말로 폼이 좋게 하려고 혁신으로 위장한 보수이다. 뒤의 시는 꽃이 제한 없는 가능성이라고 하고, 상상과 발언의 자유를 누린다. 폼을 충격으로 뒤집고, 고정관념을 깨는 즐거움이 넘치게 한다. 혁신의 한계를 철폐하는 혁신이다.

우리는 어둠을 텅 비게 하는 손이다. 여름을 들어올리는 언사를 발견하고 꽃이라고 한다. 꽃이란 것은 볼 것을 보지 못하는 장님이 하는 말이다. 너의 눈과 나의 눈은 꽃이 아닌 물을 위해 근심한다. 말이 되지 않을 것 같은 이런 여러 말을 종잡을 수 없게 늘어놓는다. 말이 되게 풀이하는 시도를 한다면 어리석다. 망연자실한 상태에서 벗어나 어느 정도 안심을 하려면, 마지막 두 연을 다음과 같이 이해하면 된다.

꽃이 자라는 것을 보고, 성장은 가슴 칸막이 위에 가슴 칸막이를 하나씩 올려놓아 이루어진다고 한다. 꽃잎은 가슴 칸막이인 듯이 느낌이 서로 통하지 않는다고 여겨도 된다. 꽃이 흔들리는 것을 보고, 망치 여럿이 공터에서 움직인다고 한다. 부드럽고 아름다운 꽃과 정반대의 것을 생각하는 자유를 누린다.

꽃은 제한된 범위 안에서 아름다운가? 꽃은 한정될 수 없는 가능성인가? 두 시는 이런 질문을 하게 한다.

8

신동엽, 〈들국화〉

洞穴山에 불붙는 단풍과 같이
내 마음 훨훨 불타오른다

까마귀 울어도 쓸쓸한 시골길
들에 산에 나타나는 너의 목소리 너의 얼굴

洞穴山에 물드는 붉은빛과 같이
내 마음 곱게곱게 불타오른다

궂은비 나려도 외로운 시골길
들국화는 피어서 나에게 이르는 말

어때요 나의 향기가? 나도 목숨이야요
근데 아저씨 두 눈동자는 누굴 생각하셔요, 네?

신동엽은 들국화에 관한 시를 이렇게 지었다. 들국화는 화려하지 않고 쓸쓸한 꽃이다. 없어진 사람을 생각하게 하는 꽃이다. 불타오르는 마음을 진정시키고 자기를 되돌아보게 한다고 했다. 많은 사연이 있을 것 같은데 드러내지 않았다. 잊은 탓이 아니고, 말할 수 없기 때문이다. 꽃이 역사의 격랑과 어떻게 연결되는지 말하려다가 말아, 추측하며 찾게 한다.

Paul Hartal, "Blumen"

Menschen, die Blumen lieben,
können nicht schlecht sein,
sagt man.

Verlass dich
nicht darauf,
da böse Hände
Blumen schamlos
in ein Mittel von
Lug und Trug verwandeln.

Im II. Weltkrieg
haben die Nazis
die schwarze Kunst der Täuschung
verfeinert, indem sie
die Schönheit der Natur ausbeuteten,
um ihre teuflischen Ziele
von Zerstörung und Ruin
zu verschleiern und verbergen.

Der Himmel verdunkelte sich damals
sogar bei Sonnenschein,
die Veilchen zitterten,
und das Vergissmeinnicht
flüsterte Sorgen
flatternd im Wind.

Sechzig km nördlich von Prag
stand über einem Stacheldrahtzaun
am Tor des Todeslagers
in Terezin

Arbeit macht frei.

Hier haben die Nazis
das Vorzeigeghetto
Theresienstadt errichtet, wo
Arbeit die Gefangenen
frei machte, und sie
bunte Blumen anbauen konnten.

Knospen des Verhungerns,
Blüten des Todes.

Sorgt euch nicht,
sagten die Narzissen.

Das ist ein freundlicher Ort,
seufzten die Hyazinthen.

Nicht revoltieren,
rasselten die Rosen.

Doch die Gänseblümchen erschauderten,
und das Vergissmeinnicht
flüsterte Sorgen
flatternd im Wind.

Auf den Strassen Galiziens
zwischen Lublin und Lemberg
im Osten Polens
hinter dem Stacheldrahtzaun
von Belzec haben Geranientöpfe
den Weg gesäumt
zu den Gaskammern.

Knospen des Verhungerns,
Blüten des Todes.

Der Himmel verdunkelte sich damals
sogar bei Sonnenschein,
die Veilchen zitterten,
und das Vergissmeinnicht
flüsterte Sorgen
flatternd im Wind.

하르탈, 〈꽃〉

꽃을 사랑하는 사람은
나쁠 수 없다고
흔히 말한다.

너는 이 말을
믿지 말아라.
간악한 손이
부끄러움을 모르고 꽃을,
허위와 기만의
수단으로 삼는다.

제2차 세계대전 때
나치는 음흉한 사기 술책을
아주 잘 꾸미는
그 짓으로,
아름다운 자연을 이용해
파괴하고 폐허로 만드는
간악한 목표를

은폐하고 위장했다.

해가 빛나도
하늘이 어두워지고,
바이오렛이 흔들렸다.
물망초는
근심을 속삭였다.
바람에 휩슬리며.

프라하 북쪽 60키로
철조망 울타리를 친
수용소 문 위에
써놓은 문구
노동이 자유롭게 만든다.

나치가 거기
테레지안슈타트에다
모범적인 송용소를 만들어놓고,
노동이 수용자들을 자유롭게 한다면서,
색색가지 꽃을
심을 수 있게 했다.

굶주림의 싹
죽음의 꽃.

걱정 마세요.
수선화가 말했다.

여기는 정다운 곳이예요,

히야신스가 한숨 쉬었다.

뒤집지 않아요.
장미가 소리를 냈다.

그러나 데이지는 벌벌 떨었다.
물망초는
근심을 속삭였다.
바람에 날리면서.

갈리시아의 거리 위
루비린과 르보브 사이
동쪽 폴란드
벨제크라는 곳부터는
제라니움 화분이 놓여 있었다.
개스 사형실까지.

굶주림의 싹
죽음의 꽃.

해가 빛나도
하늘이 어두워지고,
바이오렛이 흔들렸다.
물망초는
근심을 속삭였다.
바람에 휩슬리며.

이 시는 제2차세계대전 때 나치가 유태인을 감금하고 학살하는
만행을 은폐하기 위해 꽃을 이용했다고 했다. 수용소 입구에 "Arbeit

macht frei"(노동이 자유롭게 만든다)라는 구호를 내걸어, 그곳에서 노동을 시키기나 하고, 노동을 열심히 잘하면 자유로워질 수 있다고 기만했다. 그 말을 의심하지 못하게 하려고, 수용자들에게 가꾸라고 한 갖가지 아름다운 꽃이 밖에서도 보이게 했다. 그 꽃들이 안심하고 희망을 가지라고 말하는 것 같았다고 하는, 기가 막히는 말을 했다. 개스 사형실로 가는 길에도 수감자들이 꽃 피운 화분이 죽 놓여 있었다는 것은 역설의 극치이다.

정치가 죽음을 강요하는 참상의 현장에서도 꽃은 핀다. 앞의 시도 이런 말을 했다고 이해할 수 있다. 洞穴山은 예사 산이 아니다. 동굴에 피가 고인 산이다. 많이 죽어야 했던 사람들의 자취를 간직하고 있어 잊지 못하게 하는 산이어서, 생각하니 "내 마음 훨훨 불타오른다"고 했다.

"까마귀 울어도 쓸쓸한 시골길 들에 산에 나타나는 너의 목소리 너의 얼굴"이렇게 말하는 "너"는 누구인가? 동학군인가? 항일의병인가? 공산당 빨치산인가? 신원 밝히는 말을 전연 하지 않아, 드러내 추모할 수 없는 공산당 빨치산의 죽음을 암시했다고 볼 수 있다.

"너"가 들국화가 되어 피어나 말한다고 했다. "어때요 나의 향기가? 나도 목숨이야요." 비참한 죽음이 고결한 정신을 남길 수 있다는 말을 아주 가볍고 우아하게 하는 것이 꽃을 노래할 줄 아는 시인의 특권이다. 꽃이 하는 말로 "근데 아저씨 두 눈동자는 누굴 생각하셔요, 네?"라고 한 것은 자기의 편향성에 대한 점검이고 비판이라고할 수 있다. 가벼워 더욱 절실하다.

정치를 엄청난 무게를 아주 줄여 가볍게 노래하는 시인은 편향성에서 벗어나야 한다. 희생자가 누구라도 정치가 죽음을 강요하는 참상을 겪고, 우리 역사가 피로 물들게 했다고 말해야 한다. 어느 피든 헛되게 하지 말아야, 대화합이 이루어져 역사의 상처가 아문다.

각론은 필요하지 않다는 것은 아니다. 공산당 빨치산은 대한민국에 총을 겨누고 인민공화국을 위해 죽어갔다. 목숨까지 바친 소망을 인민공화국이 맡아 실현한다면서 사실은 배신하고 있으니, 대한민국에서 표나지 않게 이루어주어야 한다.

시 둘을 다시 비교해보자. 뒤의 시는 말이 많고 뜻은 단순하다. 더 캐내야 할 것이 없다. 앞의 시는 말은 적은 만큼 뜻이 넓고 깊다. 다시 읽고 거듭 생각하면, 속살이 볼 수 있는 것만큼 더 보인다.

물 노래

1

물은 샘, 비, 강, 폭포, 호수, 바다 등의 모습을 하고 있다. 이것들을 각기 노래하는 시는 잡다하게 많다. 모두 모아 고찰한다면, 세상 만사를 두루 거론하는 것만큼이나 부질없다. 갖가지 외형은 고려하지 않고, 물 그 자체만 대상으로 한 노래는 많지 않다.

물 그 자체는 할 말이 없을 것 같아 예사 시인은 외면하고, 진지한 탐구자만 다가간다. 잡다한 지식은 배제하고, 근본이 되는 것을 찾아야 철학이 이루어진다. 물의 用에 머무르지 않고 體를 탐구하는 시는 문학으로 철학하는 좋은 본보기를 보여준다.

2

唐寅, 〈流水詩〉

淺淺水長悠悠
來无盡去无休
曲曲折折向東流
山山岭岭難阻留
問伊奔騰何時歇
不到大海不回頭

당인, 〈흐르는 물〉

얕고 얕은 물이 길게 멀리 멀리,

다함 없이 오고, 쉬지 않고 간다.

굽이굽이 꺾이며 동쪽으로 흐르니,

산도 산도, 고개도 고개도 저지하기 어렵다.

묻노라, 그 솟아오름 언제 멈추려 하는가?

대해에 도착하지 않으면 머리 돌리지 않으리.

중국 명나라 시인이 물을 이렇게 노래했다. 미미한 것이 꾸준히, 어떤 난관이라도 헤치며 노력해 커다란 목표를 이룩한다. 이런 교훈을 물이 사람에게 준다고 여기고, 물이 그 자체로 무엇인지는 묻지 않는다. 모든 것이 사람을 위해 존재한다고 여기는 人相 또는 인간중심주의를 보여준다. 물뿐만 아니라 다른 어느 것도 사람과 서로 다르면서 같다고 하는 萬物對等論으로 나아가야 한다.

無名氏의 시조

넓으나 넓은 들에 흐르니 물이로다.

인생이 저렇도다 어디로 가는 게오?

아마도 돌아갈 길이 없으니 그를 슬퍼 하노라.

위의 노래와 같고 다른 점을 말해보자. 물이 흐른다는 것은 같다. 물을 들어서 인생을 말하는 것도 같다. 그러면서 다음의 몇 가지는 다르다.

"얕고 얕은 물이 길게 멀리 멀리"는 물이 개체 상태로 이동하는 것을 말한다. "넓으나 넓은 들에 흐르니 물이로다"에서 넓은 들을 채우며 흐른다고 하는 것은 물의 총체이다. "넓으나 넓은 들"이라한 공간과 맞물려 있는 시간이라고 할 수 있다.

"언제 멈추려 하는가?"는 물에게 묻는 말이다. 물이 멈추는 것은 있을 수 없는데, 바다에 도달하면 목표를 달성하니 멈춘다고 한다. 목표 도달은 통속적인 도덕관이 만들어낸 허상이다. 통속적인 도덕관에 휘둘리는 인간중심주의가 오판을 빚어낸다. "어디로 가는 게오?"는 물에 관한 질문이면서 인생에 관한 질문이다. 물도 인생도 지향점을 알 수 없는 점다는 것으로 萬物對等을 확인한다.

"대해에 도착하지 않으면 머리 돌리지 않으리."는 그때는 머리를 돌려 성공을 자랑하겠다는 말이다. 철학일 수는 없는 장담이다. "아마도 돌아갈 길이 없으니 그를 슬퍼 하노라."는 시간의 진행을 역행할 수 없어 불만이라는 생각의 정감 어린 표현이다.

3

李穡, 〈流水辭〉

水之趨兮惟下
日百折兮不舍
不入于海兮何科之停
盈必進兮誰稅其駕
彼行潦之靡有源兮
尙逞威於大雨之炎夏也
勢暫似兮旋踵
猶足夸於鄙者也
吾寧不食於井之渫兮
大虛日星之倒寫也
矧雜穢之不幷兮
夫何潚而何瀉也

毋航斷港兮
恐其窒也
毋踵弱水兮
恐其溺也
迺從而亂之日
性一兮淑慝之胡形
才一兮取舍之是嬰
澗泉之幽幽
江海之冥冥
我歌其中兮
鬢毛之星星
千載有人兮
有耳其聆

이색, 〈흘러가는 물을 노래한다〉

물은 아래로 흐르기만 하고,
날마다 백번 꺾여도 마다하지 않네.
바다에 들어가지 않으면 어느 웅덩이에 멈추고,
차면 반드시 나아가는 그 고삐 누가 잡았나?
가다가 쏟아진 물 근거가 없어도
위세를 부린다, 큰비 오고 무더운 여름이라고.
잠시 그랬다가 발길을 돌리더라도,
과시가 대단하구나, 비천한 자에게는.
내가 어찌 우물 물을 먹이지 않으리,
허공의 해와 별이 거꾸로 비치는데.
하물며 더러운 것은 섞이지 않아,
무엇을 씻어내고 무엇을 쏟아 버리겠나?
끊어진 항구로 항해하지 않는 것은
막힐까 두렵기 때문이다.

弱水에 들어가지 않는 것은
빠질까 두렵기 때문이다.
이런 것들 따르며 함부로 말한다.
품성은 한가진데, 선악이 나타나고,
재주가 한가진데, 취사가 생기는구나.
산골의 샘은 그윽하고,
강과 바다는 아득하다.
나는 그 속에서 노래하느라,
귀밑머리 희끗희끗하다.
오랜 세월 지난 뒤의 어떤 사람
귀가 있어 들으리라.

짜임새를 다음과 같이 정리할 수 있다.

[가](1-4행): 물은 계속 흘러간다.
[나](5-8행): 물은 큰 힘을 행사할 수 있다.
[다](9-12행): 물을 마셔 천지만물과 이어진다.
[라](13-16행): 물은 위험하니 조심해야 한다.
[마](17행): 위 넷을 아우르는 말을 함부로 한다.
[바](18-21행): 하나가 여럿인 이치를 아직 모른다.
[사](22-23행): 그 속에서 노래하느라고 늙었다.
[아](24-25행): 내 노래를 알아주게 될 것이다.

[가]에서 [라]까지가 전반부이다. 전반부는 4행씩 네 토막이 짝을 이룬다. 자연에서 이루어지는 [가]·[나]의 관계가 사람이 개입하는 [다]·[라]에서 재현된다. [가]·[다]는 順利이고, [나]·[라]는 逆理이다. 양면을 다 알아야 한다.

[마]에서 자기가 개입해 후반부로 넘어간다. 함부로 하는 말이라고 해야 한다고 하면서 개입해 전반부의 질서를 깼다. 후반부는 짜임새가 가지런하지 않고, 각기 딴말을 한다. [바]에서는 무지를 고백했다. [사]에서는 과분한 작업을 맡아 세월만 보낸 것을 인정했다. [아]에서 알아달라는 것이 무엇인가? 물은 당당하고, 물 노래는 민망하다. 사람의 능력이 자연을 따르지 못한다. 간격을 메우는 임무를 철학이 맡고 무능을 감춘다. 문학으로 하는 철학이 해결사로 나서서 고생하고 있다.

Ralph Waldo Emerson, "Water"

The water understands
Civilization well;
It wets my foot, but prettily,
It chills my life, but wittily,
It is not disconcerted,
It is not broken-hearted:
Well used, it decketh joy,
Adorneth, doubleth joy:
Ill used, it will destroy,
In perfect time and measure
With a face of golden pleasure
Elegantly destroy.

에머슨, 〈물〉

물은 문명을
잘 이해한다.
내 발을 적신다, 귀엽게.
내 삶을 시켜준다, 재치 있게.

잘못되지 않았다.
마음 상하지 않았다.
잘 사용하면, 기쁨을 보탠다.
기쁨을 늘리고 갑절로 만든다.
잘못 사용되면, 파괴 작용을 한다.
완전한 시기와 방법을 갖추고
아주 즐거운 표정을 하고,
우아하게 파괴 작용을 한다.

李穡보다 5백년쯤 뒤의 미국인 에머슨은 물을 노래하는 이런 시를 다시 지었다. 시공의 차이를 넘어서서 같은 생각을 하면서, 다른 점 또한 두드러진 것을 확인할 수 있다. 물과 함께 살아가는 것은 같으면서, 물 이야기를 어떻게 하는가는 달랐다.

李穡은 물을 두고 하고 싶은 하다가 말이 많고 생각이 깊어졌다. 에머슨은 이 시를 대단한 철학시로 평가되기를 바리고 썼다. 말은 적게, 뜻은 많게 하는 양면의 거리를 최대한 늘인 것이 의도적인 노력의 결과라고 할 수 있다. 읽어보면 무슨 말인지 알기 어려워 당황해 하도록 계산했다. 기죽지 말고 차근차근 뜯어보아야 한다.

대뜸 "물은 문명을 잘 이해한다"고 한 말을 알아들으면 앞으로 쉽게 나간다. 물이 사람인 듯이 말하고, 물이 문명을 이해한다고 한 것은 두 가지 의미를 내포하고 있다. 문명은 물과 같이 변천한다. 물을 보면 문명의 변천을 안다.

그 뒤에 한 말은 간략하게 요약할 수도 있다. 물이 좋기도 하고 나쁘기도 하듯이, 문명 또한 행복을 가져다주기도 하고 불행을 가져다주기도 한다. 이런 당연한 말을 예사롭지 않게 하는 특이한 방법을 사용해, 시의 격조를 크게 높이려고 했다.

문명이 가져다주는 행복은 물이 내 갑갑한 발을 귀엽게 적시고, 내 삶의 열기를 재치 있게 식혀주는 것과 같다. 거대한 실체를 미세한 감각으로 감지하는 마술을 보여주어 독자를 압도했다고 할 수 있다. 물이나 문명이 잘못되면, "완전한 시기와 방법을 갖추고", "아주 즐거운 표정을 하고", "우아하게" 파괴 작용을 한다고 하면서 표리부동이 돋보이게 한 것도 찬사를 받자는 작전이다.

정신을 차리고 다시 보면, "ill used"(잘못 사용되면)에 의문이 있다. 물은 잘못 사용할 수 있지만, 문명도 마찬가지인가? 문명을 어떻게 하면 잘못 사용하는가? 잘못 사용한 본보기가 무엇인가? 이에 대한 해명이 있어야 하는데 없는 것은 심각한 결격사유이다. 고답적 설교를 거창하게 하는 듯한 모습을 갖추고 내실은 없다.

李穡은 물의 이치는 다 모른다고 했다. 알려고 노력하고 있으므로 이렇게 말했다. 에머슨은 물의 이치가 무엇인가 하는 문제도 제기하지 않아 실제로 한 말이 없으면서 높이 평가되려고 했다. 헛가락으로 할 일을 대신하고 위대한 시인이고자 했다.

3

Johann Wolfgang Goethe, "Alles ist aus dem Wasser entsprungen!"

Alles wird durch Wasser erhalten!
Ozean, gönn uns dein ewiges Walten
Wenn du nicht Wolken sendetest,
Nicht reiche Bäche spendetest,
Hin und her nicht Flüsse wendetest,
Die Ströme nicht vollendetest,

Was wären Gebirge, was Ebnen und Welt?
Du bist's der das frischeste Leben erhält!

괴테, 〈모든 것이 물에서 시작되었다〉

모든 것이 물을 통해 주어졌다.
대양은 우리에게 영원한 지배를 베푼다.
그대가 구름을 보내주지 않을 때에도,
시냇물이 풍성하게 보태주지 않아도.
이리저리 발을 돌리지 않았으며,
폭풍우가 아직 끝나지 않았다.
산은, 평야는, 세계는 무엇이었던가?
그대에게는 가장 순수한 삶이 주어졌다.

독일의 문호라고 숭상받는 괴테는 이 시에서 위신의 무게와 어울
리는 거창한 말을 했다. 물은 모든 것의 원천이며, 거대한 힘을 가지
고 차등을 과시한다고 했다. 대양이 영원한 지배를 베푸는 것만으
로 위세 과시가 충분하다. 구름이나 시냇물 같은 무리를 두고 이런
말 저런 말 할 것은 아니다. 그대라고 한 물이 발을 이리저리 다
돌리지 않아, 폭풍우가 아직 끝나지 않았다. 산이니 평야니 세계라
고 하는 것이 모두 모습을 감춘다. 순수한 삶이 주어져 엄청난 위력
을 행사한다고 했다.

Rabindranath Tagore, "The Water is silent image"

The fish in the water is silent,
the animals on the earth is noisy,
the bird in the air is singing.
But man has in him the silence of the sea,

the noise of the earth

and the music of the air.

The meaning of our self

is not to be found in its separateness from God and others,

but in the ceaseless realisation of yoga,

of union.

The newer people,

of this modern age,

are more eager to amass than

to realize.

타고르, 〈물의 모습은 고요함이다〉

물속의 어류는 고요하다.

땅 위의 짐승들은 시끄럽다.

공중의 새는 노래한다.

그러나 사람은 바다의 고요함,

땅의 시끄러움,

공중의 노래를 모두 간직하고 있다.

우리 삶의 의의는

주님이나 타인과 분리되면 발견할 수 없다.

그런데 계속 요가 수련을 줄곧 하며,

결합을 이룬다고 하면서,

새로운 사람들은

오늘날

집성만 한다.

각성은 하지 않고,

인도의 시인 타고르는 몸도 마음도 가벼워, 쉬운 말을 정답게 하면서 다가왔다. "물속의 어류는 고요하다.", "땅 위의 짐승들은 시끄럽다." 서두의 이 두 마디 말을 조용히 들어보라고 하면서 막힌 생각을 가볍게 일깨웠다.

'어류', 'fish'는 단수이다. 'animals', '짐승들은'은 복수이다. 낮은 곳 물속에서 함께 고요하니 여럿이 하나 같아 단수면 된다. 땅 위에 있어 잘났다고 각기 떠들어대니 복수임을 알려야 한다. 짐승들의 시끄러움은 싫고, 어류의 고요함이 좋다는 말부터 했다.

위의 시에서는 바다가 위력을 과시한다고 했는데, 여기서는 "바다의 고요함"을 아주 소중하게 여긴다. 어류는 바다 속에 있어 고요하고, 사람은 바다를 마음에 간직하고 있어 고요할 수 있다. "땅의 시끄러움"이나 "공중의 노래"도 함께 있어, 다른 쪽으로 이끌릴 수 있는 사람이 "바다의 고요함"에서 삶의 의의를 확인하려면 어떻게 해야 하는가?

이 문제를 제기하고 정답과 오답을 말했다. 정답은 자기를 낮추어 남들과 하나가 되는 것이다. 차등의식을 버리고 대등을 실행하는 것이다. 오답은 결합을 목표로 한다고 하는 수련을 야단스럽게 하고, 각성 대신 집성에 이르는 것이다. 마음을 비우는 각성과 소유를 늘리는 집성은 정반대이다.

4

James Joyce, "The Noise of Waters"

All day I hear the noise of waters
All day I hear the noise of waters
Making moan,
Sad as the sea-bird is when, going
Forth alone,

He hears the winds cry to the water's
Monotone.

The grey winds, the cold winds are blowing
Where I go.
I hear the noise of many waters
Far below.
All day, all night, I hear them flowing
To and fro.

조이스, 〈물의 소음〉

종일 나는 물의 소음을 듣는다
종일 나는 물의 소음을 듣는다
신음하는,
바닷새가 홀로 멀리 갈 때처럼
슬프게,
그는 물로 향하는 바람의 울음을 듣는다.
단조로운.

회색 바람, 차가운 바람이 분다
내가 가는 곳으로.
나는 여러 곳 물의 소음을 듣는다
저 아래.
매일 낮, 매일 밤, 물 흐르는 소리를 듣는다.
이리저리로.

꿈을 꾸는 것 같은 의식의 흐름을 소설에 직접 노출시켜 널리 알려진 작가가, 물을 노래하는 시에서도 같은 수법을 사용해 감각의 관습을 깼다. 물을 보지 않고 듣는다. 물소리가 좋지 않은 소음이

다. 외로운 바닷새가 슬피 우는 소리처럼. 이렇게 말하다가, 바닷새
가 물로 향하는 바람의 단조로운 울음을 듣는다고 했다. 바람으로
관심이 이동해, 자기가 가는 곳마다 회색 차가운 바람이 분다고 했
다. 다시 물로 돌아가 여러 물소리가 이리저리 나는 것을 듣는다고
했다. 물이 음악처럼 흐르며 많은 변이를 나타낸다고 하는 것이 하
고 싶은 말이다.

마종기, 〈물빛〉
내가 죽어서 물이 된다는 것을 생각하면
가끔 쓸쓸해집니다

산골짝 도랑물에 섞여 흘러내릴 때
그 작은 물소리를 들으면서
누가 내 목소리를 알아들을까요
냇물에 섞인 나는 물이 되었다고 해도
처음에는 깨끗하지 않겠지요

흐르면서 또 흐르면서,
생전에 지은 죄를 조금씩 씻어내고,
생전에 맺혀있던 여한도 씻어내고
외로웠던 저녁, 슬펐던 앙금들을
한 개씩 씻어내다보면,
결국에는 욕심 다 벗은 깨끗한 물이 될까요

정말로 깨끗한 물이 될 수 있다면
그때는 내가 당신을 부르겠습니다
당신은 그 물속에

당신을 비춰 보여주세요
내 목소리를 귀담아 들어주세요

나는 허황스러운 몸짓을 털어버리고 웃으면서
당신과 오래 같이 살고 싶었다고 고백하겠습니다
당신은 그제서야 처음으로
내 온몸과 마음을 함께 가지게 될 것입니다

누가 누구를 송두리째 가진다는 뜻을 알 것 같습니까
부디 당신은 그 물을 떠서 손도 씻고 목도 축이세요
당신의 피곤했던 한 세월의 목마름도
조금은 가셔지겠지요

그러면 나는 당신의 몸 안에서 당신이 될 것입니다
그리고 나는 내가 죽어서 물이 된 것이
전혀 쓸쓸한 일이 아닌 것을 비로소 알게 될 것입니다.

　

　물이 음악처럼 흐르며 많은 변이를 나타낸다고 하는 것이 위의
시와 같다. 그러면서 변이를 상상하는 폭이 더 크며, 상상이 한 가닥
으로 흘러가지 않고 둘씩 나누어진다. 더 거창한 꿈이 이치를 갖추
었다. 시각과 청각, 삶과 죽음, 오염과 정화, 몸과 마음, 나와 너,
둘과 하나, 이런 대립관계가 겹쳐져 있는 것을 찾아내게 한다.
　그렇지만, 주의해야 한다. 논리적 연관을 밝히려는 방향으로 잘
못 들어서면 머리가 아프다. 갖가지 대립관계를 연상하게 하면서
흘러가는 음악이라고 여기면 마음이 즐겁다. 물은 뛰어난 음악가이
면서, 미술도 문학도 함께 한다. 고정관념에서 벗어나, 이런 줄 알
라고 한다.

5

전봉건, 〈물〉

나는 물이라는 말을 사랑합니다
웅덩이라는 말을 사랑하고
개울이라는 말을 사랑합니다
강이라는 말도 사랑하고
바다라는 말도 사랑합니다
또 있습니다
이슬이라는 말입니다
삼월 어느 날 사월 어느 날 혹은 오월 어느 날
꽃잎이나 풀잎에 맺히는
아마도 세상에서 가장 작은 물
가장 여리고 약한 물 가장 맑은 물을 이름인
이 말과 만날 때면
내게서도 물기운이 돌다가
여위고 마른 살갗, 저리고 떨리다가
오, 내게서도 물방울이 방울이 번지어 나옵니다
그것은 눈물이라는 물입니다

　물을 사랑한다고 하지 않고, 물이라는 말을 사랑한다고 했다. 웅
덩이·개울·강·바다를 말을 모두 사랑한다고 하다가 이슬에 이르
렀다. 이슬 같은 물방울이 자기에게서도 번지어 나오는 것이 눈물
이라고 했다. 이렇게 말한 데 두 가지 의문이 있다.

　물이라는 말을 사랑한다고 한 이유는 무엇인가? 웅덩이·개울·
강·바다는 각기 달라 그 자리에 그대로 있다. 특정의 조건이 물의
가변적인 특성을 지운다. 웅덩이·개울·강·바다라는 말은 말이므로

이어지고 바뀔 수 있다. 물이 무엇인지 물이라는 말이 잘 알려준다.

왜 눈물을 도달점으로 했는가? "가장 여리고 약한 물 가장 맑은 물을 이름인" 이슬과 만나면, 자기도 "여위고 마른 살갗, 저리고 떨리다가" 물기운이 돌아 눈물을 빚어낸다고 하는 것이 하고자 하는 말이기 때문이다. 눈물은 사람의 삶이 천지만물과 연결되어 있는 것을 입증한다.

Jacques Prevert, "Chanson de l'eau"

Furtive comme un petit rat
Un petit rat d'Aubervilliers
Comme la misère qui court sur les rues
Les petites rues d'Aubervilliers
L'eau courante court sur le pavé
Sur le pavé d'Aubervilliers
Elle se dépêche
Elle est pressée
On dirait qu'elle veut échapper
Echapper à Aubervilliers
Pour s'en aller dans la campagne
Dans les prés et dans la forêt
Et raconter à ses compagnes
Les rivières les bois et les prés
Les simples rêves des ouvriers
Des ouvriers d'Aubervilliers
Crues et inondations

르레배르, 〈물의 노래〉

쥐새끼처럼 은밀하게
오베르빌리에의 쥐새끼

길에서 달리는 가난뱅이처럼
오베르빌리에의 좁은 길
보도 위로 물이 흐른다
오베르빌리에의 보도 위로
서두른다
재촉당한다
벗어나려고 한다고 말하리라
오베르빌리에를 벗어나려고
시골로 가려고
풀밭으로 숲으로
벗들에게 말하려고
강이며 나무며 풀밭이며
노동자들의 소박한 꿈
오베르빌리에의 노동자들
강렬하게 범람하는

불국 현대시인이 이렇게 노래했다. 오베르빌리에는 파리 동북 쪽의 공업도시이다. 보도 위로 흐른 물이, 그곳 노동자들이 시골로 돌아가고 싶은 심정을 말해준다고 했다.

노동의 속박에서 벗어나, 시골로 돌아가 벗들과 만나 이야기를 나누고자 한다. 강이나 나무나 풀밭을 다시 보고 즐거워하겠다고 한다. 이런 꿈이 강렬하게 넘치지만 실현되지 않는다.

노래의 흐름이 물과 같아, 멈추기도 하고 되풀이되기도 한다. 그래도 기대를 버리지 않게 한다. 물은 희망이다.

6

물 노래에 이어서, 불 노래도 살펴야 하는 것은 아니다. 불 노래는 변변한 것이 없다. 촛불 노래만 많이 보이고, 그것대로 사연이 알차다. 무슨 까닭인가? 불은 차등론, 물은 대등론을 말해준다. 老子가 "上善如水"라고 한 것에 상응하는 말을 불을 두고는 하지 않는다. 노래는 차등론를 비판하고 대등론을 옹호하는 것을 사명으로 한다.

거대한 불길이 싫다는 말을 구태여 하지 않고, 촛불 옹호로 그 집안을 조용하게 재정리한다. 물 노래를 정성껏 지어 대등론의 대안을 제시하는 데 더욱 힘쓴다. 외향이나 용도에는 관심을 가지지 않고, 물의 본질이라고 할 것을 성찰한 시가 아주 소중하다.

바람과 구름 노래

1

바람과 구름은 어린아이까지 누구나 알고 있다. 사람의 삶과 밀접한 관련을 가진다. 필요하지 않은 설명도 해야 하는 사전 편찬자를 골탕 먹인다.

그리 만만한 것은 아니다. 현상인지 물체인지 판별하기 어렵고, 정체가 무엇인지 알고 싶게 한다. 수시로 변해 계속 살피지 않을 수 없다. 재앙을 초래할 염려가 있어 경계해야 한다.

그 모든 일을 기상전문가에게만 맡겨둘 수 없다. 시인이 사명감을 가지고 관여해 자기 생각을 나타내는 노래를 짓는다. 기상전문가는 하지 못하는 말로, 세상 사람들의 관심을 일깨우고 식견이 트이게 한다. 바람과 구름을 인생만사와 연결시켜 노래하면서, 철학을 발전시키는 논의를 전개하기도 한다.

이런 노래를 모아 정리하고 고찰하는 것이 문학연구자의 직무이다. 지금까지의 직무 유기를 나무라면서 시간을 낭비하지 말고, 해야 하고 할 수 있는 일을 이제부터 열심히 하자. 동서고금의 자료를 찾아내, 적절한 순서에 따라 비교고찰을 한다. 많을수록 좋은 것은 아니다. 길이를 적절하게 조절한다.

바람과 구름을 함께 노래한 작품을 몇 개 발견해 먼저 다룬다.

그다음에는 바람 노래, 다시 구름 노래를 고찰한다. 어느 부류든지 시대순과 이해하기 쉬운 것부터 살피는 두 원칙을 겸용해 고찰의 순서를 정한다.

2

慧超, 〈望鄉〉

月夜瞻鄉路
浮雲颯颯歸
緘書參去便
風急不聽廻
我國天岸北
他邦地角西
日南無有雁
誰爲向林飛

혜초, 〈고향을 바라보니〉

달밤에 고향 길을 바라보니,
뜬구름만 너울너울 돌아가네.
가는 편에 편지라도 부치려 해도,
바람은 급해 말 들으려 돌아보지 않네.
내 나라를 하늘 끝 북쪽에 두고,
다른 나라 서쪽 모퉁이에 와 있다니.
남쪽은 따뜻해 기러기도 오지 않는데,
누가 계림을 향해서 날아가리.

신라 승려 혜초가 인도에서 고국을 그리워한 시이다. 혜초가 남긴 기행문 〈往五天竺國傳〉에 들어 있으며, 제목이 따로 없어 임의로 붙였다. 달을 보고 고향을 그리워한 것은 흔히 볼 수 있는데, 여기서는 외국에 멀리 떠나 있어 고국이 고향이다. "鄕", "我國", "林"이라는 말로 고국을 나타냈다. "林"은 "鷄林"이다.

고국이 지금 자기가 있는 인도에서 아득하게 멀다고, 그래서 소식을 전할 길이 없다고 여러 줄에 걸쳐 탄식했다. 달밤이니 기러기를 생각할 수 있지만, 따뜻한 남쪽에는 날아오지 않는다고 했다. 흰 구름이 가는 편에 편지를 부치겠다는 불가능한 상상을 하고, 바람이 급해 돌아다보지도 않는다고 원망했다.

인도에는 만날 수 없는 상대에게 구름을 使者로 삼아 말을 전한다고 하는 시를 짓는 전통이 있다. 자기도 그렇게 하려고 하다가, 바람이 방해해서 뜻을 이루지 못한다고 했다. 구름과 바람이 상극의 관계라고 했다.

이성선, 〈구름과 바람의 길〉

실수는 삶을 쓸쓸하게 한다.
실패는 生 전부를 외롭게 한다.
구름은 늘 실수하고
바람은 언제나 실패한다.
나는 구름과 바람의 길을 걷는다.
물속을 들여다보면
구름은 항상 쓸쓸히 아름답고
바람은 온 밤을 갈대와 울며 지샌다.

누구도 돌아보지 않는 길
구름과 바람의 길이 나의 길이다

이성선은 한국 현대시인이다. 구름과 바람의 길을 간다고 해서 방랑자가 흔히 하는 말을 한 것 같다. 구름과 바람의 길은 쓸쓸하고 누구도 돌보지 않는다고 한 것도 새삼스럽지 않다. 그런데 "구름은 늘 실수하고 바람은 언제나 실패한다"고 한 것은 들어보지 못한 말이다.

사람은 고난을 겪지만 구름과 바람은 초탈한 경지에서 논다고 하는 생각을 부정했다. 구름이나 바람에게서 위안을 얻어 고난에서 벗어나고자 하는 헛된 희망을 버렸다. 구름은 실수하고 바람은 실패하는 것을 알고, 그 길을 따라 가겠다는 것이 자기만의 결단이다. 구름과 바람이 사람처럼 어려움을 겪는 것을 깨달아 만물대등생극론에 근접했다.

장남들의 노래, 〈바람과 구름〉
부는 바람아 너는 나의 힘
모든 슬픔을 거둬가다오
광활한 대지에 끝없는 바다에
오오 바람이 분다

가는 구름아 너는 나의 꿈
높은 저 곳에 데려가다오
푸른 창공으로 영원한 곳으로
오오 구름이 간다

나도 따라서 갈래
머나먼 저곳으로
나의 꿈을 따라서

멀리 머나먼 곳에

부는 바람아 너는 나의 힘
가는 구름아 너는 나의 꿈
푸른 희망 속에 끝없이 달리는
오오 바람과 구름

나도 따라서 갈래
머나먼 저곳으로
나의 꿈을 따라서
멀리 머나먼 곳에

부는 바람아 너는 나의 힘
가는 구름아 너는 나의 꿈
푸른 희망 속에 우리 함께 달린다
오오 바람과 구름

오오 바람과 구름
오오 바람과 구름 구름의 노래

　지금 부르는 대중가요이다. '장남들'이라는 모임이 지어 부른다.
"부는 바람아 너는 나의 힘, 가는 구름아 너는 나의 꿈"이라는 말을
되풀이하면서, 바람과 구름이 무엇을 말해주는가 분명하게 한다.
바람의 힘을 가지고 구름의 힘을 실현하고 싶은 소망을 나타내, 삶
을 긍정하고 젊은이의 진취적 자세를 보여준다.
　혜초의 절망이나 이성선의 체념은 사라지고 없다. 시대가 달라졌
기 때문인가? 사고방식의 혁신이 있었는가? 외국에서 혼자, 국내에
서 혼자 노래를 짓는, 국내에서 여럿이 노래를 지어 함께 부르는

상황의 차이가 노래를 다르게 했는가? 이런 의문을 해결하려면 많은 논란이 필요하다.

조정관, 〈바람과 구름의 길〉

바람이 분다
꽃잎이 날린다
갈 길 몰라 멈춰선 내게
바람이 묻는다
가는 길이 어디냐고
세상 길 험하고
궂은 일 많아도
나 바람 따라 가리라
구름이 간다
먼 산을 넘는다
힘겨워 멈춰선 내게
구름이 묻는다
넘는 산 어디냐고
막는 산 험하고
넘을 재 높아도
나 구름처럼 가리라
나 구름 되어 가리라
꽃길이 아니어도
비단길 아니어도
구름을 벗 삼아 꿈꾸며 가리라
나 바람처럼 살리라
세상 길 험하고
궂은 일 많아도

나 바람 따라 가리라
나 구름 되어 가리라
구름을 벗 삼아
바람처럼 살리라
바람이 분다
꽃잎이 날린다
내게 바람이 묻는다
가는 길이 어디냐고

   이것은 시인의 작품인데 작곡이 되어 많이 부른다. 말이 짧아지고 이해하기 쉬워져, 생각이 분명하게 정리된 것을 알려준다. 바람과 구름이 힘이 되고 희망을 주는 것은 아니지만, "구름을 벗 삼아 바람처럼 살리라"라고 했다.
   노래를 듣는 우리도 같은 생각을 하자. 구름을 벗 삼으면 외롭지 않고, 바람처럼 살 면 미련이나 회한이 없다. 인간 세상에 머무르고 있어도 벗어난 듯이 걸림 없이 살아가는 지혜를 바람과 구름을 마음의 동반자로 삼고 찾아낸다.

Isabelle Choque, "Les nuages et le vent"

C'est un ensemble de particules d'eau fine
Qui a tout moment déclanchera la pluie
Maintenue en suspension dans l'atmosphère
Par les mouvements verticaux de l'air

Poussé par la Tramontane
Le Cumulus part vers la montagne
Il ne ressemble pas à un Stratus

Non, ce n'est pas un Cumulo-nimbus

Poussé par l'Alizé, le Zéphyr ou le Sirocco
Le Cirrus part vers les pays tropicaux
Il ne ressemble pas à un Nimbus
Non, ce n'est pas un Cumulo-stratus

C'est un mouvement d'air se déplacant,
Tantôt doux, fort ou oscillant.
Allant vers des zones de hautes pressions
S'opposer à des zones de dépressions

Pendant que le vent, fait la Bise au soleil
Se dresse et se rebelle, dans notre immense ciel
Ce vent de Mistral, avec son air magistral
Déchaînant les vagues, qui se Brise de façon brutale

Pendant que la nuit frappe, tout l'hémisphère Nord
Souffle une tempête, il montre son désaccord
Ce vent de Blizzard, avec son air bizarre
Anime la neige, comme pour créer une œuvre d'art.

쇼크, 〈구름과 바람〉

그것은 아주 작은 물방울의 모임이다
즉시 비가 될 것이다
공중에 잡혀 매달려 있다가
수직 운동을 하면서

알프스 이북에서 밀려
쿠무루스가 산으로 나아간다
그것은 스트라투스와 닮지 않았다

아니다, 그것은 쿠믈로-님부스가 아니다
알리제, 제피르 또는 시로코에 밀려
시루스는 열대 지방으로 나아간다

그것은 님부스와 닮지 않았다
아니다, 그것은 쿠믈로-스타루스가 아니다
그것은 한 순간에 뒤바뀐다
금새 부드럽고, 강하고 움직이고
압력이 높은 지역으로 가면서
침체된 지역은 거역하며

바람이 햇빛에서 비즈를 만드는 동안
우리의 거대한 하늘에서 차림을 갖추고 반란을 일으키는
미스트랄이라는 바람 그 당당한 기세로
물결을 일으키고 난폭하게 부서지게 한다

밤이 엄습하고 있는 동안에, 북반구 전체에
태풍이 불어닥쳐 부조화를 과시한다
블리자르라는 바람은 이상한 거동을 하고
눈을 사랑한다 무슨 예술 작품을 창작하듯이.

불국 현대 여성시인이 이런 시를 지었다. 대문자를 앞세워 적은
말은 구름이나 바람 이름이다. 번역하기 어렵고, 기상학의 전문 지
식을 빌려와 번역한다고 해도 무슨 말인지 알 수 없으므로, 발음을
옮겨 적었다. 정확한 이해가 반드시 필요한 것은 아니다.

왜 이런 시를 지었는가? 이것이 문제이다. 구름이나 바람에 관한
기상학 전문 지식을 갖추었다고 과시하려고 했는가? 대륙을 넘나드
는 구름이나 바람의 장대한 거동에 감동해 좀스러운 생각은 버리자

는 것인가? 구름을 그리다가 바람으로 넘어가 둘의 대등상생을 알리려고 했는가?

셋 다 타당한 추정이고, 여성시인의 발언으로 이해하면 각별한 의미가 있다. 전문 지식이나 장대한 거동을 갖추었으므로 남성은 우월하다고 하는 차등론을 타파하고, 양쪽이 대등생극의 관계를 가져야 한다고 주장하는 아주 좋은 설정이고 작전이다. 구름은 여성이고, 바람은 남성이라고 이해하면 적중률이 더 커진다.

왜 이런 설명을 하지 않았는지 의아하게 생각하지 말아야 한다. 여성은 섬세해야 한다는 편견도 깨고자 했다. 목소리나 태도에서 여성도 얼마든지 대범할 수 있다.

Mortimer Collins, "Clouds Go By"

I have been sitting alone
All day while the clouds went by,
While moved the strength of the seas,
While the wind with a will of his own,
A poet out of the sky,
Smote the green harp of the trees.

Alone yet not alone,
For I felt as the gay wind whirled,
As the cloudy sky grew clear,
The touch of our Father half-known,
Who dwells at the heart of the world,
Yet who is always here.

코린스, 〈구름이 지나간다〉

내가 외롭게 앉아 있으니,

온종일 구름이 지나갔다.
구름은 바다의 힘 때문에 밀리고,
바람은 자기 의지대로 움직였다.
하늘에서 나온 시인은
나무를 푸른 하프로 연주했다.

이제는 외롭지 않게
나무가 즐겁게 휘말리는 것을 느꼈다.
구름 낀 하늘은 맑아지고,
반쯤 미지인 하느님 아버지
이 세상의 중심에 있다.
언제나 여기 있다.

19세기 영국 시인이 쉬운 것 같지만 뜻이 깊은 시를 남겼다. 구름과 바람이 상극이다. 구름은 바다의 힘 때문에 밀리고, 바람은 자기 의지대로 움직인다. 이렇게 생각하니, 시인은 외로운 제3자이다. 하늘에서 나타나, 구름이나 바람과 무관하게, 나무를 하프로 여기고 연주하는 엉뚱한 짓이나 한다. 첫째 연에서는 이렇게 말했다.

둘째 연에서는 말이 달라졌다. 반쯤 미지인 하느님 아버지가 세상의 중심에 지금도 있다고 인정하니, 모든 것이 달라진다. 나무에 휘말리는 바람, 하늘이 맑아지게 하려고 사라지는 구름, 그 모두를 바라보고 노래하는 시인이 모두 상생의 관계를 가진다. 어느 것도 외로울 수 없다.

理一分殊를 말하는 것과 같은 철학이다. 分殊인 氣에서 생기는 相克이, 一理에서는 相生이 된다. 一理는 분명하게 알지 못하지만, 당연히 인정해야 한다. 理氣철학의 용어를 가지고 이렇게 설명할 수 있는 말을 했다. 바람과 구름이 상극이기도 하고 상생이기도 하다고 말한 것은 평가할 만하다. 상극과 상생 따로 논다고 한 것은 잘못이다.

바람과 구름이 별도의 一理에 근거를 두지 않고 그 자체로 상생이기도 하다고 해야 한다. 理一分殊의 理氣二元論을 氣一分殊의 氣一元論으로 바꾸어놓아야 분명한 전환이 가능하다. 말은 달라도 생각은 같아 理氣철학 논란이 인류 공통의 과제임을 확인하는 소중한 성과를 얻는다.

3

바람아 바람아 불어라.
대추야 대추야 떨져라.
아이야 아이야 주워라.
할배야 할배야 말려라.
아이야 아이야 울어라.

이런 말로 구전되어온 동요가 바람 노래의 원형이 아닌가 한다. 천진한 아이들에게는, 바람이 부르면 오는 다정한 벗이고, 높낮이를 뒤집어놓는 장난꾸러기이다. 이것을 못마땅하게 여기고 나무라는, 완고한 할배 세대는 바람에 밀려 어려움을 겪는다. 어느 쪽의 바람 노래를 부를 것인가?

Detlef Cordes, "Das Lied vom Wind"

Refrain
Hui! Hui! Ich bin der Wind!

Hui! Hui! Das himmlische Kind.

Strophen:
Ich komme von weit,
hab Wolken zum Geleit.
Ich zerr´ an den Jacken
und lass die Äste knacken.
Und packt mich die Wut,
dann greif ich deinen Hut.

Ich komme von weit,
hab Wolken zum Geleit.
Du kannst mich nicht seh'n,
aber ich kann den dicksten Baum umwehn!

Ich komm von so weit her,
von den Bergen und über´s Meer.
Ich bin immer auf der Reise
und vertreib mir die Zeit auf meine Weise.

Ich fege durch Straßen und Gassen,
kein Mensch kann mich fassen.
Ich mach einen riesengroßen Krach!
Du kannst hören wie ich lach.

Die Mülltonnen "Ka-wumm!",
die schmeiß' ich einfach um,
und die Wäsche von Frau Apfelbaum,
die weh ich über'n Gartenzaun.

Das war toll, aber nun muss ich gehn.
Ich sag dir noch "Auf Wiedersehn!".

코르데스, 〈바람 노래〉

후렴

휘! 휘! 나는 바람이다!

휘! 휘! 하늘의 아이다.

노랫말

나는 넓은 데서 온다.

구름을 시종으로 삼고,

옷깃을 끌고 온다.

큰 덩치는 소리를 내게 두었다가

분노로 내게다 묶고,

모자를 잡아챈다.

나는 넓은 데서 온다.

구름을 시종으로 삼고.

너는 나를 볼 수 없지만,

나는 가장 거대한 나무도 넘어뜨린다!

나는 넓은 데서 이리로 온다.

산에서 바다를 넘어서.

나는 언제나 여행을 하면서

내 방식대로 시간을 몰아간다.

내가 대로나 골목을 휘젓고 다녀도,

아무도 나를 잡지 못한다.

나는 엄청난 소리를 낸다!

너는 내가 어떻게 웃는지 들어서 안다.

대형 쓰레기통을 "쿠웅!" 하고,

나는 곧장 내던진다.

여인네의 세탁물을, 사과나무
정원 위로 날려버린다.
엄청나지, 그러나 나는 이제 가야 한다.
나는 너에게 말한다 "다시 만나자!"

독일 아이들은 이런 바람 노래를 부르라고 한다. 바람은 힘이 세서 무엇이든지 하고 싶은 대로 한다. 구름을 시종으로 데리고 다니는 것은 강압하기 때문이다. 어디 가서 무엇을 해도 들키지 않는다. 가장 거대한 나무를 넘어뜨리고 말지 않는다. 대형 쓰레기통을 내던지고 세탁물을 날려버리기도 한다.

독일 아이들은 이런 노래를 부르며 힘과 용기를 가지고 거침없이 살아나가라고 하는 가? 강압으로 누구를 지배하고, 걸리는 것은 모두 파괴하라고 부추기는가? 차등론을 분명하게 하고 그 상위를 차지하라고 가르치는가? 이런 의구심을 가지지 않을 수 없다.

南極曄의 시조
남풍 부는 비에 누역 삿갓 저 농부야.
밭 갈아 밥 먹기는 그 아니 직분인가?
고잔들 다 저문 날에 아름답다 농가로다.

뜻풀이를 한다. 南風 부는 비에 누역(도롱이) 삿갓 저 농부야, 밭 갈아 밥 먹기는 그 아니 직분인가. 古棧들 다 저문 날에 아름답다 農歌로다. 古棧이라는 지명은 여러 곳에 있는데, 작자가 호남 사람이니 김제의 고잔이겠다.

남풍은 남쪽에서 불어오는 여름바람이다. 풍요를 가져다주는 바람이다. 남풍이 불고 비가 올 때 도롱이 입고, 삿갓 쓰고 들에 나가 일하는 농부의 모습을 보고 흐뭇하게 여긴다. 농부가 밭 갈아 밥 먹이는 직분을 잘 수행하니 훌륭하다고 한다. 날이 저물어도 부르고 있는 農歌가 아름답게 들린다고 알려준다.

　이 모두를 말하는 노래를 선비 시인이 지었다. 바람과 비, 들과 농부, 농부와 시인, 農歌와 시조가 대등생극의 관계를 가지는 것을 밝혔다. 바람 노래가 모든 노래이다.

Emilly Dickinson, "The Wind"

Of all the sounds despatched abroad,
There's not a charge to me
Like that old measure in the boughs,
That phraseless melody.

The wind does, working like a hand
Whose fingers brush the sky,
Then quiver down, with tufts of tune
Permitted gods and me.

When winds go round and round in bands,
And thrum upon the door,
And birds take places overhead,
To bear them orchestra,

I crave him grace, of summer boughs,
If such an outcast be,
He never heard that fleshless chant
Rise solemn in the tree,

As if some caravan of sound
On deserts, in the sky,

Had broken rank,
Then knit, and passed
In seamless company.

에밀리 디킨슨, 〈바람〉

여기저기 흩어지는 소리 가운데
저것이 내게 가장 부담스럽다.
오랜 박자로 나무들을 흔들고
말은 갖추지 않은 저 멜로디.

바람은 손으로 일을 한다면서,
손가락으로 하늘에 색칠을 한다.
그러고는 몸을 흔들고 내려온다,
신들과 내게 허용된 가락으로.

바람이 둥글게 둥글게 무리 지어
문 위에서 연주를 하면
새들이 그 위에 자리를 잡고,
교향곡이라고 여기고 듣는다.

나는 여름 나무의 은총을 갈망하지만,
그것은 가능하지 않다.
그는 듣지 못했으리라,
나무에서 엄숙하게 일어나는 무형의 노래를.

어떤 무리를 지은 소리가
사막 위에서, 하늘에서,
서열도 조직도 깨고,
밖으로 흘러나오는가.

이음새 없이 이어져.

이 시인은 바람이 무엇을 하는지 남다르게 살피고자 했다. 은밀한 울림을 이해하기 어려운 말로 교묘하게 전하려고 했다. 이렇게 이해할 수는 있으나, 이 시를 읽고 무엇을 얻었는지 말하기 어렵다.

생각이 이어지지 않고, 말이 어긋나 있다. 미묘한 표현이 납득할 수 없게 꼬여, 언어의 한계를 넘어서려고 한다. 통상적인 설명은 포기하고. 그 이유를 생각해야 한다. 앞뒤를 연결시키고 숨은 논리를 찾아 합리적인 이해를 하려고 하는 것이 무리임을 알아야 한다.

이것이 무슨 까닭인가? 바람 탓인가 시인 탓인가? 이런 의문을 가지고, 작품 내용에서 창작 동기로 방향을 돌리면 난해하다고 할 것이 없다. 이해 방법을 요구하는 것과 맞게 바로잡으면, 장애가 사라지고 말문이 터진다.

바람은 모습이 없고 작용만 있어, 무어라고 말해도 된다. 시인의 마음도 이와 같아 둘이 구별되지 않는다. 선후도 조건도 이유도 없는 발상, 매이지 않고 흔들려 자유로운 느낌, 의미와 무의미의 혼재, 이런 미묘한 경지에 바람과 시인이 함께 이르렀다.

Stephane Mallarmé, "Brise marine"

La chair est triste, hélas ! et j'ai lu tous les livres.
Fuir ! là-bas fuir! Je sens que des oiseaux sont ivres
D'être parmi l'écume inconnue et les cieux !
Rien, ni les vieux jardins reflétés par les yeux
Ne retiendra ce coeur qui dans la mer se trempe
Ô nuits ! ni la clarté déserte de ma lampe
Sur le vide papier que la blancheur défend

Et ni la jeune femme allaitant son enfant.
Je partirai ! Steamer balançant ta mâture,
Lève l'ancre pour une exotique nature !

Un Ennui, désolé par les cruels espoirs,
Croit encore à l'adieu suprême des mouchoirs !
Et, peut-être, les mâts, invitant les orages,
Sont-ils de ceux qu'un vent penche sur les naufrages
Perdus, sans mâts, sans mâts, ni fertiles îlots …
Mais, ô mon coeur, entends le chant des matelots !

말라르메, 〈바다의 미풍〉

육체는 서글프다, 아! 나는 모든 책을 읽었다.
가리라! 저리 가리라! 미지의 물거품과 하늘에서
새들이 취해서 날아다니는 것을 알고 있다.
아무것도, 눈에 들어오고 있는 낡은 정원도
바다에 젖어 있는 내 마음 잡지 못하리라.
오 밤이여! 흰빛이 감싸기만 하는 빈 종이
그 위를 비추고 있는 등불의 황량한 빛도.
아이에게 젖을 먹이고 있는 여인도.
나는 떠나가리라! 돛대 흔들고 있는 배여,
이국의 풍물이 있는 곳으로 닻을 올려라.

권태로움이 잔인한 희망에 시달려 황폐해졌어도
손수건을 흔드는 최상의 이별을 아직도 기대한다.
그러고는 아마도 돛대에 폭풍이 불어닥치리라,
바람에 기울어진 난파선이 되어 길을 잃으리라.
돛대도 없이. 돛대도 없이, 비옥한 섬도 없이…
그래도, 나의 넋이여, 뱃사람들의 노래를 들어라.

말라르메는 불국 상징주의 시인이다. 상징주의 시를 정교하고 심오하게 만들려고 각고의 노력을 하면서 이 노래를 본보기로 제시했다. 절묘한 표현으로 깊은 생각을 이어가면서, 바다에서 불어오는 바람이 왜 마음을 온통 흔드는지 말했다.

위의 시와 견주어보면, 두 가지 두드러진 차이가 있다. 가시적인 풍경을 일관되게 그린 표면이 일단 관심을 끌어 독자가 호감을 가지고 다가오게 한다. 작품에 들어온 독자가 풍경의 이면에 어떤 의의가 있는가 하는 의문을 가지고, 풀어낼 수 있을 만큼 풀어내면서 자기를 시험하게 한다.

필요한 단계를 갖추어 진행되어, 일관성을 확보하고 변화를 말한다. [1] 자기가 머물러 살고 있는 지금 이곳의 상황을 말했다. [2] 바다 너머 가고 싶은 저곳에 대한 동경과 기대를 나타냈다. [3] 기대가 무너져 좌절하리라고 하는 예감을 가졌다.

[1] "육체는 서글프다, 아!, 나는 모든 책을 읽었다"고 하는 데서 시작되었다. 육체는 서글프다고 하면 정신은 어떤가 하고 반문할 수 있으므로, 정신의 산물이라고 하는 책에 더 기대할 것이 없다고 했다. 기존의 모든 것을 버리고 새로운 탐구를 해야 한다는 서론을 조금 펴고, 일상생활의 모습을 그렸다. 낡은 정원이 있는 집에서 여인은 아이에게 젖을 먹이고, 자기는 시를 지으려고 하지만 빈 종이에 황량한 등불이 비칠 뿐이다. 거듭 노력해도 얻은 것이 없어 괴로워하는 심정을 등불이 황량하다는 말로 나타냈다. 시를 지을 수 있으려면 기존의 따분한 삶을 청산하고 새 출발을 해야 한다고 했다.

[2] 바다 너머 가고 싶은 저곳에 대한 동경과 기대는 작품을 다시 읽으면서 확인하자. "가리라! 저리 가리라! 미지의 물거품과 하늘에

서 새들이 취해서 날아다니는 것을 알고 있다", "바다에 젖어 있는 내 마음 잡지 못하리라", "나는 떠나가리라! 돛대 흔들고 있는 배여 이국의 풍물이 있는 곳으로 닻을 들어라", "손수건 흔드는 최상의 이별을 아직도 기대한다", "그래도, 나의 넋이여, 뱃사람들의 노래를 들어라"에서 거듭 말했다. 마음속의 동경을 말하고 바로 떠날 것 같더니 뒤로 물러섰다.

[3] 기대가 무너져 좌절하리라고 하는 예감은 거듭 나타났다. "권태로움이 잔인한 희망에 시달려 황폐해졌어도"에서는 과거에 여러 번 겪은 좌절을 말했다. 배를 타고 나가다가 폭풍을 만나 조난을 당할 것이라고 한 것은 새로운 시도의 좌절을 예감한 말이다. "비옥한 섬도 없이"라고 한 것은 좌절하면 도피처가 있을 수 없다고 한 말이다.

육지와 바다는 旣知와 未知, 고정과 변화, 구속과 자유의 차이가 있다. 기지·고정·구속의 상태에서는 시를 지을 수 없어 미지·변화·자유를 찾아 떠나려고 했다. 떠나고 싶은 생각이 간절하다고 여러 차례 말하고 아직 떠나가지 못했으며, 떠나가도 뜻을 이루지 못하고 좌절하고 말 것이라고 하는 불길한 예감을 말했다. 기지·고정·구속을 특징으로 하는 기존의 시를 거부하고 미지·변화·자유를 실현하는 새로운 시를 이룩하고자 하는 간절한 소망을 실현하기 어렵다고 항해의 열망과 난파의 예감을 들어 말했다.

바람의 모습을 그리려고 하는, 수고는 많고 소득은 적은 시도는 하지 않았다. 바람이 따로 있지 않고, 흔들리고 있는 것이 바람이다. 바람이 가시적인 무엇이 아니고, 몇 겹의 상징적인 의미를 지닌다. 얼마나 읽어내는가 하는 것이 독자의 능력이나 열의에 달려 있다.

바람은 소망이고, 소망 때문에 흔들리는 마음이고, 소망을 실현하려고 하면 생기는 위험이다. 바람은 또한 未知이고, 그 매력이니 신비이고, 삶의 한계를 넘어서는 피안이다. 이런 의미를 시를 다시 읽으면서 더 보탤 수 있고, 시를 넘어서서 새로 창조할 수 있다.

Sarojini Naidu, "Wandering Singers"

Where the voice of the wind calls our wandering feet,
Through echoing forest and echoing street,
With lutes in our hands ever-singing we roam,
All men are our kindred, the world is our home.
Our lays are of cities whose lustre is shed,
The laughter and beauty of women long dead;
The sword of old battles, the crown of old kings,
And happy and simple and sorrowful things.
What hope shall we gather, what dreams shall we sow?
Where the wind calls our wandering footsteps we go.
No love bids us tarry, no joy bids us wait:
The voice of the wind is the voice of our fate.

나이두, 〈유랑광대〉

어디서 바람 소리가 유랑하는 우리를 부르는가?
숲에서도 메아리치고, 거리에서도 메아리치네.
우리는 깽깽이를 들고 줄곧 노래를 하면서 떠돈다.
누구나 우리 동류이고, 온 세상이 우리 집이라고.
우리가 부르는 노래에는 빛나는 도시들이 있다.
오래전에 죽은 여인의 웃음과 아름다움도 있다.
과거 전투의 칼도, 옛날 임금이 쓰던 왕관도 있다.
행복하고 소박하고 슬픈 사연들을 말하고 다닌다.
어떤 희망을 모으고, 어떤 꿈을 뿌려야 하는가?

바람 소리가 우리를 불러 발걸음 재촉하는 곳에는,
사랑이 지체하지 않고, 기쁨은 기다리지 않는다.
바람 소리는 알고 따라야 할 우리 운명의 소리이다.

나이두는 인도의 여성시인이다. 간디와 함께 인도 독립운동에 헌신하고, 인도 전역에서 읽을 수 있게 영어로 지은 시로 인도정신을 일깨워 널리 사랑을 받았다. 인도가 독립한 다음에는 정치인으로도 활동했다.

이 시는 형식과 표현이 잘 다듬어져 있다. 뜻을 옮기는 것은 어렵지 않으나, 정형시의 모습을 전하려고 하니 고민이다. 번역시도 행의 길이가 일정하도록 말을 자르기도 하고 보태기도 해서 가지런하게 한다.

친근한 어조로 유랑광대의 삶을 노래해 쉽게 읽고 즐길 수 있게 한다. 그러나 광대가 예사 광대는 아니다. 광대가 유랑하면서 노래를 불러 지난 시기 인도의 역사를 되새기고, "행복하고 소박하고 슬픈 사연들"로 오늘날 사람들에게 희망과 꿈을 준다고 했다. 지체하지 않고 사랑을, 기다리지 않게 하고 기쁨을 일깨워준다고 했다. "누구나 우리 동류이고, 온 세상이 우리 집이라고" 하는 깨달음을 전한다고 했다.

"바람 소리"라는 말이 거듭 나온다. 바람 소리는 광대를 부르고, 광대가 노래할 사연을 제공하는 인도자이다. 인격적인 인도자이거나 神인 것은 아니다. 민족정신, 역사의식, 시대정신, 현실인식 등이 모여 하나를 이루는 정신이 광대를 인도한다고 했다고 이해할 수 있다. 보이지 않는 위대한 정신이 "바람 소리"로 불어닥친다고 하는 비유가 아주 적절하다.

유랑광대를 두고 이렇게 한 말에 더 새겨야 할 뜻이 있다. 인도의 과거와 현재를 이어주고, 절망에 사로잡힌 사람들에게 희망과 꿈, 사랑과 기쁨을 가져다주며, "누구나 우리 동류이고, 온 세상이 우리 집이라고" 해야 할 사람은 유랑광대만이 아니다. 시인도 같은 일을 함께 하는 것이 마땅하다고 여기고, 자기가 본보기를 보이겠다고 하면서 이 시를 지었다.

그러면 시인도 유랑시인이라는 말인가? 이런 의문이 제기된다. 그렇다. 시인도 유랑시인이어야 한다. 고금을 오르내리면서 어디든 지 가고, 널리 혜택을 베풀려면 광대처럼 유랑해야 한다. 현실안주 에서 탈출해, 민족정신, 역사의식, 시대정신, 현실인식 등이 모여 하나를 이루는 보이지 않으나 위대한 정신, 그 바람의 부름을 받고 어디까지든지 가야 한다. 탈출해 유랑해야 진정한 시인일 수 있다.

박목월, 〈이별가〉
뭐락카노, 저편 강기슭에서
니 뭐락카노, 바람에 불려서

이승 아니믄 저승으로 떠나는 뱃머리에서
나의 목소리도 바람에 날려서

뭐락카노 뭐락카노
썩어서 동아밧줄은 삭아 내리는데

하직을 말자 하직 말자
인연은 갈밭을 건너는 바람

뭐락카노 뭐락카노 뭐락카노

니 흰 옷자라기만 펄럭거리고…

오냐. 오냐. 오냐.
이승 아니믄 저승에서라도…

이승 아니믄 저승에서라도
인연은 갈밭을 건너는 바람

뭐락카노, 저편 강기슭에서
니 음성은 바람에 불려서

오냐. 오냐. 오냐.
나의 목소리도 바람에 날려서.

　박목월은 한국 현대시인이다. 이승에서 저승으로 강을 건너듯이 건너가 죽어서 헤어지는 사람에게 하는 말을 전했다. 상대방이 누군지는 밝히지 않고, "뭐락카노", "오냐. 오냐. 오냐"라는 사투리를 써서 무척 다정한 사이임을 알려주었다. 바람이 분다는 말을 계속해서 죽음에 이르도록 세월이 흐르는 것은 어쩔 수 없고 거역하지 못한다고 암시했다.

　"동아밧줄은 삭아 내리는데"에서는 때가 되어 사람이 죽는 것은 밧줄이 삭는 것과 같다고 했다. "하직을 말자 하직 말자/ 인연은 갈밭을 건너는 바람"에서는 갈밭에 바람이 불듯이 인연을 따라 가는 것이 당연하니 하직을 하지도 말자고 했다. 죽어서 헤어지니 가는 사람과 남은 사람이 하는 말이 잘 들리지 않는다고 했다.

　끝으로 자기나 하는 말이 바람에 날려서 잘 들리지 않는다고 하면서 생략했다. 그 말은 "오냐. 오냐. 오냐. 내도 곧 갈끼다. 쪼매만 기다리래이"라고 하는 것임을 짐작할 수 있다. 바람은 생사를 연결시키기도 하고 분리시키기도 하는 이중의 작용을 한다고 했다.

다음에 드는 것은 사설시조이다. 첫 말을 제목으로 삼아 〈바람은 지동 치듯 불고〉라고 할 수 있다.

> 바람은 지동 치듯 불고 물결은 저절로 철철 뱃전을 친다.
> 순풍도 아니고 왜풍도 아니요 세우 강남에 일엽풍도 아니요 만경 창파에 몰바람이로다.
> 사공아, 노대로 저어라 경포대로.

말뜻을 풀이한다. 바람은 地動 치듯 (땅을 흔들듯) 불고, 물결은 뱃전을 친다. 順風도 아니고 倭風도 아니요, 細雨 江南에 一葉風도 아니요, 萬頃滄波(만 이랑 푸른 물결)에 몰바람이로다. 沙工아, 노를 있는 대로 저어라, 景浦臺로 (가자구나).

'바람'이라는 범칭 외에 특칭이 여럿 있는 것을 여기서 말해준다. '順風'은 바라는 대로 알맞게 부는 바람이다. '倭風'은 '왜바람'이라고도 하며, 일정한 방향 없이 이리저리 부는 바람이다. '一葉風'은 한 가닥 바람, '몰바람'은 한쪽으로 몰리는 바람이 아닌가 한다.

바람이 함부로 부는 모습을, 토막 수가 초장에서는 두 갑절쯤, 중장에서는 세 갑절쯤 늘어난 확대일탈형 사설시조로 나타낸다. 사공에게 노를 저어 갈 곳으로 가자는 말은 차분하게 해야 하므로, 종장은 마지막 한 토막이 생략된 기본형이다. 확대일탈형을 펼쳐보이다가 기본형으로 마무리하면서 바람의 횡포에 대처하는 사람의 자세를 가다듬는다.

험한 바람이 불고 물결이 뱃전을 쳐서 위험하게 된 것은 인생의 시련이라고 할 수 있다. 그래도 희망을 잃지 않고 사공에게 노를 저어 경포대로 가자고 한다. 경포대는 경치가 빼어나 누구나 가보고 싶은 곳이다.

김지하, 〈바람이 가는 방향〉
바람이 가는 방향
거기 언제나
내가 서 있다

바람과 같은 방향 아니다
바람에 맞부딪치는
역류의 길

거기
회오리도 소소리도
하늬도 하늬바람도 일어

펄럭이는 옷자락
날리는 머리카락
외치는 몸뚱이 몸뚱아리

나는 언제
반역의 사람
바람 없이는
내 삶도 없다
존재가 아닌 있음이 아닌
살아 있음 없다

살아 있다면
친구여
바람을 거슬러라

아
바람소리 바람소리 속에
내 몸의 노래가 살아 있다

내 몸속에 깊이 박힌
생명의 외침
그 넋이 살아 있다

　김지하는 한국 현대시인이다. 현대를 넘어서고자 한 시인이다.
사람은 언제나 바람이 가는 방향에 서 있다고 하고, 바람 없이는
삶이 없다. 이렇게 말하고, 자기는 바람을 따르는 방랑의 길을 가지
는 않는다고 했다. 바람을 거스르며 자기 내면 생명의 외침을 찾는
내면 탐구의 길을 간다고 했다. 내면에서 기대하는 진정한 탐구는
외면의 동요를 따르지 않고 거역해야 이루어진다고 했다.
　바람을 따르지 않고 거슬러야 한다고 한 것은 위의 노래와 같으
면서, 그 이유는 다르다. 위의 노래의 바람은 일시적이고 개인적인
풍파이다. 풍파를 견디고 이겨내야 뜻한 바를 이룰 수 있다. 여기서
말하는 바람은 지속적이고 일반적인 시대 풍조이다.
　시대 풍조에 휩쓸리지 않고 정신을 차려야 한다. 큰 문제는 해답
은 정해져 있다고 여기면 어리석다. 투표나 여론 조사에서 한 표를
행사하는 것이 나의 존재 이유가 아니다. 정신을 차리고 일어나,
나의 창조주권을 확인하고 발현해야 한다.

무엇이 진정한 가치를 가지는지 깨닫고, 역사의 진행 방향을 다시 설정해야 하는지 진지하게 검토해야 한다. 주장할 것이 있으면 당당하게 나서야 한다. 시인이나 학자만 이렇게 해야 하는 것은 아니다. 누구나 대등하다.

4

王維, 〈送別〉

下馬飮君酒
問君何所之
君言不得意
歸臥南山陲
但去莫復問
白雲無盡時

왕유, 〈송별〉

말에서 내려 그대와 술을 마시면서,
그대에게 묻나니 어디로 가려는가?
그대 말하기를 뜻을 얻지 못해
돌아가 남산 자락에 눕겠다고 하네.
가기나 하게, 더 묻지는 않겠네.
흰 구름 다하는 때는 없으리니.

왕유는 중국 당나라 시인이다. 떠나가는 벗을 편안한 마음으로 보내는 시를 이렇게 지었다. 사랑과 이별은 남녀 사이에만 있지 않고, 벗들 사이에도 있다. 벗에 대한 사랑인 우정은 공유물이어서 독점물인 남녀의 애정보다 도수가 낮아, 이별의 슬픔을 담담하게 받아들이게 한다.

어디로 가려고 하는가 하고 벗에게 물으니, 뜻을 얻지 못해 떠난다고 하고, 돌아가 남산 자락에 눕겠다고 하는 말로 은거를 일삼겠다고 말했다. 이 말을 듣고 보내는 사람은 만류하지 않고 오히려 부러워하기까지 하는 생각을 나타냈다. 마음을 비우고 은거하면서 바라보는 흰 구름은 다하는 때가 없다고 해서 세상에서 얻는 名利가 유한한 것과 다르다고 했다.

李庭綽의 시조

용문산 백운봉에 높이 떴는 저 구름아
세상 영욕을 아는다 모르는다
저 구름 나와 같아서 대면무심 하도다

필요한 설명을 한다. 이정작은 조선시대 선비이다. 龍門山 白雲峰에 높이 떴는 저 구름아. 世上 榮辱을 아는가, 모르는가? 저 구름 나와 같아서 對面無心하도다. 이렇게 말했다.

용문산은 경기도 양평에 있는 산이다. 여기서는 높은 산을 대표하는 구실을 한다. 그 산에 있는 백운봉은 흰 구름 백운이 떠다니는 곳이다. 백운을 보고 말한다. 세상 영욕을 아는가, 모르는가? 백운은 세상 영욕을 모르는 것이 당연한데, 하나 마나 한 질문을 하는 이유는 세상 영욕을 아는 괴로움에서 벗어나 백운의 경지에 이르고자 하기 때문이다.

對面無心이란 마주보면서도 시기하거나 질투하는 감정이 없고 마음이 맑은 것을 의미한다. 나는 구름을 보면서 대면무심하고, 구름도 나와 같아서 나를 보면서 대면무심한다. 이런 말을 한다고 보면 뜻은 통하지만 맛이 모자란다. 말하지 않은 사연을 찾아내야 절실한 맛이 있다.

세상 영욕에 휘말려 지내는 동안 다른 사람들과 불편한 관계를 가져 힘들다. 이제 대면무심할 수 있는 자연을 찾아가 구름을 쳐다본다. 구름과 대면무심하니 구름도 나처럼 대면무심하는 것으로 응답을 삼는다. 자기가 구름을 본받으면서 구름이 자기를 따르는 것처럼 여기면서 즐거워한다.

無名氏의 시조
백운산 백운사를 예 듣고 이제 보니
만학 깊은 곳에 백운이 잠겼어라
세상에 바리인 몸이 백운 속에 늙으리라

말뜻을 풀이한다. 白雲山 白雲寺를 예 듣고 이제 보니, 萬壑(만 골짜기) 깊은 곳에 白雲이 잠겼어라(잠겨 있구나). 世上에 바리인(세상에서 버림받은) 몸이 白雲 속에서 늙으리라.

백운산 백운사는 백운이 깊은 산이고 절이다. 이름을 전부터 듣다가 이제 찾아간다. 만 골짜기가 백운에 잠긴 것이 놀랍다. 세상에서 버림받은 몸이 백운 속에서 늙고자 한다. 백운은 자취를 가려 보이지 않게 하고, 마음을 편안하게 한다.

백운으로 뒤덮여 세상과 구분되는 별천지이고, 자취를 감추고 숨어 살기 좋은 곳이 있다고 상상하고 동경한다. 백운이 하늘에 떠다닌다고 하면 도움이 되지 않으므로 골짜기마다 잠겨 있다고 한다. 백운이 산도 되고 절도 되어 백운산 백운사가 있다고 한다.

Luce Guilbaud, "Le nuage"

Un joli nuage blanc
arrive sur la ville
il joue entre les toits
entre les tours
entre les flèches
il passe sur les ponts
et se voit gris
dans les reflets de l'eau
il se sent fatigué
il tousse un peu
il se regarde dans les vitrines
il se fait peur
il est devenu noir

le nuage s'en va
lâchant quelques larmes
quelques gouttes de pluie
il va se refaire une santé
à la campagne

귀보, 〈구름〉

아름답고 흰 구름
도시에 이른다
지붕 사이에서 논다
고층건물 사이에서도
뾰죽탑 사이에서도
다리 위로 지나간다
회색으로 보인다
물에 비추니

피로를 느낀다
기침을 조금 한다
유리창에 비추니
겁이 난다
검게 되었다

구름은 간다
눈물 몇 방울을
비로 뿌리고
건강을 되찾으려고
시골로 간다

불국의 현대 여성시인이 동아시아 옛 시인들과 같은 생각을 하는 구름 노래를 지었다. 희고 아름다운 구름이 도시에 와서 더럽혀지는 과정을 눈으로 보고 있는 듯이 이야기했다. 누구나 동의하지 않을 수 없다. 쉬운 말이 참되다고 알려준다.

Charles Baudelaire, "L'Etranger"

— Qui aimes-tu le mieux, homme énigmatique, dis? ton père,
  ta mère, ta sœur ou ton frère ?
— Je n'ai ni père, ni mère, ni sœur, ni frère.
— Tes amis ?
— Vous vous servez là d'une parole dont le sens m'est resté
  jusqu'à ce jour inconnu.
— Ta patrie ?
— J'ignore sous quelle latitude elle est située.
— La beauté ?
— Je l'aimerais volontiers, déesse et immortelle.

— L'or ?

— Je le hais comme vous haïssez Dieu.

— Eh ! qu'aimes-tu donc, extraordinaire étranger ?

— J'aime les nuages··· les nuages qui passent··· là-bas···
 là-bas··· les merveilleux nuages !

보들래르, 〈야릇한 사람〉

— 야릇한 사람아, 너는 무엇을 가장 사랑하는가? 너의 아버지냐,
 어머니냐, 형제냐, 누이냐?

— 나는 아버지도, 어머니도, 형제도, 누이도 없다.

— 너의 벗들은?

— 너는 내가 아직까지 모르고 있는 말을 하는구나.

— 너의 조국은?

— 나는 그것이 어느 곳에 있는지도 모른다.

— 미인은?

— 여신이나 죽지 않은 사람이 있다면 사랑하리라.

— 황금은?

— 나는 그것을 네가 신을 미워하듯이 미워한다.

— 에! 아주 별나게 야릇한 사람, 너는 도대체 무엇을 사랑하는가?

— 나는 구름을 사랑한다. ···지나가는 구름을 ··· 저기 ··· 저기···
 경이로운 구름을 !

불국의 이름난 상징주의 시인 보들래르가 쓴 산문시에서 이렇게
말했다. 모든 것의 가치를 부정하는 허무주의자가 구름, 지나가는
구름, 경이로운 구름만 사랑한다고 했다. 구름만 아름답고 고결하
다고 찬양했다. 위에서 든 여러 노래에서 한 말을 했다. 인류는 다
같다고 말해도 된다.

Percy Bysshe Shelley, "The Cloud"

BY I bring fresh showers for the thirsting flowers,
From the seas and the streams;
I bear light shade for the leaves when laid
In their noonday dreams.
From my wings are shaken the dews that waken
The sweet buds every one,
When rocked to rest on their mother's breast,
As she dances about the sun.
I wield the flail of the lashing hail,
And whiten the green plains under,
And then again I dissolve it in rain,
And laugh as I pass in thunder.

I sift the snow on the mountains below,
And their great pines groan aghast;
And all the night 'tis my pillow white,
While I sleep in the arms of the blast.
Sublime on the towers of my skiey bowers,
Lightning my pilot sits;
In a cavern under is fettered the thunder,
It struggles and howls at fits;
Over earth and ocean, with gentle motion,
This pilot is guiding me,
Lured by the love of the genii that move
In the depths of the purple sea;
Over the rills, and the crags, and the hills,
Over the lakes and the plains,
Wherever he dream, under mountain or stream,
The Spirit he loves remains;
And I all the while bask in Heaven's blue smile,

Whilst he is dissolving in rains.

The sanguine Sunrise, with his meteor eyes,
And his burning plumes outspread,
Leaps on the back of my sailing rack,
When the morning star shines dead;
As on the jag of a mountain crag,
Which an earthquake rocks and swings,
An eagle alit one moment may sit
In the light of its golden wings.
And when Sunset may breathe, from the lit sea beneath,
Its ardours of rest and of love,
And the crimson pall of eve may fall
From the depth of Heaven above,
With wings folded I rest, on mine aëry nest,
As still as a brooding dove.

That orbèd maiden with white fire laden,
Whom mortals call the Moon,
Glides glimmering o'er my fleece-like floor,
By the midnight breezes strewn;
And wherever the beat of her unseen feet,
Which only the angels hear,
May have broken the woof of my tent's thin roof,
The stars peep behind her and peer;
And I laugh to see them whirl and flee,
Like a swarm of golden bees,
When I widen the rent in my wind-built tent,
Till calm the rivers, lakes, and seas,
Like strips of the sky fallen through me on high,
Are each paved with the moon and these.

I bind the Sun's throne with a burning zone,
And the Moon's with a girdle of pearl;
The volcanoes are dim, and the stars reel and swim,
When the whirlwinds my banner unfurl.
From cape to cape, with a bridge-like shape,
Over a torrent sea,
Sunbeam-proof, I hang like a roof,
The mountains its columns be.
The triumphal arch through which I march
With hurricane, fire, and snow,
When the Powers of the air are chained to my chair,
Is the million-coloured bow;
The sphere-fire above its soft colours wove,
While the moist Earth was laughing below.

I am the daughter of Earth and Water,
And the nursling of the Sky;
I pass through the pores of the ocean and shores;
I change, but I cannot die.
For after the rain when with never a stain
The pavilion of Heaven is bare,
And the winds and sunbeams with their convex gleams
Build up the blue dome of air,
I silently laugh at my own cenotaph,
And out of the caverns of rain,
Like a child from the womb, like a ghost from the tomb,
I arise and unbuild it again.

셸리, 〈구름〉

나는 목마른 꽃들에게 시원한 물을
바다나 개울에서 가져다 준다.

나는 옅은 그늘을 만들어준다,
나뭇잎들이 낮잠을 자며 꿈꾸고 있으면.
내 날개에서 떨어지는 이슬이
감미로운 싹을 하나하나 깨운다.
어머니의 품안에 쉬려고 가려고
해 주변을 돌며 춤을 추고 있으면,
나는 우박을 도리깨처럼 휘두른다,
아래의 푸른 들판 희게 만든 것을
나는 비를 내려 녹여준다.
나는 천둥 속을 지나며 웃는다.

내가 저 아래의 산맥에 눈을 뿌리니,
거대한 소나무들도 두려워 신음한다.
밤이면 나는 베개가 하얗게 될 때까지,
돌풍의 팔 안에서 잠을 자는데,
나의 거처 맨 꼭대기에서,
내가 갈 길 밝히는 번개가 친다.
번개가 아래의 동굴에서 잡혀,
발작을 일으키고 덤비며 울부짖는다.
육지와 대양 위로, 부드러운 동작으로
안내자가 있어 나를 데려간다.
귀신들에게 매혹되어
진홍빛 바다 깊숙이 갔다가,
냇물, 바위, 언덕 위로,
호수와 들판 너머로,
산 아래서 강물에서, 어디서나 꿈꾸며,
사랑하는 귀신들을 남겨둔다.
천국의 푸른 미소에서 녹인 물로,

비를 만들어 풀어낸다.

진홍빛 태양이 일어나 별똥별 눈을 뜨고,
불타는 날개를 펴더니,
항해하는 갑판 뒤로 뛰어오른다.
아침 별빛은 사라졌다.
험한 산이 갈라진 틈
폭발한 화산 용암 흐른 곳에서
독수리 한 마리 잠시 앉아
황금 빛 날개를 빛낸다.
일출이 저 아래 바다에서 숨을 쉬고,
휴식과 사랑의 열의
황혼의 짓붉은 장이 내려온다.
저 위 하늘 깊은 곳에서
나는 날개를 접고 쉰다, 내 창공의 둥지에서,
알을 품고 있는 비둘기처럼 조용하게.

흰 불을 싣고 있는 둥근 숙녀,
사람들이 달이라고 부르는 것,
내 양탄자처럼 희미하게 빛나며
마루 위로 미끄러진다,
한밤중의 미풍이 뿌려져 있는 곳.
그 여자의 보이지 않는 발걸음 소리를,
오직 천사들만 엿듣고 있는 곳들마다,
나의 얇은 천막의 헝겊이 찢어졌을 수 있다.
별들은 그 여자 뒤에서 재잘거리며 내다본다.
나는 그것들이 돌다가 사라지는 것을 보고 웃는다.
한 떼의 황금 벌 같다.

바람이 만든 천막 갈라진 틈을 넓히니,
강이며 호수며 바다며 모두 아직 고요하다,
하늘 조각들이 나를 거쳐 떠내려온 것 같다.
각기 달아나 이것들로 포장되어 있다.

나는 태양의 왕관을 타오르는 지역에 결박하고,
달은 진주 허리띠로 묶어놓는다.
화산은 흐릿하고, 별들은 비틀거리며 헤엄친다.
내 회오리바람에 내 깃발을 휘날릴 때
곳에서 곳으로, 다리 모습을 하고,
격동하는 바다 위에서,
햇빛을 증명하고, 지붕을 매단다.
산들이어 기둥 노릇을 하라.
개선문 아래로 나는 행진한다.
태풍, 불, 눈을 동반하고,
공기의 힘이 내 의자에 묶여 있을 때
백만 가지 색깔의 활이
부드러운 색상으로 짠, 저 위 지구의 불이다,
축축한 지구가 아래에서 웃고 있다.

나는 땅과 물의 딸이고
하늘이 양육한 아이다.
나는 대양과 해안 사이의 구멍을 통과한다.
나는 달라지기만 하고, 죽을 수는 없다.
비가 오고 더러운 것은 없으며
하늘의 정자는 비어 있다,
바람이나 빛에 탄 것이나 튀어나온 것이 빛나며
공중의 푸른 돔을 지어 올린다

나는 조용히 나의 기념탑에 미소 짓는다,
비의 동굴에서 벗어나.
자궁에서 나온 아이, 무덤에서 나온 유령
나는 일어나 그것을 허문다.

말이 너무 많다. 구름이 중심이 되어 나타나는 자연의 변화를 있는 대로 그리려다가 길고 복잡한 시가 되었다. 구름을 자기와 동일시해서 수다쟁이로 만들었다. 따라가며 읽기 지루하고, 뜻을 캐내려고 하면 머리가 아프다.

이것이 대단한 작품이라고 하는 찬사가 이어지니, 납득하기 어렵다. 묘한 말을 이리저리 갖다 붙이는 재주를 자랑해 감탄을 자아내려고 하는 낭만적 수사법이 지나쳐 역겨울 정도이다. 어느 곳 한 시대의 시가 중언부언을 일삼고, 과장과 영탄을 남용한 일탈을 보여준다.

말이 꼬여 이해를 어렵게 하고, 번역은 더 힘들다. 별 것 아닌 작품에 노력과 지면을 너무 많이 제공하는 것이 아주 잘못되지는 않았다. 노래도 사람의 생각도 얼마든지 다를 수 있다고 알려주는 증거로 이용할 가치가 있다.

자연의 모든 것이 서로 어울려 돌아가도록 하는 데 구름이 각별한 기여를 하고, 누구나 보고 경탄하는 광경을 특별히 잘 그려 시인이 칭송받을 만하다는 것이 서로 호응된다. 대등생극의 원리를 어느 정도 알아차리기는 했으나, 구름과 자기를 너무 내세워 방향이 달라졌다. 과시를 일삼다가 차등론에 가담하고 말았다.

대등론은 자연이 말해주고, 차등론은 사람의 선택이다. 자기는 잘나서 차등론을 선택할 자격이 있다고 하면, 대등론이 감추어지고 보이지 않게 된다. 이것을 알아내게 한다고 이해하면, 좋지 않은 사가 좋은 시가 된다.

Hermann Hesse, "Weisse Wolken"

O schau, sie schweben wieder
Wie leise Melodien
Vergessener schöner Lieder
Am blauen Himmel hin!

Kein Herz kann sie verstehen,
Dem nicht auf langer Fahrt
Ein Wissen von allen Wehen
Und Freuden des Wanderns ward.

Ich liebe die Weißen, Losen
Wie Sonne, Meer und Wind,
Weil sie der Heimatlosen
Schwestern und Engel sind.

헤세, 〈흰 구름〉

오 보아라, 구름은 다시
잃어버린 아름다운 노래의
나직한 멜로디처럼,
저 멀리 푸른 하늘로 떠나간다.

구름의 심정 이해하지 못한다.
오랫동안 길을 가면서
방랑의 슬픔과 기쁨을
모두 알지 못하는 사람은.

나는 흰 것들, 정처 없는 것들
해, 바다, 바람을 사랑한다.
그런 것들이 실향민에게는
누나이고 천사이기 때문이다.

헤세는 독일 현대작가이다. 소설가로 널리 알려졌으나 시도 많이
썼다. 정처 없이 떠나가고 싶은 심정을 제1·2연에서는 구름에, 제3
연에서는 해·바다·바람에 얹어 나타냈다. "그런 것들이 실향민에
게는 누나이고 천사"라고 했다.

실향민이 된 이유는 말하지 않았으나, 추방된 것은 아니고 스스로
선택한 결과이다. 구름이 "저 멀리 푸른 하늘로 떠나간다"고 한 데
자기 심정이 나타나 있다. "푸른"은 "희망에 찬"이라는 뜻이라고 할
수 있다. 살고 있는 고장을 버리고 떠나 방랑하는 즐거움을 누리면
서 희망에 찬 곳으로 간다고 했다. 그러면서도 외로움을 느껴 자연
물 가운데 "정처 없는 것들"을 사랑해 누나나 천사로 삼는다고 했다.

쉘리는 〈구름〉과 견주어보면, 꾸밈새가 없고 말이 자연스럽다.
쉽게 읽고 바로 감동을 받는다. 쉘리는 대단한 시를 위대한 시인이고
자 했다. 차등론자임을 알리고 차등의 상위에 오르려고 했다. 헤세
가 방랑의 슬픔과 기쁨을 모두 잃고 구름의 심정을 이해한다고 한
사람은 위대한 것과 거리가 먼 가여운 사람이다. 자기도 그 가운데
하나여서 이 시를 써서 대등한 불행을 확인하고 위로하고자 했다.

Rabindranath Tagore, "Clouds And Waves"

Mother, the folk who live up in the clouds call out to me—
"We play from the time we wake till the day ends.
We play with the golden dawn, we play with the silver moon."

I ask, "But how am I to get up to you?"

They answer, "Come to the edge of the earth, lift up your hands to the sky, and you will be taken up into the clouds."

"My mother is waiting for me at home," I say, "How can I leave her and come?"

Then they smile and float away.

But I know a nicer game than that, mother.

I shall be the cloud and you the moon.

I shall cover you with both my hands, and our house-top will be the blue sky.

The folk who live in the waves call out to me―

"We sing from morning till night; on and on we travel and know not where we pass."

I ask, "But how am I to join you?"

They tell me, "Come to the edge of the shore and stand with your eyes tight shut, and you will be carried out upon the waves."

I say, "My mother always wants me at home in the everything-how can I leave her and go?"

They smile, dance and pass by.

But I know a better game than that.

I will be the waves and you will be a strange shore.

I shall roll on and on and on, and break upon your lap with laughter.

And no one in the world will know where we both are.

타고르, 〈구름과 파도〉

엄마, 구름 위에 사는 아이들이 나를 오라고 불러요.

"우리는 깨어나면 하루 종일 논다.

우리는 금빛 새벽과도 놀고, 은빛 달과도 논다."

내가 물었어요. "그런데 어떻게 하면 너희들에게로 갈 수 있니?"

그 애들이 대답했어요. "지구 끝까지 와서, 너를 들어 올리고 손으로 하늘을 잡으면, 구름으로 온다."

"엄마가 집에서 나를 기다리는데." 내가 말했어요. "엄마를 두고 어떻게 가겠나?"

그러자, 그 애들은 웃으면서 흘러가버렸어,

나는 구름이 되고, 엄마는 달이 되어요.

내가 엄마를 두 손으로 잡으면, 우리 집 꼭대기는 푸른 하늘일 거예요.

파도 속에 사는 아이들도 나를 오라고 불러요.

"우리는 아침부터 밤까지 노래를 부른다. 줄곧 여행을 하면서 어디를 지나는지는 모른단다."

내가 물었어요. "그런데 어떻게 하면 너희들과 어울릴 수 있니?"

그 애들이 대답했어요. "해안 끝까지 와서, 눈을 감으면 파도 속에 들어온단다."

내가 말했어요. "엄마가 나를 어떻게든지 집에 있으라는데 어떻게 버리고 가겠나?"

그 애들은 웃고, 춤추면서 가버렸어요,

그러나 나는 그것보다 더 좋은 놀이를 알아요.

나는 파도가 되고, 엄마는 이상한 해안이 되어요.

나는 줄곧 굴러가다가 엄마 무릎에서 웃으면서 부서질 거예요.

우리 둘이 어디 있는지 아는 사람 이 세상 어디에도 없을 거예요.

어린아이는 위에 있는 구름을 보고 함께 놀고 싶다. 구름이 불러주어 위로 올라갈 수 있을 것 같다. 아래로 파도를 보고도 같은 생각을 한다. 파도와도 함께 놀고 싶다. 파도가 불러 주어 아래로 내려갈 수 있을 것 같다. 위의 그름이나 아래의 파도는 자기의 연장이 아니므로, 평등하지 않고 대등하다. 함께 놀고 싶다는 것이 대극생극의 발견이다.

그러나 올라가지도 못하고, 내려가지도 못한다. 생각과 현실은 거리가 있기 때문이다. 구름 대신 엄마와 놀면서, 구름과 논다고 여긴다. 파도 대신 엄마와 놀면서, 파도와 논다고 여긴다. 엄마는 자기의 연장이므로 대등생극을 알아차리게 할 수 없었다. 엄마와 놀면서 구름과 논다고 여기고, 파도와 논다고 여기니, 엄마와도 대등생극의 관계를 가지게 되었다.

대등생극을 실행하고 그 가치를 평가했다. 놀라운 발견을 하는 새로운 경지에 들어섰다. 이것을 아는 사람이 이 세상 어디에도 없을 것이라고 했다. 시를 읽고도 무엇을 말하는지 모르는 것이 예사이다. 해설하는 글이 많이 모자란다.

앞에서 든 쉐리의 시는 격조 높은 철학시 같고, 타고르의 이 시는 단순한 동시로 보인다. 철학시 같은 것은 사이비이고 철학시가 아니다. 철학은 지식이 아니고 웅변으로 전달되지 않기 때문이다. 철학은 명상을 해서 발견하는 깨달음이고, 새로운 언어를 필요로 한다. 철학이 아니어야 진정한 철학이다. 동심을 간직한 어린아이는 명상에서 얻은 것을 새로운 언어로 나타내는 것을 일상생활로 삼아, 사이비 철학시의 유식이 무식임을 알린다.

정연복, 〈구름과 나〉

하늘에 구름
흘러 흘러가네

저 높이 하늘에 살면서도

하늘은 제 집 아닌 듯

나그네같이 유유히
흘러 흘러가네

있는 듯 없고
없는 듯 있는 저 구름은

있어서도
늘 흘러만 가네.

구름 같은 것이
인생이라면

이제 나도
구름 되리라

있는 듯 없고
없는 듯 있으며

마치 이 地上은
내 집 아닌 듯

쓸쓸히 가벼이
흘러흘러 가리라

　한국 현대시인의 이 작품은 얼마 되지 않는 말이 아주 쉽게 읽힌
다. 설명이 필요 없을 것 같다. 단순한 감상일 따름이고, 철학과는
거리가 멀 것 같다. 그러나 다시 보면 달라진다. 깊은 뜻이 있다.

말은 많고 실속이 작은 노래와는 정반대로, 말은 적고 실속이 크다.

"있는 듯 없고 없는 듯 있는" 이 말은 있음과 없음의 관계에 관한 깊은 깨달음을 말한다. 불교에서 "色卽是空 空卽是色", "있음이 없음이고, 없음이 있음이다"(〈般若心經〉)라고 한 것을 누구나 알 수 있게 나타낸다. 천지만물의 근본 이치를 알려준다.

"하늘에 살면서도 하늘은 제 집 아닌 듯", "마치 이 地上은 내 집 아닌 듯"은 소속과 활동, 머무름과 나다님에 관한 깊은 깨달음을 말한다. 불교에서 "應無所住 而生其心", "마땅히 머무름이 없이 마음을 내라"(〈金剛經〉)고 한 것을 누구나 알 수 있게 나타낸다. 천지만물의 근본 이치를 올바르게 구현하는 사람의 인식과 실천을 알려준다.

"있는 듯 없고 없는 듯"한 모든 것이 만물대등생극의 관계를 가진다. 사람은 자기 소속을 일방적으로 드높이려고 다투는 차등론에서 벗어나 만인대등생극을 함께 이룩해야 한다. 구름이 이 두 가지 철학으로 나아가는 원론을 말해준다고 한 것은 대단한 발견이다.

5

지금까지 고찰한 많은 노래는, 바람과 구름이 달라지는 것보다 사람의 생각은 더 달라질 수 있는 것을 말해준다. 모두 열거하면 공연한 수고이고, 종합하려고 하면 무리이다. 연구를 더 하면서 풀어야 할 의문 제기로 마무리를 대신한다.

바람과 구름을 함께 다루는 노래가 한국에 많고, 즐겨 부른다. 이것이 인정할 수 있는 사실인가? 그 이유가 무엇인가? 상호관계를 중요시하는 대등의 사고를 한국인이 남들보다 더 하기 때문인가?

바람을 노래하면서 무엇을 말하려고 하는가? 부드러운 바람과 사나운 바람, 따라야 할 바람과 거역해야 할 바람은 어떻게, 왜 나누어지는가? 바람 탓인가? 사람의 생각이 달라서인가?

흰 구름이 깨끗한 마음을 말해준다고 한 동아시아 선인들의 말을 서양 불국의 몇 시인이 다시 했다. 사람의 생각은 이처럼 같다는 노래를 서양 다른 나라에서는 짓지 않는가? 그 이유가 무엇인가?

타고르의 구름 노래가 남다른 것은 무슨 까닭인가? 시인이 뛰어난 덕분인가? 그쪽 문명이나 문화의 특수성으로 이해해야 하는가? 童心으로 돌아가면 대등생극에 대한 새로운 깨달음을 얻는다고 일러주는 보편적 가치를 평가해야 하는가?

서양시는 서양철학과 함께 말은 많고 실속이 작으며, 동양시는 동양철학과 함께 말은 적고 실속이 큰 것이 확인된다. 이런 비교론이 어떤 의의를 가지는가? 많고 적고, 작고 큰 것의 역전이 거듭되어 하나일 수 있는가?

차등론과 대등론, 상극과 상생이 따로 노는 것과 생극이 되는 것이 계속 확인되어 대등생극론의 입지를 다질 수 있었다. 이것이 어떻게 해서 가능하고, 어떤 의의를 가지는가? 공통된 사고가 언어 표현 방식의 차이 때문에 달라지는 차질을 어떻게 해결해야 하는가?

수많은 의문을 해결하려고 엄청난 작업을 하려고 하면 어리석다. 내가 할 수 있는 말로 나의 〈바람과 구름의 노래〉를 짓는 것을 도달점으로 해야 한다. 이 노래를 책 맨 뒤에 제시해, 모든 논의의 마무리로 삼는다.

해·달·별 노래

1

해와 달과 별은 예로부터 인류가 의문을 가지게 하고, 발상의 원천으로 삼도록 했다. 이것들을 각기 노래한, 해 노래, 달 노래, 별 노래는 헤아릴 수 없이 많다. 다 찾아 고찰하려면 여러 평생도 모자란다.

해와 달과 별, 이 셋을 잇고 아우른 〈해달별 노래〉는 흔하지 않고, 예상하기 어려운 말을 한다. 어느 경지까지 나아가, 어떤 철학을 말해주는지 알아보고자 한다. 어떻게 할 것인가? 어려운 작업일수록 방법을 더 잘 갖추어야 한다. 잘못 말려들어 헤매지 말고, 정신을 차려야 한다.

전제는 없고 의문만 있어, 연역은 가능하지 않다. 몇 개 되지 않은 자료를 가까스로 찾아놓고, 귀납에 기대를 걸면 우습다. 넓이를 자랑하는 양이 아닌, 깊이가 소중한 질로 나아가야 한다. 하나하나의 비밀을 찾아내는 작업을, 상호조명을 하면서 진행해야 한다.

언어로 이루어진 수학의 논리와 구조를 밝혀내야 한다. 그 내역은 전인미답의 경지이고, 추측이 가능하지 않다. 새로운 수학을, 지어내지 않고 찾아내야 한다. 이 작업에서 문학에서 철학 읽기가 크게 진전될 것을 기대한다.

중세의 연역, 근대의 귀납을 함께 넘어서는 다음 시대 학문의 방향을 제시해야 한다. 연역과 귀납의 결함을 함께 시정하는 제3의 방법이 여기서 분명해진다. 이름을 짓는다면 예증 탐구이다. 예증 탐구의 원칙을 분명하게 하는 데 〈해달별 노래〉가 아주 좋은 예증이다. 기존 학문의 틀을 깬 덕분에, 대단한 행운을 얻는다.

실제 작업을 어떻게 하면 되는가? 우연히 찾아낸 어느 한 예증이 그 자체로 우주임을 인정하면 깊은 탐구가 이루어진다. 우주의 짜임새나 움직임을, 내 마음과 연결시켜 해명해 통찰과 각성을 얻는다. 밖에서는 통찰이고, 안에서는 각성이다. 여러 예증의 상호조명에서 통찰도 각성도 다각화하고, 역동적으로 된다.

2

Heinz Goertz, "Sonne, Mond und Sterne"

Sonne, Mond und Sterne,
Wir haben euch so gerne.
Uns überall begleiten,
Egal, wohin wir schreiten.

Sonne, Mond und Sterne,
Wir haben euch so gerne.
Uns immerzu bewachen,
Ob wir nun schlafen oder wachen.

Sonne, Mond und Sterne,
Die haben dich so gerne.
Drum schlafe süß und ohne Sorgen,
Und freue dich auf Morgen.

괴르쯔, 〈해와 달, 그리고 별〉

해와 달, 그리고 별,
너희들은 우리의 즐거운 벗이네.
우리를 맡아 바래주는구나.
줄곧, 우리가 가는 곳까지,

해와 달, 그리고 별
너희들은 우리의 즐거운 벗이네.
우리를 항상 보살펴주는구나,
우리가 자는가 깨었는가.

해와 달, 그리고 별
너희들은 우리의 즐거운 벗이네.
그 덕분에 근심 없이 달게 자고,
아침이여 너를 기쁘게 한다.

　간단하고 이해하기 쉬운 예증을 찾아 먼저 다루려고 하니. 먼 곳
에 좋은 것이 있다. 독일에 이런 동시가 있다. 해와 달, 그리고 별이
"우리의 즐거운 벗"이라는 말을 되풀이했다. 해와 달, 그리고 별이
우리를 바래주고, 보살펴주고, 달게 자게 해서, 감사하다고 했다.
마음을 따뜻하게 해주는 노래이다.

정준일, 〈해, 달, 별 그리고 우리〉

봄을 틔우며 무더웠던 여름을 지나
분홍빛 가을 외롭고 긴 겨울을 건너
머나먼 저 지평선 고난의 바다를 건너서
내게 달려와준 너에게

난 정말 고마워

고요한 달빛 아래 어둠을 밝히는 별 하나
밤 하늘 벗삼아 사랑의 춤을 추는 우리
저물어가는 하루
그보다 더 밝게 빛나던
아름다운 너의 두 눈에 영원을 말하네

사랑한다는 말이
가끔은 서툴고 흔들리겠지만
날 믿어달라는 그 말
그 말의 무게로 버거울지라도
그래도 나는 좋아
기약 없는 청춘의 한 가운데
사랑하는 우리가 있으니..
우리가 있으니...
다 괜찮을 거야

산다는 게 그래
영원한 건 아무것도 없어
허나 그렇더라도
변하지 않는 게 있다면
지금 내가 여기 이렇게 네 곁에 있다는 것

사랑한다는 말이
가끔은 서툴고 흔들리겠지만
날 믿어달라는 그 말
그 말의 무게로 버거울지라도
그래도 나는 좋아

기약 없는 청춘의 한가운데
사랑하는 우리가 있으니..
우리가 있으니...
함께 걸어가자

기억해줄래
두근두근 대던 가슴으로 빛나던 날들
설레임 가득했던 우리의 찬란한 시작
세상 누구도 부럽지 않았던 너와 나의 작은 우주

사랑해 너를
이 말 한마디 하기가 그리도 어려워서
밤새도록 어색하게 혼자 준비했던 말
저 하늘에 뜬 해와 달과 별과 구름에게 약속할게

기억해줄래
두근두근 대던 가슴으로 빛나던 날들
설레임 가득했던 우리의 찬란한 시작
세상 누구도 부럽지 않았던 너와 나의 작은 우주

사랑해 너를
이 말 한마디 하기가 그리도 어려워서
밤새도록 어색하게 혼자 준비했던 말
저 하늘에 뜬 해와 달과 별과 구름에게 약속할게

이런 한국 대중가요는 수다쟁이이다. 흥겨움을 이어나가고 보태
려고 말한다. "해와 달과 별"이 사랑 약속이 진실하고 영원하다고
말해주는 믿음직한 보증인이라고 한다. 앞의 "즐거운 벗"과 여기서

의 "믿음직한 보증인"은 가까운 사이라는 점이 같고, 관계 양상은 다르다.

벗은 나와 함께 움직인다. 보증인은 자기 자리에 머물러 있으면서 나를 염려하며 살핀다. 해와 달, 그리고 별은 모두 저 위에 있어 잘 보고 또한 변하지 않아, 자격이 충분하다고 여기고 보증인으로 삼았다. 보증인이 많으면 더 좋다고 여기고 "구름"까지 추가해, 그런 특징이 흐려졌다.

3

J. Max, "Sun moon and stars"

like the sun and the moon
all the stars in the sky
in this whole big world
are you and i

you are my sun
who brings to me light
warms my heart
makes things feel right

i am your moon
who brings you serenity
i am here for you
for all eternity

the stars are ours
feelings which to to hold
growing, watching

as we get old

막스, 〈해 달 별〉
해 같고 달 같으며
하늘에 있는 모든 별 같다
이 크나큰 세계 전체에서
너와 나는

너는 나의 해
내게 빛을 준다
내 마음이 따뜻하게 해준다
무엇이든 옳다고 여기게 한다

나는 너의 달
너에게 차분함을 준다
나는 여기 있다 너를 위해
모든 영속성을 위해

별들은 우리 것이다
우리가 지녀야 할 느낌이다
키우고, 살피는
우리가 늙어가면서

위의 두 노래에서는 해와 달, 그리고 별이 함께 해달별을 이루었
다. 여기서는 "해와 달과 별"이 각기 있으면서 "나와 너와 우리"와
복잡한 관계를 가진다고 한다. 총론과는 다른 각론을 말한다. 각론
은 각기 살펴야 한다.

제1연에서는 "해와 달과 별"이 "나와 너"와 같다고 했다. 양쪽은

흡사하다는 서론이다. 제2연에서는 "너"는 "나"의 "해"라고 했다. 빛과 따뜻함을 준다고 했다. 陽氣를 키우는 각론이다. 제3연에서는 "나"는 "너"의 달이라고 했다. 차분함과 영속성을 준다고 했다. 陰氣를 키우는 각론이다. 제4연에서는 "별"은 "나와 너"의 것이라고 했다. 늙어가면서 함께 키우고 살피는 느낌이라고 했다. 陰陽이 一氣라고 하는 데 이른 결론이다.

"너"에 대한 사랑을 나서서 말하는 "나"라는 서술자는 남성이고, 그 대상인 "너"는 여자라고 여기는 것이 자연스럽다. "나"는 "달", "너"는 "해"라고 해서 음양이 역전되어 있다. 그래서 무엇을 말해주는가? 음양이 차등관계를 가진다는 통념을 파괴하고 대등을 확인하려면, 역전이나 역행이 있어야 한다. 그 과정을 거쳐야 음양이 一氣라고 분명하게 말할 수 있다.

Elke Bräunling, "Laternengedicht: Sonne, Mond und Sterne"

Meine Sternenlaterne strahlt von fern
funkelhell wie ein kleiner Stern.
Goldne Zacken hab ich drauf gemalt
und ein Sternengesicht, das lacht und strahlt.
Mitten hinein hab ein Licht ich gestellt,
das die Straße ein wenig erhellt.

Deine Mondlaterne ist gelb und rund
wie der Mond mit einem Lachgesicht-Mund.
Fröhliche Augen sehen dich an,
du glaubst, vor dir steht ein riesiger Mann.
Mitten in diesem Mondengesicht
strahlt im Dunkel ein helles Licht.

Unsre Sonnenlaterne leuchtet von weit
sonnenhell gelb in der Dunkelheit.
Als Sonnenschwester zeigt sie sich dir,
man meint, die Sonne selbst sei nun hier.
Im trüben Dunkel, im Novembergrau
strahlt sie uns an. Komm her und schau!

브래운링, 〈등불 노래: 해와 달, 그리고 별〉

나의 별 등불은 멀리서
밝게 빛나는 작은 별 같다.
나는 그 위에 금빛 톱니바퀴를 그렸다
웃으며 빛을 내는 별의 얼굴
그 가운데서 나는 빛을 하나 가져와
길은 조금 비추어준다.

너의 달 등불은 마치
달이 웃는 얼굴과 입, 기뻐하는 눈으로
너를 바라보는 것 같다.
너는 믿으리라 어떤 커다란 사람이
달 얼굴 한가운데서
어둠을 밝게 비추고 있다고.

우리의 해 등불은 멀리 어둠 속까지
노란 빛을 비추어준다.
해의 누이가 너에게 모습을 드러내듯이.
해 자체가 지금 여기 온 것 같이 생각된다.
우울한 어둠에 잠겨 있는 잿빛 11월에
우리에게 빛을 낸다. 와서 보아라!

이 노래는 혼란되어 있는 것 같아, 갈피를 잡아야 한다. 그 단서를 위의 노래와의 비교에서 찾을 수 있다. "해와 달과 별"과 "나와 너와 우리"의 관계를 각기 다르게 가지자고 하는 것은 같다. 그러면서 논리 다지기보다 상상 펼치기에 다 힘써 더욱 즐거운 일거리로 삼았다. 고찰하는 방법도 달라야 한다.

해와 달, 그리고 별이 빛을 내서 등불이라고 한다. 그런 것들을 본떠 다시 만들어, '나의 별 등불', '너의 달 등불', '우리의 해 등불'도 있다고 하는 기발한 말을 했다. 그래서 알려주는 것이 둘 있다. 사람은 자연을 본뜬다고 알려준다. 별과 달과 해로 등급이 점차 높아지는 데 따라 나와 너와 우리도 구분된다고 알려준다.

이렇게만 말하고 말면 너무 딱딱해, 천진한 상상으로 기발한 그림을 세 번 그려 보여주었다. 꿈을 그대로 옮겨놓았다. 어린아이들의 그림이다. 초현실주의 작품이다. 그 어느 것이라고 여겨도 좋다. 파격적인 형상으로 예사롭지 않은 말을 하는 것을 알아야 한다.

제1연에서는 별의 얼굴에다 금빛 톱니바퀴를 그렸다. 그러면 잘 움직이며 더 밝은 빛을 낼 것 같다. 그 빛을 한 가닥 가져와 앞길을 비출 수 있다. 2연에서는 달에다가 사람 얼굴을 커다랗게 그렸다. 그러면 가까이 다가올 것 같다. 제3연에서는 해에 누이가 있다고 여기고 그 모습을 그렸다. 그러면 부드러운 관계가 이루어질 것 같다.

등불이 비추어준다는 말을 사실 전달로 이해하고 말지 않아야 한다. 발상 개발을 다채로운 방식으로 하게 한다고 하는 뜻을 알아차려야 한다. 자연의 발상 개발을 사람이 본떠서 재현하니 자랑스럽고, 재현은 자유롭게 해도 되니 즐겁다고 하는 데 공감하고 동참하면 더 많은 것을 얻는다.

4

Rabindranath Tagore, From "One Hundred Poems of Kabir"

The light of the sun, the moon, and
the stars shines bright :
The melody of love swells forth, and
the rhythm of love's detachment beats the time.
Day and night, the chorus of music
fills the heavens ; and Kabir says,
"My Beloved One gleams like the
lightning flash in the sky."

타고르, 〈카비르의 시 백 편〉에서

해와 달, 그리고 별 빛이
밝게 빛난다.
사랑의 박동으로 시간을 울린다,
낮이나 밤이나. 그러자 카비르가 말한다.
"나의 사랑하는 님이 번쩍인다.
하늘에서 번개를 치듯이."

15세기의 카브르가 남긴 시 백편을 20세기의 타고르가 영어로 옮겨 자기 작품을 만든 것의 하나이다. 해·달·별이 함께 밝게 빛난다. 이것이 낮이나 밤이나 시간을 울린다. 외형만 보지 말고, 근원을 알아야 한다. 이 울림은 사랑하는 님인 절대자가 사랑을 베풀어주는 박동이다. 하늘에서 번개를 치듯이 사랑하는 님은 번쩍인다. 이런 말을 했다.

이것을 어떻게 알았는가? 절대자가 모습을 드러내 알아야 할 것을 알려주었다고 하지는 않았다. 그런 종교를 받아들이라는 말은 아니다. 得道를 했다면, 그 과정과 방법은 무엇인가? 카비르도 타고르도 이에 관해 말해주지 않았다. 궁극적인 원리를 찾아내 구원을 얻고자 하는 소망을 공유한 대다수의 인류를 고무하는가? 실망시키는가?

Stéphane Mallarmé, "Apparition"

La lune s'attristait. Des séraphins en pleurs
Rêvant, l'archet aux doigts, dans le calme des fleurs
Vaporeuses, tiraient de mourantes violes
De blancs sanglots glissant sur l'azur des corolles.
—C'était le jour béni de ton premier baiser.
Ma songerie aimant à me martyriser
S'enivrait savamment du parfum de tristesse
Que même sans regret et sans déboire laisse
La cueillaison d'un Rêve au cœur qui l'a cueilli.
J'errais donc, l'œil rivé sur le pavé vieilli,
Quand avec du soleil aux cheveux, dans la rue
Et dans le soir, tu m'es en riant apparue
Et j'ai cru voir la fée au chapeau de clarté
Qui jadis sur mes beaux sommeils d'enfant gâté
Passait, laissant toujours de ses mains mal fermées
Neiger de blancs bouquets d'étoiles parfumées.

말라르메, 〈나타남〉

달이 슬퍼졌다. 눈물 젖은 천사가 꿈꾸며
손으로 비올라를 연주하는 활을 잡고,
조용하고 몽롱한 꽃들의 가냘픈 소리를 낸다.

흰 흐느낌이 푸른 화환 위로 흘러간다.
―오늘은 너와 입맞춤을 처음 한 기념일이다.
나는 나를 즐겨서 괴롭히는 몽상을 하면서,
슬픔이 빚어낸 향기에 슬기롭게 도취된다,
후회도 하지 않고 좌절도 하지 않으면서,
꿈꾸는 마음에서 마침내 성숙된 꿈인가.
나는 낡은 보도 위를 응시하며 헤매는데,
저녁 거리의 해가 빛나는 머리칼을 하고
네가 웃으면서 나에게로 다가오는누나.
빛나는 모자에서 타오르는 불길을 보는 같다.
응석받이 어린 시절에 손을 잘못 움켜잡아
달아나고만 예전의 아름다운 꿈 같은 것,
향기로운 별들의 흰 꽃다발이 눈처럼 쏟아진다.

불국 상징주의시 운동의 敎主 말라르메는 비범한 작업을 하고자 했다. 궁극적인 원리를 찾아내 구원을 얻고자 하는 소망을 공유한 인류를 위해 法語 같은 시를 내놓고자 했다. 산스크리트―힌두교문명권의 法孫이라고 자처하는 카비르와 타고르를 의식하지 않고서도, 라틴어―기독교문명권이 아주 변질되어 정체성을 상실했다고 하는 비방에 결연히 맞섰다. 세계문학의 정점을 더 높이 올리고자 했다.

말을 알아들으려면, 절묘한 구성을 감지해야 한다. 제1행에 "lune 달", 제11행에 "soleil 해", 제16행에 "étoiles 별"이 나오는 것이 아니고, 깊은 뜻이 있는 줄 알아야 한다. 인터넷에 올라 있는 이 시에 대한 불국 논자들의 해설이나 분석에 이에 관해 말한 것이 없으니, 지하의 말라르메가 末法 시대의 혼미를 개탄하리라.

무엇을 말했는지 크게 간추리면, 달을 보며 슬픔에 잠겼다가 해가 비치자 기뻐하고, 별이 쏟아지기를 기대한다고 했다. 달을 보며 슬픔에 잠긴 것이 현재의 상황이어서 이 말 저 말 둘러대면서 묘사한 것이 10행이나 된다. 해가 비쳐 기뻐하는 마음은 사랑하는 사람이 찾아오는 기적과 같다면서 10행의 절반인 5행 길이로 그 감격을 술회했다. 별이 쏟아지는 것은 모든 문제가 해결되는 궁극의 기대이므로 가능성이 아주 의심스러워, 마지막 1행에서 살짝 내보였다. 得道의 길은 아득하고 멀다고 했다.

　냉철한 머리로 논리를 아주 잘 갖추는 수학을 해서 知音의 감탄을 자아내지만, 이것이 다는 아니다. 뜨거운 가슴은 보이지 않아 언제 어디로 갔는지 묻고 싶다. 道를 닦아 자기를 버리고 깨달음을 얻는 것은 생각조차 하지 않고 있어 法語니 得道니 하고 말한 것은 착각이고 실수일 수 있다.

5

元天錫,〈書明菴聰禪者卷〉

靈明一顆珠
探得如來藏
非色又非空
無名亦無相
三光掩彩華
六合通輝朗
欲問其所由
上人還撫掌

원천석, 〈明菴 聰禪者의 詩卷에 쓴다〉

신령스럽고 밝은 구슬 한 알인
如來 간직한 참된 마음 얻었네.
있는 것도 없는 것도 아니며,
이름도 없고 모습도 없도다.
해달별 세 빛이 가려졌는데,
사방과 상하 여섯 방위 통하냐?
그 까닭을 물으려고 하니,
스님은 손바닥만 어루만지네.

麗末鮮初의 隱士 元天錫이 高僧의 詩卷을 읽고 그 요지를 간추리고 소감을 적었다. 신령스럽고 참된 마음이 있어 부처가 깨달은 경지, 있고 없음을 넘어서고 이름도 모습도 넘어서는 데 이른다고 한다. 해달별 三光을 받지 않고도 사방과 상하 여섯 방위 六合에 통하는 자유를 누릴 수 있다고 한다. 이것이 무슨 까닭인지 말로 설명할 수 없으므로 손바닥만 어루만졌다. 불교는 해달별이 특별한 무엇이 아니고, 있다고 여기는 다른 모든 것들과 대등한 줄 알아야 한다고 했다.

6

〈줌치노래〉

대천지 한바닥에 뿌리 없는 낭기로다.
한 가지는 달이 열고 한 가지는 해가 열어,
달랑 따서 안을 집고, 해를 따서 겉을 집어.
상별 따서 상침 놓고 중별 따서 중침 놓고.

무지개로 선을 둘러 당사실로 귀빠 쳐서
대구 팔사 끈이 질러 서울이라 지나치다가 남대문에 걸어 놓고
내려가는 구관들아 올라오는 신관들아,
다른 귀경 마오시고 줌치 귀경 하옵시오.
누구 씨가 지은 주머니 주머니 값이 얼만고요?
저 방안에 봉금씨랑 이 방안에 순금씨랑 둘이 앉아 집은 주머니
돈이라도 열에닷 냥. 은이라도 열에닷 냥 서른 냥이 본값이요.
주머니는 좋건마는 돈이 없어 못 사겄소.

민요에 이런 것이 있다. 전국 도처에서 부르는 〈줌치노래〉를 경
남 거창에서 채록했다. 해달별을 끌어들여 큰 구상을 하면서 남성
우월론을 뒤집었다. 여성은 공상이나 하지 않고, 대단한 줌치를 만
들어 보여준다고 했다.

줌치는 주머니이다. 옷의 일부가 이니고 별도로 가지고 다니는
주머니를 보기 좋게 만들었다고 자랑하는 노래이다. 이 노래에서
해·달·별은 주머니를 장식하는 도안이다. 해·달·별이 있는 주머
니는 우주와 대등하다. 우주를 보고 대등한 것을 창조한다. 빛나고
아름다운 해·달·별이 자연만이 아닌, 사람이 하는 창조에도 있다.

봉금씨와 순금씨는 주머니를 만든 여성이다. 이름을 불렀으니 처
녀일 듯한데, '씨'라는 존칭을 붙였다. 훌륭한 일을 하기 때문이다.
내려가는 구관과 올라오는 신관은 주머니를 사야 할 사람들이다.
이름은 없고 지위만 있는 지체 높은 남성이다. 지위를 잃어 구관이
되기도 하고, 얻어서 신관이 되기도 한다. 벼슬하면서 챙기는 것이
많으니 주머니가 더 있어야 하는데, 사지 못한다. 주머니가 워낙
고가이기 때문이다.

주머니 생산자인 하층 여성 봉금씨와 순금씨, 주머니 구입자여야

하는 상층 남성 구관과 신관, 이 둘의 관계가 통념과 다르다고 했다. 남녀나 상하가 역전되어 차등이 부정된다고 했다. 하층의 여성은 빛나고 아름다운 해·달·별로 장식한 주머니를 만들어 식견과 창조가 대단한데, 상층의 남성은 벼슬을 잃고 얻는 것을 일거리로 삼기 때문이다.

공간을 두고 한 말도 간추려보자. 대천지 한바다의 뿌리 없는 나무에 해·달·별이 열리는 대우주가 주머니에 들어와 있다. 시골에서 대구를 서울로 가서 남대문에 이르는 상승의 길이 대단하다고 할 것은 없다. 그 길을 오르내리기만 하는 벼슬아치는 한심하다.

7

해달별은 인간과 上下·大小·明暗의 차등이 있다. 그러므로 우러러 바라보며 기리며 따라야 한다. 이런 노래는 없다. 노래는, 문학은 모두 차등론을 부정하고 대등론을 그 대안으로 제시한다. 위의 여덟 노래가 차등론을 부정하고 대등론을 그 대안으로 제시하는 이유나 방법이 무엇인가? 단계가 있는 것을 알아차릴 수 있다.

1의 두 노래에서는, 해달별이 우리 인간을 도와준다. 차등이 해롭지 않고 이롭다. 동반자가 되기도 하고, 보증인이 되기도 한다. 어려서는 동반자, 자라나면 보증인이 필요하다.

2의 두 노래에서는 해달별과 우리 인간이 흡사하다. 차등이 대등이라고 생각할 수 있다. 해·달·별이 나·너·우리와 대응되어, 삼각형 둘이 포개진다. 그 방법이 경우에 따라 조금 다르다.

3의 두 노래에서는 해달별로 우리 인간이 나아간다. 차등이 줄어들고 대등이 성취된다. 더 나아간 것도 있고, 덜 나아간 것도 있다.

문명권에 따르는 차이가 있다.

4의 두 노래에서는 해달별이 우리 인간에게로 다가온다. 아래로 내려와 땅과 하나가 되기도 한다. 인간 창조물 안으로 들어와 上下·大小·明暗이 역전되기도 한다. 상층이 아닌 하층, 남성이 아닌 여성이 역전을 더욱 철저하게 이룩한다.

시간 노래

1

　시간과 공간은 존재의 두 양상이고, 사람의 기본 관심사이다. 공간은 넓게 펼쳐져 있기만 한 구체적인 실체이고, 시간은 하나로 모아 파악할 수 있는 추상적인 원리이다. 그러므로 공간론이라는 것은 없다. 시간론은 물리학에서도, 철학에서도 대단한 일거리로 삼는다.

　솔직하게 말하자. 그 두 분야에서 다투어 노력을 아주 많이 해도 시간론을 이룩한 성과는 미흡하다. 미미하다는 것이 다 맞는 말이다. 시간이 미궁으로 빠져드는 것 같은 착각이 생기게 한다. 그 이유는 무엇인가? 추구하는 방법이 잘못되었기 때문이다.

　추상적인 것을 추상적으로 논의하니 파악할 수 있는 것이 거의 없어, 하는 말이 공허해진다. 어려워서 우월하다는 차등론의 기만을 행셋거리로 삼기도 한다. 학문을 온통 망치려고 한다. 분개하지 않을 수 없다. 분개하고만 있지 말고 해결책을 제시해야 한다.

　어떻게 해야 잘못을 바로잡을 수 있는가? 시선을 문학으로 돌려 노래를 듣고 보면 해답이 있다. 시간론을 전개한 동서고금의 노래가 아주 많고 다양하다. 심각한 논란을 벌이고 있다. 추상적인 것을 구체적으로 나타내고, 이론을 형상화해서 보여주니 쉽게 이해하고, 많은 것을 깨달을 수 있다.

갖가지 시간 노래를 모아 비교해 고찰하면, 시간론 철학을 지름 길로 가서 아주 당당하게 이룩한다. 샅바 싸움 입씨름에서 이 말이 타당하다고 입증하려고 하지 않는다. 철학의 악습을 이용해 철학을 바로잡으려고 하는 헛된 노력은 하지 않는다. 아래에서 펼쳐지는 씨름 경기를 실제로 보라고, 참가하기까지 하라고 안내하려고 이런 말을 한다.

다른 말은 나중에 하고, 우선 시간 노래에서 말하는 시간이 어느 범위인지 알아보자. 미시와 거시가 선명한 대조를 이루고 있다. 가시 영역의 진부한 상식을 깨는 탐구 작업을 양극에서 기발하게 진행해 충격을 준다.

誓子, 〈きりぎりす…〉

きりぎりす
この家(いえ)
刻刻(こくこく)
古(ふる)びつつ

세이시, 〈귀뚜라미여…〉

귀뚜라미여
이 집
시시각각
낡아간다

誓子는 일본의 현대시인이다. 俳句(하이쿠)를 지어 일본에서는 歌人(카진)이라고 한다. 오랜 전통을 새롭게 가다듬어 이런 참신한 작품을 내놓았다.

일본시인답게 미시적인 성찰의 극치를 보여주었다. 귀뚜라미가 우는 시간에 울고 있는 장소인 집이 시시각각 낡아간다고 했다. 집은 사람의 집이다. 사람에 관한 말은 하지 않고 사람도 늙어간다고 암시했다.

臧克家,〈三代〉

孩子
在土裏洗藻
爸爸
在土裏流汗
爺爺
在土裏葬埋

짱커쟈,〈삼대〉

아이는
흙에서 미역 감고,
아버지는
흙에서 땀 흘리고,
할아버지는
흙에 묻혀 있다.

臧克家는 중국의 현대시인이다. 위에서 든 일본의 誓子와 함께 시간이 긴요한 관심사임을 확인하고, 짧은 시에서 많은 것을 말했다. 그러면서 관점이 아주 다르다. 誓子는 일본시인답게 미시적인 성찰의 극치를 보여주었다고 했다. 臧克家는 중국 시인이어서 거시적인 시야를 갖추었다.

몇 마디 되지 않는 말에다가, 흙에서 미역 감는 아이, 흙에서 땀 흘리는 아버지, 흙에 묻혀 있는 할아버지, 이 삼대의 삶을 연속해 말해 충격을 준다. 사람의 생애에는 흙에서 놀고 일하고 죽는 것 외에 다른 무엇이 없다. 아이가 자라 아버지가 되고, 아버지가 할아버지가 되어 죽고, 아이가 다시 태어나는 것이 인간의 역사이다. 21자만 사용해 역사의 시간을 말하는 거작을 이룩했다.

2

다음에는 문제가 되지 않을 듯한 것을 두고, 동시대의 선후배가 벌인 심각한 논란을 본다. 시간이 문제가 되는 이유를 가까이 다가가 면밀하게 살펴야 한다. 이름나지 않은 두 시인의 알려지지 않는 작품이 천리길을 안내한다.

任埅, 〈多病牽冗〉
浮生能得幾時閒
吟病城南獨掩關
柳暗前橋鶯語老
坐看春事向闌珊

임방, 〈병이 많아 잘못 끌려간다〉
浮生이 시간을 얼마나 얻을 수 있나,
병 읊는 곳 남쪽 성문 하나 닫혀 있다.
전방 교량 버들의 앵무새 소리 늙어가고,
앉아서 보고 있다, 봄이 시들어가는 것을.

임방은 〈水村集〉을 남긴 조선후기 시인이다. 이 시를 이해하기 쉽게 풀어보자. 떠다니며 사는 *浮生*에게 허용된 시간이 얼마 되지 않는다. 병든 처지를 노래하고 있는 곳의 남쪽 성문 하나 닫혀 있어 갑갑하다. 전방에 교량이 있어 건너갈 수 있을 듯하지만, 앵무새 소리가 늙어가는 것이 들려 단념한다. 무력함을 절감하면서 앉아서, 봄이 시들어가는 것을 본다.

南龍萬, 〈閒閒吟〉

蔬飯充腸飽時閒
麻褐裹身煖時閒
客去門掩睡時閒
雨來花開玩時閒
吟詩遣興快時閒
對案看書倦時閒
凡此六閒非取趣
都緣計拙懦成閒

남용만, 〈한가롭게 한가롭게 읊는다〉

나물로 채워 배 부른 시간 한가롭다.
넝마로 가려 몸 따뜻한 시간 한가롭다.
객이 가 문 닫고 낮잠 자는 시간 한가롭다.
비 오자 핀 꽃 완상하는 시간 한가롭다.
시 읊는 흥이 유쾌한 시간 한가롭다.
책 보며 게으름 피는 시간 한가롭다.
이 여섯 한가로움 취미 취함 아니고,
모두 못남 헤아려 마련한 한가로움이다.

南龍萬의 이런 시도 있다. 시간이 한가롭다고 하는 아주 다른 말

을 했다. 모자라는 시간에 늙고 병든다고 하는 한탄은 바라는 것이
너무 많아 생긴다. 더 바라는 것 없이 되는대로 살아가면 시간이
느리게 흘러 한가롭다.

한가로움을 즐기는 것이 저절로 생긴 취향이 아니고, 못남을 헤
아려 마련한 대책이고, 작전이다. 이렇게 말한 마지막 구절에서, 앞
의 시인보다 월등하게 높은 경지에 오른 것을 확인할 수 있다. 높아
지겠다고 애쓰면, 시간에 걸려 좌절한다. 바라는 것이 없어 자세를
낮추면, 시간이 순종해 편안하게 나아간다.

3

無名氏의 시조
넓으나 넓은 들에 흐리니 물이로다.
인생이 저렇도다 어디로 가는게오?
아마도 돌아올 길이 없으니 그를 슬퍼하노라.

고시조에 이런 것이 있다. 시간의 흐름이 물 흐르는 것과 같다고
한다. 물처럼 흐르는 시간이 인생의 행로라고 한다. 인생의 행로가
앞으로 나아가기만 하고 돌아가지는 못한다고 한탄한다.

Heinrich Heine, "Stunden, Tage, Ewigkeiten"

Stunden, Tage, Ewigkeiten
Sind es, die wie Schnecken gleiten;
Diese grauen Riesenschnecken
Ihre Hörner weit ausrecken.

Manchmal in der öden Leere,

Manchmal in dem Nebelmeere
Strahlt ein Licht, das süß und golden,
Wie die Augen meiner Holden.

Doch im selben Nu zerstäubet
Diese Wonne, und mir bleibet
Das Bewußtsein nur, das schwere,
Meiner schrecklichen Misere.

하이네, 〈몇 시간, 며칠, 영원〉

몇 시간, 며칠, 영원은
달팽이와 같다고나 할까,
회색을 띤 이 느림보가
나서려고 뿔을 내민다.

여러 번이나 황폐한 적막에서,
여러 번이나 안개 낀 바다에서,
황금빛 빛이 감미롭게 비쳤다.
내 사랑하는 사람의 눈빛과 같이.

그러나 순간에 기쁨이 사라지고,
내게 남아 있는 것이라고는
무겁게 짓누르는 의식뿐이라,
나는 처참하게 불행하다고.

독일의 낭만주의 시인 하이네가 시간에 관해 쓴 시이다. 제목에
서 〈몇 시간, 며칠, 영원〉이라는 말을 내세웠다. 그 셋이 다르다고
하지 않고 같다고 했다. 짧고 긴 차이가 있어도 시간의 흐름은 마찬
가지라고 했다.

시간은 너무나도 느리게 흐른다. 기쁨은 순간에 나타났다가 사라진다. 기쁨이 사라지면 처참한 불행에 대한 자각이 더욱 힘들어진다. 이 세 가지 명제를 들어 시간이 횡포를 부린다고 했다. 시간이 횡포를 부리는 역설 앞에 사람은 무력하다고 했다.

앞에서는 시간이 앞으로만 흐르고 되돌아오지 않는다고 한탄했다. 뒤에서는 시간은 몇 시간이 되고, 몇 시간이 며칠이 되고, 며칠이 영원이 된다고 분석해 말하면서, 그 흐름이 마음에 들지 않는다고 불평했다. 빨라야 할 때는 느리고, 느려야 한다고 하면 빨라진다고 나무랐다.

시간은 항상 일정하지만 사람은 그렇지 않다. 성숙한 노인이기도 하고, 철부지 아이이기도 하다. 두 노래가 이런 것을 알려준다.

3

Guillaume Apollinaire, "Le Pont Mirabeau"

Sous le pont Mirabeau coule la Seine
        Et nos amours
Faut-il qu'il m'en souvienne
La joie venait toujours après la peine.

        Vienne la nuit sonne l'heure
        Les jours s'en vont je demeure

Les mains dans les mains restons face à face
        Tandis que sous
Le pont de nos bras passe
Des éternels regards l'onde si lasse

Vienne la nuit sonne l'heure
Les jours s'en vont je demeure

L'amour s'en va comme cette eau courante
L'amour s'en va
Comme la vie est lente
Et comme l'Espérance est violente

Vienne la nuit sonne l'heure
Les jours s'en vont je demeure

Passent les jours et passent les semaines
Ni temps passé
Ni les amours reviennent
Sous le pont Mirabeau coule la Seine

Vienne la nuit sonne l'heure
Les jours s'en vont je demeure

아폴리내르, 〈미라보 다리〉

미라보다리 아래 세느강이 흐른다
우리 사랑도
기억해야 하는가 지난 날을
기쁨은 언제나 고통 뒤에 온다

밤이여 오라 종이여 울려라
나날은 가고 우리는 남는다

손에 손을 잡고 얼굴을 마주 보자
우리 두 팔의 다리 아래로
영원한 시선의 나른한 물결이

강물과 함께 흘러가는 동안에

　　　밤이여 오라 종이여 울려라
　　　나날은 가고 우리는 남는다

사랑은 흐르는 이 물처럼 가버린다
　　　사랑은 가버린다
삶은 느리게 진행되는데
바라는 바는 강렬하다

　　　밤이여 오라 종이여 울려라
　　　나날은 가고 우리는 남는다

나날이 지나고 여러 주일이 지나도
　　　시간은 가지 않고
사랑은 돌아오지 않는다
미라보다리 아래로 세느강이 흐른다

　　　밤이여 오라 종이여 울려라
　　　나날은 가고 우리는 남는다

　불국에서 활동하는 현대시인 아폴리네르가 지은 널리 알려진 시이다. 수다쟁이 서양시인답게 사설이 번다하다. 사라지는 것은 강물과 같다고 동서고금의 시인이 거듭 해온 말을 자기 나름대로 다듬어 강물이 흐르는 모습을 보여주듯이 배열했다.
　미라보다리는 파리 세느강에 놓인 다리의 하나인데 이름이 아름다워 선택되었다. 다리 위에 서서 강물을 내려다보면서 떠오르는 감회를 노래했다. 사랑이 강물과 함께 사라지는 것을 아쉬워하고 남은 시간을 소중하게 보내자고 하면서, 이 말 저 말 생각나는 대로 갖다 붙였다. 무슨 말을 하는지 멈추어 생각하지 못하고 흐름을 따르도록 이끌어 나갔다.

작품의 핵심을 이루는 주제는 시간이다. 강물도 사랑도 흘러가는 시간에 관해 말하려고 선택했다고 할 수 있다. 시간은 가지 않는 것 같으면서 간다. 시간과 함께 사라지는 것들도 있고 남는 것들도 있다. 시간은 느리기도 하고 빠르기도 하다. 시간은 기쁨을 주기도 하고 슬픔을 주기도 한다. 이처럼 모순되게 얽혀 있는 총체 가운데 얼마쯤을 가능한 범위 안에서 담아냈다.

김소월, 〈山有花〉
산에는 꽃 피네
꽃이 피네
갈 봄 여름 없이
꽃이 피네

산에
산에
피는 꽃은
저만치 혼자서 피어 있네

산에서 우는 작은 새여
꽃이 좋아
산에서
사노라네

산에는 꽃 지네

꽃이 지네
갈 봄 여름 없이
꽃이 지네

한국 시인 김소월은 이 시에서 말을 많이 하지 않았다. 계절이
교체되면서 산에서 꽃이 피고 지는 모습을 꽃이 좋아 산에서 사는
새와 함께 보여주기만 했다. 그 이상 다른 사연이 없어 많은 것을
생각하게 한다. 깊이 새겨 이해하면 시간의 흐름에 대한 깊은 성찰
을 목소리를 최대한 낮추어 전한 것을 알 수 있다.

이 시에는 사람이 없다. 사람이 만든 것도 없다. 오직 자연이 있
을 따름이다. 사람이 개입하지 않은 자연은 시간의 흐름을 그 자체
로 보여준다. 사람이 할 일은 자연의 시간을 관찰하고 이해하는 것
이다. 산에서 사는 새는 피고 지는 꽃을 좋아할 따름이지 시간은
의식하지 않는다. 사람도 새를 본받아 시간을 따로 분리하거나 시
간의 흐름을 바꾸어놓으려고 하지 말아야 한다.

시간은 그냥 흐르지 않는다. 시간은 흐르면서 생성과 소멸을 빚
어낸다. 생성이 있어 소멸이 있고, 소멸이 있어 생성이 있다. 생성
과 소멸이 모든 존재의 현상이고 본질이다. 현상과 본질의 구분은
없다. 이러한 사실을 그대로 받아들이면 그만이고, 사실과 어긋나
는 관념적 사고는 하지 말아야 한다.

4

無名氏의 시조

오늘이 오늘이라 매일이 오늘이라.
저물지도 말으시고 새지도 말으시고,

매양에 주야장상에 오늘이 오늘이소서.

　여기서는 시간을 뚜렷하게 의식하면서, 현재가 변하지 않고 지속
되기를 바란다. "每樣에 晝夜長常"은 모순을 내포한 말이다. "晝夜"
는 낮과 밤이다. 낮이 끝나야 밤이 시작되니 그 사이 시간이 경과했
는데, "매양" 언제나 같은 모습으로 "장상" 항상 그대로 오늘이기를
바란다고 했다.

Esther Granek, "Saisir l'instant"

Saisir l'instant tel une fleur
Qu'on insère entre deux feuillets
Et rien n'existe avant après
Dans la suite infinie des heures.
Saisir l'instant.

Saisir l'instant. S'y réfugier.
Et s'en repaître. En rêver.
À cette épave s'accrocher.
Le mettre à l'éternel présent.
Saisir l'instant.

Saisir l'instant. Construire un monde.
Se répéter que lui seul compte
Et que le reste est complément.
S'en nourrir inlassablement.
Saisir l'instant.

Saisir l'instant tel un bouquet
Et de sa fraîcheur s'imprégner.
Et de ses couleurs se gaver.

Ah ! combien riche alors j'étais !
Saisir l'instant.

Saisir l'instant à peine né
Et le bercer comme un enfant.
A quel moment ai-je cessé ?
Pourquoi ne puis-je… ?

그라네, 〈순간을 잡는다〉

순간을 잡는다, 양쪽 어린 잎
사이에 들어 있는 꽃과 같은.
그 전에도 그 후에도 아무것도 없는
시간의 무한한 흐름 속에서.
순간을 잡는다.

순간을 잡는다. 그곳을 살 곳이라고
숨어든다. 즐거워한다. 꿈을 꾼다.
그 잔해에 매달려
영원한 현재에 걸린다.
순간을 잡는다.

순간을 잡는다. 한 세계를 만들어
소중한 것을 되풀이한다.
나머지는 곁다리일 따름이다.
순간에서 줄곧 자양분을 얻는다.
순간을 잡는다.

순간을 잡는다, 꽃다발 같은.
그 신선함에 배어든다.

그 빛깔에 배부르다.
아, 그러면 나는 얼마나 부자인가.
순간을 잡는다.

순간을 잡는다, 갓 태어난.
어린아이를 흔들어준다.
언제 내가 그칠 것인가?
어째서 내가 할 수 없는가...?

　그라네는 불어로 창작하는 현대 벨기에 여성시인이다. 깔끔하고
인상 깊은 시를 쓴다. 시간에 관해 생각을 분명하게 하고, 표현을
분명하게 한 것이 놀랍다. 앞에서 지브란의 시를 읽으면서 갑갑하
게 여기던 느낌이 일거에 사라진다. 핵심을 이루는 생각은 같다고
할 수 있는데 나타낸 모습이 아주 다르다.
　동사 원형을 계속 사용해 행위자가 누구인지 말하지 않았다. 관
심의 중심이 사람이 아니고 시간이다. 핵심만 간추려 제시하고, 말
을 짧게 끊었다. 구체적인 것들은 배제하고, 보편성을 확보하고자
했다. 독자가 행위자가 되어, 자기 식견이나 경험에 따라 이해하도
록 했다.
　제1연에서 순간이 무엇인가 말했다. 순간은 꽃처럼 피어 있다고
했다. 그 꽃은 "두 어린 잎 사이에 들어 있"다고 한 말은 아직 잎은
피지 않고 꽃만 피어 있는 모습을 그린 것이면서, 과거나 미래는
"두 어린 잎"처럼 숨어 있고, 현재의 순간은 "꽃"처럼 나타나 있다는
뜻도 지녔다. 그래서 "그 전에도"라고 한 과거도, "그 후에도"라는
미래도 현재의 무한한 연속 속에서 한 순간을 잡는다고 했다.
　제2연에서 순간이 얼마나 소중한지 말했다. 순간이 살 만한 곳이

라고 여기고 도피처로 삼아 즐거워하고 꿈을 꾼다고 했다. 인생이 모든 근심에서 벗어나려면 순간을 잡는 것이 최상의 방법이라는 말이다. 순간은 난파선의 잔해와 같은 것이어서 붙잡고 매달리면 영원한 현재에 걸려 살아날 수 있다고 했다.

제3연에서 현재의 순간이 소중하고 나머지는 곁다리일 따름이라고 했다. 순간에서 자양분을 얻으면 되지 다른 것은 필요하지 않다고 했다. 순간은 언제나 새로 태어나니 꽃처럼 신선하고, 어린아이처럼 순수하다고 했다. 제4연에서 순간을 잡아 얻는 행복에 관해 납득할 수 있게 말했다.

제5연에서 "언제 내가 그칠 것인가?"라고 한 것은 죽음을 말한다. 죽지 않고 살아 있는 동안에는 언제나 순간을 잡아 새로움을 경험한다고 했다. "어째서 내가 할 수 없는가…?"라고 반문하면서 삶의 특권을 누린다고 했다.

시간은 항상 현재라고 생각하고, 현재 시간의 순간을 계속 잡으면 과거도 미래도 없다. 시간의 흐름에서 생기는 모든 번뇌에서 벗어난다. 언제나 새로 태어나 신선하고 순수한 순간에서 활력을 얻자고 했다.

두 시는 시간이 오직 현재라고 한다. 과거는 가고, 미래는 오지 않아 둘 다 허상이고, 지금 있는 현재만 실상이라고 여기면, 시간이 제기하는 문제, 시간 때문에 생기는 번민이 모두 말끔히 사라진다. 이런 이치를 깨닫고 실행되기를 바랐다.

그러면서 현재의 범위가 다르다. 앞에서는 현재를 오늘이라고 해서 넓게 잡았다. 뒤에서는 현재는 순간이라고 하고 좁게 잡았다. 시간이 오직 현재이게 하는 방법도 다르다. 앞에서는 오늘이 끝나지 않고 계속되기를 바란다고 했다. 뒤에서는 자기가 순간을 잡아 정지시킨다고 했다.

시간이 오직 현재이게 하는 방법에 順理에 가까운 것도 있고, 無理가 심한 것도 있다. 이것은 東西의 차이라고 할 수 있다. 天人合一에 기대를 걸고 祈求하는 道士, 神에게 도전하다가 참혹하게 패배하는 英雄의 모습을 각기 보여준다. 방법의 차이가 있어도, 시간을 정지시킬 수 없는 것은 다르지 않다.

5

Louis Aragon, "Je chante pour passer le temps"

Je chante pour passer le temps
Petit qu'il me reste de vivre
Comme on dessine sur le givre
Comme on se fait le coeur content
A lancer cailloux sur l'étang
Je chante pour passer le temps

J'ai vévu le jour des merveilles
Vous et moi souvenez-vous-en
Et j'ai franchi le mur des ans
Des miracles plein les oreilles
Notre univers n'est plus pareil
J'ai vécu le jour des merveilles

Allons que ces doigts se dénouent
Comme le front d'avec la gloire
Nos yeux furent premiers à voir
Les nuages plus bas que nous
Et l'alouette à nos genoux

Allons que ces doigts se dénouent

Nous avons fait des clairs de lune
Pour nos palais et nos statues
Qu'importe à présent qu'on nous tue
Les nuits tomberont une à une
La Chine s'est mise en Commune
Nous avons fait des clairs de lune

Et j'en dirais et j'en dirais
Tant fut cette vie aventure
Où l'homme a pris grandeur nature
Sa voix par-dessus les forêts
Les monts les mers et les secrets
Et j'en dirais et j'en dirais

Oui pour passer le temps je chante
Au violon s'use l'archet
La pierre au jeu des ricochets
Et que mon amour est touchante
Près de moi dans l'ombre penchante
Oui pour passer le temps je chante

Je passe le temps en chantant
Je chante pour passer le temps

아라공, 〈나는 시간을 앞지르려고 노래한다〉

나는 시간을 앞지르려고 노래한다
사는 날이 얼마 남지 않았어도
창문의 성에다 그림을 그리듯이
마음에 흡족한 즐거움을 찾으려고

못에 돌을 던지는 장난을 하듯이
나는 시간을 앞지르려고 노래한다

나는 경이로운 나날을 살아왔다
그대와 나 그대는 기억하리라
나는 시간의 벽을 넘어왔다,
경이로움을 귀에 가득 담으니
우리의 우주는 전과 같지 않다
나는 경이로운 나날을 살아왔다

이제 끼고 있던 손가락을 펴자
이마를 들어 영광을 향하자
우리가 맨 처음 눈으로 본다
구름이 우리보다 아래에 있다
종달새가 우리 무릎에서 난다
이제 끼고 있던 손가락을 펴자

우리는 달빛을 만들어냈다
우리의 궁전 우리의 동상을 위해
살육이 벌어져도 개의하지 말자
밤이 오고 또 다시 온다
중국이 공동체로 전환했다
우리는 달빛을 만들어냈다

나는 말하리라 나는 말하리라
모험하는 삶은 이렇다고
사람이 위대한 경지에 이르러
목소리가 숲 위로 들린다
산, 바다, 그리고 비밀 위로

나는 말하리라 나는 말하리라

시간을 앞지르려고 나는 노래한다
바이올린 줄 닳아 없어지게 하듯이
조약돌을 들어 물수제비를 뜨듯이
내 사랑이 마음을 얼마나 사로잡나
그림자 기울어지는 내 곁으로
시간을 앞지르려고 나는 노래한다

나는 시간을 앞지르려고 노래한다
시간을 앞지르려고 나는 노래한다

불국 현대시인 아라공은 적극적으로 사회참여를 한다. 대중의 인기가 대단한 감미로운 서정시를 투쟁의 노래로 삼았다. 이것이 좋은 본보기이다.

아폴리네르, 〈미라보 다리〉처럼 시간의 흐름이 음악이 되게 나타냈다. 반복구가 이어지고, 문장부호는 하나도 없어 유려한 느낌을 준다. 음미하면서 읽는 시가 아니고 즐겁게 부르는 노래이게 했다. 그러면서 말하고자 하는 바는 아주 다르다. 시간이 흘러가는 대로 두지 않고 시간을 앞지르려고 노래한다고 했다.

노래 부르는 것은 "창문에 서린 성에다 그림을 그리"고, "못에 돌을 던지는" 것 같은 즐거운 장난이면서 "사는 날이 얼마 남지 않았어도" 쉬지 않고 하는 참여행위이다. 시간을 앞지른다는 것은 시대를 앞지른다는 말이다. 시간이 역사적 시간이다. 역사적 시간을 앞지르기 위한 투쟁을 노래를 불러서 한다고 했다.

시간을 앞지르면 경이로운 경험을 한다. 구름이 아래에서 보이는 높은 경지에 이른다. "우리의 궁전, 우리의 동상을" 비추어주는 달빛을 지어내는 것이 노래로 하는 투쟁이다. "누가 우리를 죽여도 물러서지 말자"고 하고, 계속 투쟁하면 "중국이 공동체로 전환"한 것 같은 혁명을 성취한다고 했다. "조약돌을 들어 물수제비를 뜨듯이"라는 말을 뒤에서도 해서 동심 어린 서정으로 혁명의 노래를 이어나갔다.

6

William Shakespeare, "Devouring Time..."

Devouring Time, blunt thou the lion's paws,
And make the earth devour her own sweet brood;
Pluck the keen teeth from the fierce tiger's jaws,
And burn the long-lived phoenix in her blood;
Make glad and sorry seasons as thou fleet'st,
And do whate'er thou wilt, swift-footed Time,
To the wide world and all her fading sweets;
But I forbid thee one most heinous crime:
O! carve not with thy hours my love's fair brow,
Nor draw no lines there with thine antique pen;
Him in thy course untainted do allow
For beauty's pattern to succeeding men.
Yet, do thy worst old Time: despite thy wrong,
My love shall in my verse ever live young.

셰익스피어, 〈게걸스러운 시간이여...〉

게걸스러운 시간이여, 사자의 발톱을 무디게 갈고,
그 귀여운 후손을 대지가 삼키도록 해라.
호랑이의 턱에서 날카로운 이빨을 뽑아라.

오래 사는 불사조를 그 핏속에서 불태워라.
급히 지나가면서 기쁘고 슬픈 계절을 만들어라.
걸음이 잽싼 시간이여, 원하면 무엇이든지 해라.
넓은 세상에서, 퇴색하는 모든 감미로운 것들에서.
그러나 단 하나 흉측한 범죄는 저지르지 말라.
내 사랑의 아름다운 이마에 시간을 새기려고,
너의 골동품 펜으로 거기다가 줄을 긋지 말라.
네가 진행하는 과정에서 벗어나 있기를 허용해
후대인에게 아름다움의 전형을 보이게 하여라.
하지만, 너 늙고 고약한 시간아, 네가 잘못 해도
내 사랑은 내 시에서 언제나 젊게 살 것이다.

영국의 극작가 셰익스피어는 소네트(sonnet) 형식의 서정시도 썼다. 그 가운데 이런 것이 있다. 시간에 대한 생각을 잘 정리해 나타냈다.

처음 넉 줄에서는 시간의 흐름이 좋은 일을 한다고 했다. 사자나 호랑이는 횡포를 부리는 권력자를 말한 것으로 생각된다. 그런 무리가 시간과 더불어 힘을 잃고 사라지게 하는 것이 시간이 이룩하는 위대한 공적이다. 불사조 따위는 있을 수 없다고 입증하는 것도 훌륭하다.

그다음 석 줄에서는 시간이 흐르면서 하는 일은 좋으니 나쁘니 하고 평가할 필요가 없다고 했다. 세월이 마구 흘러가는 동안에 기쁨도 있고 슬픔도 있게 마련이다. 세상은 넓어 시간이 맡아서 할 일이 많다는 것을 인정하자. 감미로운 것들도 퇴색되게 마련이니 미련을 가지지 말아야 한다.

그다음 다섯 줄에는 시간의 흐름이 잘못될 수도 있다고 했다.

이마에다 줄을 그어 사랑이 늙게 하는 것은 횡포라고 나무랐다. 사랑하는 사람이라고 하지 않고 사랑을 의인화해 "Him"이라는 남성 대명사로 지칭했다. 모든 사랑을 총칭하는 의미를 지닌다고 할 수 있다.

마지막 두 줄에서는 시간의 흐름을 멈출 수 있다고 했다. 사랑을 노래하는 시는 변하지 않고 남아 있고, 시에서 찬미한 사랑은 언제나 젊고 아름다울 수 있다고 했다. "인생은 짧고 예술은 길다"고 하는 말을 시적 형상을 잘 갖추어 나타냈다.

조오현, 〈아득한 성자〉

하루라는 오늘
오늘이라는 이 하루를

뜨는 해도 다 보고
지는 해도 다 보았다고

더 이상 더 볼 것이 없다고
알까고 죽는 하루살이떼

죽을 때가 지났는데도
나는 살아 있지만
그 어느 날 그 하루도 산 것 같지 않고 보면

천년을 산다고 해도
성자는 아득한
하루살이떼

현대 한국의 승려 시인 조오현은 이렇게 노래했다. 하루살이가 사는 짧은 시간 하루와 성자가 바라는 오랜 시간 천년이 다르지 않다. 어느 쪽이든 짧은 시간이고 또한 긴 시간이다. 짧은 시간을 연장시켜 긴 시간이 되게 하려는 것은 어리석다. 아무리 짧아도 긴 시간이고, 아무리 길어도 짧은 시간이기 때문이다.

　이러한 이치를 깨달아 알아야 성자가 된다. 천년을 살기 바라는 성자는 성자가 아니다. 성자이기에 아직 아득하게 모자라면서 성자 노릇을 하려고 한다. 자기는 죽을 때가 지났는데도 무어가 무언지 모르고 시간을 보내고 있어 사이비 성자의 반열에도 끼이지 못한다. 하루도 제대로 산 것 같지 않아 하루살이를 보고 부끄러워해야 한다. 하루살이는 하루를 살아도 뜨는 해도 보고 지는 해도 보아 생멸의 이치를 안다. 시간이 생멸임을 일생의 체험으로 알고 보여주는 하루살이가 진정한 성자이다.

7

T. S. Eliot. "The Four Quartets"

Time present and time past
Are both perhaps present in time future
And time future contained in time past.
If all time is eternally present
All time is unredeemable.
What might have been is an abstraction
Remaining a perpetual possibility
Only in a world of speculation.
What might have been and what has been
Point to one end, which is always present.
Footfalls echo in the memory

Down the passage which we did not take
Towards the door we never opened
Into the rose-garden. My words echo
Thus, in your mind.
                    But to what purpose
Disturbing the dust on a bowl of rose-leaves
I do not know.

엘리엇, 〈네 개의 사중주〉

현재 시간과 과거 시간은
둘 다 아마도 미래 시간에 현존하고,
미래 시간은 과거 시간에 담겨 있으리라.
모든 시간이 영원히 현존한다면
모든 시간은 구원받을 수 없다.
있을 수도 있었던 것은 하나의 영원한 가능성으로
남아 있는 하나의 추상이다.
오직 사념의 세계에서
있을 수도 있었던 것과 있었던 것이
언제나 현존하는 하나의 목적을 지향한다.
발자국 소리가 기억 속에서 메아리친다,
우리가 걷지 않은 통로 저 아래 쪽으로,
우리가 열어본 적이 없는
장미원으로 들어가는 문 쪽으로. 내 말도 메아리친다,
이처럼, 여러분 마음속에.
                    그러나 무슨 목적으로
장미 잎 접시에 앉은 먼지를 터는지
나는 알 수 없다.

미국 태생의 영국 시인 엘리엇은 〈네 개의 사중주〉라는 이름의 연작 장시 제1편의 서두에서 시간에 대해 이렇게 말했다. 앞에서는 시간에 관한 사변적인 논의를 전개했다. 말이 까다로워 자세하게 뜯어보기 어려우나, 현재·과거·미래의 시간은 각기 존재하면서 또한 연속되어 있다. 연속된 현재만 있다고 하는 추상적인 사고만 한다면 구원받아야 할 인간의 삶이 배제된다. 현재·과거·미래가 각기 존재한다고 하면 "발자국 소리가 기억 속에서 메아리친다"고 한 것은 시간의 연속성을 부정한 잘못이 있다.

사람은 현재·과거·미래의 연속 속에서 살면서 그 셋의 구분을 넘어선 영원을 지향한다고 "우리가 걷지 않은 통로 저 아래 쪽으로" 이하의 일곱 줄에서 말했다. 한 번도 열어본 적 없는 문은 초월의 세계로 들어가는 입구이다. 현재·과거·미래의 구분이 부정되고 영원한 시간만 있는 신의 영역이다. 사람은 이유는 모르면서 누구나 한 번도 열어본 적 없는 문을 향하고, 장미 잎 접시에 앉은 먼지를 털면서 영원한 시간으로 나아가려고 한다고 했다.

영원한 시간은 신의 영역이라고 한 것은 기독교의 발상이다. 기독교의 신앙이 인간이 당면한 문제에 대한 궁극적인 해결임을 조심스럽게, 높은 수준의 각성을 은밀하게 전하는 것처럼 말했다. 기독교가 인간을 구원하는 보편적인 진리임을 최상의 격조를 갖춘 시를 써서 말하려고 했다.

Rabindranath Tagore, "Lost Time"

On many an idle day have I grieved over lost time.
But it is never lost, my lord.
Thou hast taken every moment of my life in thine own hands.

Hidden in the heart of things thou art nourishing seeds into sprouts,

buds into blossoms, and ripening flowers into fruitfulness.

I was tired and sleeping on my idle bed
and imagined all work had ceased.
In the morning I woke up
and found my garden full with wonders of flowers.

타고르, 〈잃어버린 시간〉

빈둥대던 많은 나날 나는 잃어버린 시간을 아쉬워했다.
그러나 시간을 잃어버리지 않았다, 내 님이시어
내 삶의 모든 순간을 당신이 당신의 손에 간직하고 있다.

갖가지 것들 중심에 숨어 당신은 씨가 움트고,
싹이 꽃이 되고, 성숙한 꽃이 열매를 맺게 한다.

지친 몸으로 게으른 침상에서 잠을 자면서
모든 일이 허사가 되었다고 상상하다가,
아침에 일어나자 나는 발견했다
내 정원에 경이로운 꽃들이 가득한 것을.

인도시인 타고르는 성자의 지혜를 갖추어 시간에 의한 괴로움을 넘어서고자 했다. 자기가 무얼 모르고 빈둥대면서 지내는 동안에는 잃어버린 시간을 아쉬워했다. 지친 몸으로 게으름뱅이의 침상에서 잠을 자면서 모든 일이 허사라고 생각하기도 했다. 그러다가 망각에서 각성으로 방향을 바꾸자 새로운 세계가 열렸다고 했다.

"님"이라고도 하고 "당신"이라고도 한 대상은 신이다. 힌두교의

신이다. 힌두교의 신을 만나면 새로운 세계가 열린다고 했다. 따로 있어 섬김을 받는 신을 만난 것은 아니다. 신은 모습이 없다. 신이 만물과 일체를 이루고 있다. 만물이 서로 연관되어 있는 총체적인 양상이기도 하다.

신이기도 한 만물의 시간은 지나가고 다시 온다. 모든 것이 서로 연관되어 있기 때문이다. 가는 것이 가니 오는 것은 와서, 씨가 움트고, 싹이 꽃이 되고, 꽃이 열매를 맺는다. 가는 것을 아쉬워하지 말고 오는 것을 보고 즐거워하면 된다.

이런 생각을 불교에서는 緣起라고 한다. 무엇이든 서로 원인이 되고 결과가 되어 연관되어 있다는 것이 과거·현재·미래의 삶과 죽음에서도 그대로 타당하다. 이런 줄 깨달아 알면 번뇌에서 벗어난다.

넓이 노래

1

시간 노래 다음에는 공간 노래를 살펴야 한다. 이 둘을 살피는 방식이 같을 수는 없다. 시간은 의식으로 감지하는 추상적인 실체이고, 공간은 눈에 보이는 구체적인 대상이다. 시간이란 무엇인가 하는 심각한 의문이 공간에는 없다. 시간론은 일찍부터 종교나 철학, 최근에는 물리학에서 다투어 모시고 대단하게 여긴다. 공간론은 시간론에 부수된 시공의 관심사가 아니면, 주거 부정인 상태에서 산발적으로나 거론된다.

시간은 과거·현재·미래로 나누어 생각할 수 있지만, 공간은 이럴 수 없다. 가깝고 멀다는 구분을 하면 너무 막연해 만족하지 못한다. 실체가 분명해, 손바닥, 책상, 방, 집, 마당, 이웃, 마을, 고장, 들판, 곳, 나라, 땅, 하늘... 이런 순서로 펼쳐져 있다고 여긴다. 구획이 잘 되어 있고, 길이나 면적이 분명하게 측정된다. 이런 공간에 대해 각기 구체적으로 무슨 말을 한 노래가 너무나도 많아 다 모아 살피려고 하면, 여러 평생도 모자란다. 슈퍼컴퓨터를 믿고 어리석은 계획을 세우지 말아야 한다.

바슐라르(Gaston Bachelard)가 《공간의 시학》(*La poétique de l'espace*)이라는 책에서, 공간 노래를 공간의 성격에 따라 고찰한 것은 슬기로운 듯하지만 부질없는 짓이다. 엉성한 작업을 하다가 만 것이 불가피한 줄 알아야 한다. 공간 분류를 더 잘하려고 하지 말고, 그만두어야 한다. 공간은 무한한 넓이여야 비로소 철학에서 진지한 관심을 가지고 논의하는 대상이 된다. 무한한 넓이는 무한한 시간과 하나가 되어, 시간이 공간이고 공간이 시간인 時空合一이 이루어진다. 이것이 궁극적인 탐구를 필요로 한다.

공식적인 철학은 이에 관해 할 수 있는 말이 너무 모자라는 무능을 노출하지 않을 수 없다. 문학으로 철학하는 노래가 이에 관한 탐구를 더 잘 한다고 보여준다. 공간 인식이 얼마나 넓어지는가 하는 것에서, 사고의 폭 확대를 알아낼 수 있다. 문학으로 철학하기가 어디까지 나아가는지 알 수 있게 한다. 작품도 고찰도 인공지능이 넘을 수 없는 영역이 얼마나 넓은지 말해준다.

공간이 아주 넓은 노래, 가장 넓다는 무한에 대해 하고 싶은 말을 한 노래를 찾아 고찰하는 것이 힘써 할 만한 작업이다. 이제부터 이런 의미의 〈무한한 넓이 노래〉를 다루기로 한다. 이것을 〈넓이 노래〉라고 약칭한다. 東西古今의 예증 여섯을 찾아, 비슷한 것 둘씩 비교해 고찰한다.

예증은 적지만 깊이나 충격이 대단해 놀랄 만한 경험을 하도록 한다. 논의가 한 대목씩 더 나아가면 "아하"라는 감탄 소리가 커질 것이다. 이 대목이 책 전체의 절정이라고 할 수 있다. 절정이 길게 늘어질 수 없다.

2

John Keats, "When I have Fears That I May Cease to Be"

When I have fears that I may cease to be
　　　Before my pen has glean'd my teeming brain,
Before high-piled books, in charact'ry,
　　　Hold like rich garners the full-ripen'd grain;
When I behold, upon the night's starr'd face,
　　　Huge cloudy symbols of a high romance,
And think that I may never live to trace
　　　Their shadows, with the magic hand of chance;
And when I feel, fair creature of an hour!
　　　That I shall never look upon thee more,
Never have relish in the faery power
　　　Of unreflecting love!—then on the shore
Of the wide world I stand alone, and think,
　　　Till Love and Fame to nothingness do sink.

내 삶이 중단될 수 있다는 두려움이 생길 때,
　　　펜을 사용해 넘쳐나는 생각을 거두어들이기 전에,
높이 쌓인 책들이 넉넉한 곳간처럼,
　　　글자로 잘 여문 곡식알을 채우기 전에:
별빛 박힌 밤하늘에 거대한 구름이 그리는,
　　　아기자기한 옛 이야기의 상징을 바라보며,
타고난 마술의 손으로 그 자취를 그리지 못하고
　　　죽을지도 모른다는 생각이 들 때,
그리고 짧게 만났던 아름다운 그대를
　　　다시 보지 못하리라는 느낌이 들고,
분별없는 사랑의 마술도 이제 끝이라고

생각될 때, 나는 광막한 세계의
해변에 외로이 서서 생각에 잠긴다.
사랑과 명예가 허무에 잠길 때까지.

19세기초의 영국 시인이 말했다. 시공의 한계를 늘이려고 시를
짓는다. 지어야 할 시를 다 짓지 못하고 죽게 된다. 사랑이나 명성까
지 허무에 잠긴다. 이렇게 말하면서 안달하는 것은 마음이 너무 좁
기 때문이다. 세상 사람들의 마음을 넓혀주는 것이 시인의 사명일
텐데, 직무를 유기하고 그 반대 방향으로 가서 자기가 먼저 힘들어
한다. 실패 사례를 먼저 들고, 실패하지 않으려고 하면 어떻게 해야
하는지 알아본다.

李穡, 〈我自〉

我自饒秋興
誰其共夜遊
月明宜對酒
山好可登樓
業業如雲薄
光陰與水流
可憐陶靖節
乘化歎行休

이색, 〈나는 절로〉

나는 절로 가을 흥취 넉넉해,
누구와도 밤 놀이를 하리라.
달이 밝아 마땅히 술을 들고,
산이 좋아 오를 만하다.

지은 業은 구름처럼 얇고,
시간은 물처럼 흐른다.
가련하구나 陶靖節이여,
乘化와 行休를 탄식하다니.

　500년 전쯤의 한국 시인이 지은 노래를 보자. 한마음이 넓다. 막
힌 곳이 없어 마음이 넓게 하는 것이 시인이 본디 또는 절로 하는
일이다. 서책이 겹겹이 쌓였다는 밝히지 않고, "지은 業은 구름처럼
얇고"라고 했다. 業은 業績이면서 業報이다. 이 둘이 겹친다. 업적
이 보잘 것 없으니 미련이 없고, 실수한 것이 적어 업보의 장애가
있다 해도 얼마 되지 않는다.
　흥취를 즐기며 살아나가는 길이 막히지 않고 트인다. 공간이 아
주 넓어진다. 모든 것의 변화를 타는 乘化와 가기도 하고 쉬기도
하는 行休가 당연하다고 여기니, 마음의 공간이 천지와 다를 바 없
다. 陶靖節은 陶淵明이다. 乘化와 行休를 탄식한 陶淵明이 가련하
니, 죽음이 다가왔다고 여기고 안달하는 키츠는 더 말할 것이 없다.
　시인은 공간을 넓혀주어야 한다. 키츠의 잘못을 바로잡고, 陶淵
明보다도 더 나아가야 한다. 시인은 마음의 병을 치료하고 건강을
되찾게 하는 의사여야 한다. 중환자를 명의라고 여기는 중증의 착
오는 어떻게 바로잡아야 하는가?

3

Charles Baudelaire, "Le goût du néant"

Morne esprit, autrefois amoureux de la lutte,

L'Espoir, dont l'éperon attisait ton ardeur,
Ne veut plus t'enfourcher! Couche-toi sans pudeur,
Vieux cheval dont le pied à chaque obstacle butte.
Résigne-toi, mon coeur; dors ton sommeil de brute.
Esprit vaincu, fourbu! Pour toi, vieux maraudeur,
L'amour n'a plus de goût, non plus que la dispute;
Adieu donc, chants du cuivre et soupirs de la flûte!
Plaisirs, ne tentez plus un coeur sombre et boudeur!
Le Printemps adorable a perdu son odeur!
Et le Temps m'engloutit minute par minute,
Comme la neige immense un corps pris de roideur;
— Je contemple d'en haut le globe en sa rondeur
Et je n'y cherche plus l'abri d'une cahute.
Avalanche, veux-tu m'emporter dans ta chute?

보들래르, 〈허무 선호〉

전에는 다투기를 좋아하던 침통한 혼이여,
너의 열정을 입증하는 흔적을 지닌 희망이,
이제는 올라타려고 하지 않으니, 마음놓고 누워라.
장애물마다 발이 부딪치다 늙은 말 같은
내 마음이여 편히 쉬고, 천진하게 잠들어라.
짓밟혀 축 처진 혼이여! 사랑이라는 도적이 늙어
너를 더는 탐내지 않고, 깐죽거리기나 한다.
나팔 소리도 플루트의 숨결도 이제 작별이다!
욕망이 마음을 어둡게도 토라지게도 하지 않는다!
아름다운 봄날도 향기를 잃고 말았구나!
시간이 나를 한 순간 한 순간 삼킨다.
엄청나게 내린 눈이 덩어리를 이룬 것 같은
그런 지구를 나는 높은 곳에서 내려다본다.

나는 어느 오두막에 피신하려고 하지 않는다.
눈사태여 나를 데리고 추락해주려고 하는가?

　19세기말 불국 시인은 이렇게 말했다. 모든 것을 상실한 허무를
조금도 불만을 가지지 않고 당연하다고 받아들인다. 전에 다투고
사랑하며 소란을 떤 것이 다 이제는 모두 과거가 되어 아무 문제를
남기지 않았다. 부정을 긍정해, 허무를 감미롭게 여긴다. 이렇게 생
각하니 닫힌 마음이 열린다. 허무를 마다하지 않고 받아들여 마음
이 아주 넓어진다.

4

Rainer Maria Rilke, "Ich glaube an Alles noch nie Gesagte."

Ich glaube an Alles noch nie Gesagte,
Ich will meine frömmsten Gefühle befrein.
Was noch keiner zu wollen wagte,
Wird mir einmal unwillkürlich sein.
Ist das vermessen, mein Gott, vergieb.
Aber ich will dir damit nur sagen:
Meine beste Kraft soll sein wie ein Trieb,
So ohne Zürnen und ohne Zagen;
So haben dich ja die Kinder lieb.

릴케, 〈나는 아직 말하지 않은 모든 것을 믿는다〉
나는 아직 말하지 않은 모든 것을 믿는다.
가장 경건한 느낌을 자유롭게 하려고 한다.
아무도 거기까지 나아가려 하지 않고,

내게 물어보는 사람도 없는 저곳으로.
이것이 외람되다면, 주여 용서해 주소서,
제가 말하려고 하는 것은 이렇습니다.
제가 드리는 예배는 저절로 나와야 합니다.
아무 망설임도 없고 어색함도 없이,
어린아이가 당신을 아주 좋아하듯이.

20세기초 독어시인이 말했다. 기독교는 창조주만 무한하고, 모든 피조물은 유한하다고 한다. 피조물 가운데 으뜸이라고 창조주가 창조할 때부터 인정한 인간도 유한한 한계를 넘어서려고 하지 말아야 한다. 유한함을 인정하고 불만을 가지지 않는다고 거듭 고백해야 창조주의 은총을 입고 구원될 수 있다.

이 시에서처럼 인간이 유한의 굴레를 벗고 무한하게 되겠다고 하는 것은 신앙 포기일 뿐만 아니라 신성 모독이다. 4백년쯤 전의 브르노(Bruno)는 인간은 말하지 않고 자연은 무한하다고 말한 죄로 화형을 당했다. 창조주만 무한한대 피조물인 자연도 무한하다고 한 것을 용서할 수 없었다. 인간이 무한하고자 한 것은 죄가 더 크지만, 시대가 달라져 처벌을 면했다.

"제가 드리는 예배는 저절로 나와야 합니다." 이런 말을 해도 소용없다. 기독교를 저버린 이교도나 무신론자라는 비난에서 벗어날 수 없다. 외톨이가 되어 방랑하다가 기력이 모자라 쇠진했다.

5

쉽게 생각하자. 개벽이니 창조니 하는 것이 없다면, 모든 것이 쉽게 풀린다. 아무 장애도 없는 것을 알고, 마음을 넓히는 것이 각성이고 해탈이다.

　무엇이든 저절로 이루어져, 있음이 없음이고 없음이 있음인 것이 끝없이 펼쳐져 있다. 마음을 넓힌다는 말이, 나도 이렇다는 뜻이다. 없음을 허무로 여겨 비관하지 말고, 있음에 집착하면서 들뜨지도 말고, 마음이 평정해야 한다. 마음아 평정하면 시야가 아주 넓게 열려 지극한 즐거움이 있다. 우주 공간 가로질러 뻗어 나가는 크나큰 바다 있는 듯 없는 듯, 무수히 많은 별빛을 받고 한없이 출렁인다. 내 마음 또한 이렇다.

　이렇게 말하는 것은 시인이라야 감당할 수 있는 임무이다. 노래를 지어 부르는 것 밖의 다른 방법은 없다. 종교나 정치가 키우는 차등론을 문학에서 대등론으로 바꾸어놓아, 증오, 싸움, 학살, 전쟁 등의 만행을 없애는 천리 길이 어디서 시작되는가? 〈넓이 노래〉를 지어 너와 나의 마음을 넓히는 한 걸음에서 시작된다.

고향 노래

1

고향을 그리워하는 노래는 일찍부터 있고, 아주 많다. 잘 알려진 본보기를 먼저 든다.

李白, 〈靜夜思〉
床前明月光
疑是地上霜
擧頭望明月
低頭思故鄕

이백, 〈고요한 밤의 생각〉
침상 앞에 밝은 달 빛나
땅 위의 서리인가 싶다.
머리 들어 밝은 달 보고
머리 숙여 고향을 생각.

중국 당나라의 시인 李白이 이런 시를 지었다. 멀리 떠나 방황하다가 가을 날 밝은 달을 보고 고향을 생각했다. 서두에서 결말까지 시간의 진행과 함께 나아가면서 세계와 자아의 관계, 세계의 자아화가 달라지는 양상을 보여주었다. 짜임새가 훌륭해 널리 모범이 된다. 면밀하게 분석할 필요가 있다.

제1·3행에서는 달을, 제2·4행에서는 달에 대한 생각을 말했다. 제1·3행은 세계이고, 제2·4행은 세계의 자아화이다. 제1행에서는 달이 비치는 것을 모르고 있다가 발견했다. 제3행에서는 머리를 들면서 달을 바라보았다. 제1행은 다가와서 알게 된 세계이고, 제3행은 나아가 파악한 세계이다.

제2행에서는 달빛이 서리와 같다고 생각했다. 제4행에서는 달빛을 보고 달과는 직접 관련이 없는 고향을 생각했다. 제2행은 세계 자아화의 일차·소극적, 제4행은 세계 자아화의 이차·적극적 작업이다. 제2행에서 세계 자아화의 일차·소극적 작업을 머리를 들어 할 때에는 밝은 달을 마음속으로 받아들여 만족을 느낀다는 것을 암시하고, 제4행에서 머리를 숙여 세계 자아화의 이차·적극적 작업을 이룩하고 고향 상실의 아쉬움을 말했다.

제1행 다가와 알게 된 세계, 제2행 세계 자아화의 일차·소극적 작업, 제3행 나아가 알게 된 세계, 제4행 세계 자아화의 이차·적극적 작업을 거쳐, 밝음이 어둠으로, 만족이 상실로 바뀌는 전환이 나타났다. 어둠과 상실이 잠재되었다가 전면으로 확대되었다. 달을 보고 만족하다가 고향 상실의 아쉬움을 말하는 데 이르렀다. 밖에서 달이 밝을수록 고향을 상실한 내면의 어둠이 더 짙다.

金炳淵,〈思鄕〉

西行己過十三州
此地猶然惜去留
雨雪家鄕人五夜

山河逆旅世千秋
莫將悲慨談靑史
須向英豪問白頭
玉舘孤燈應送歲
夢中能作故園遊

김병연, 〈고향 생각〉

서쪽으로 이미 열세 고을을 지나와서
이곳에서는 떠나기 아쉬워 머뭇거리네.
눈비 내리는 밤중 고향 그리는 나그네
산과 강을 따라 평생토록 떠도는구나.
비분강개하며 역사를 말하기나 하지 말고,
마땅히 영웅호걸에게 백발이나 물어야겠다.
여관의 외로운 등불 또 한 해를 보내며
꿈속에서는 고향 동산에서 노닐 수 있겠나.

金炳淵은 한국 조선후기 시인이다. 洪景來亂 때 宣川府使였던 조부 金益淳이 항복한 탓에 집안이 망했다. 하인의 구원을 받아 형과 함께 피신해 숨어 지냈다. 뒤에 사면을 받고 과거에 응시해 김익순의 행위를 비판하는 내용으로 글을 써서 급제했다. 김익순이 자기 조부라는 사실을 알아차리고, 벼슬을 버리고 전국을 방랑하다가 객사했다. 하늘을 우러러볼 수 없는 죄인이라 생각하고 항상 큰 삿갓을 쓰고 다녀 金笠 또는 김삿갓이라는 별명을 얻었다.

전국을 방랑하면서 각지에 즉흥시를 남겼다. 고향이 그리워도 돌아가지 않았다. "눈비 내리는 밤중 고향 그리는 나그네", "여관의 외로운 등불 또 한 해를 보내며"라고 한 사연이 아주 처절하다. "비분강개하며 역사를 말하기나 하지 말고, 마땅히 영웅호걸에게 백발이나 물어야겠다"는 말은 저속한 통념을 깨는 비상한 성찰이다.

고향에 갈 수 있고, 고향에 살고 있는 사람마저도 깊은 감동을 받게 한다. 고향이란 무엇인가? 그리움이 詩心의 핵심임을 알게 하는 소재이다.

Friedrich Hölderlin, "Die Heimat"

Froh kehrt der Schiffer heim an den stillen Strom
Von fernen Inseln, wo er geerntet hat;
Wohl möcht auch ich zur Heimat wieder;
Aber was hab ich, wie Leid, geerntet? -

Ihr holden Ufer, die ihr mich auferzogt,
Stillt ihr der Liebe Leiden? ach! gebt ihr mir,
Ihr Wälder meiner Kindheit, wann ich
Komme, die Ruhe noch Einmal wieder?

횔덜린, 〈고향〉

뱃사람은 먼 섬에서 얻은 것 있어
고요한 물결에 집으로 돌아간다.
나도 고향으로 돌아가고 싶지만,
괴로움이 아닌 무엇을 얻었는가?

나를 키워주던 그대 거룩한 강가여,
사랑의 괴로움을 진정시켜 주겠나?
어린 시절의 숲이여, 돌아가면
나를 다시 편안하게 해주겠나?

횔덜린은 독일 낭만주의 시인이다. 독일어에는 고향을 뜻하는 말

"Heimat"가 있다. 이 말을 표제로 한 많은 시 가운데 널리 알려진 것을 든다. 횔덜린은 같은 제목의 시를 둘 썼다. 둘 가운데 짧은 것을 택한다.

이 시는 이백의 〈고요한 밤의 생각〉과 떠나온 것이 불행이라고 하고 고향을 생각하는 점이 같다. 고향을 떠나 무엇이 불행한지 말하고 고향으로 돌아가 위안을 얻고자 한다고 한 점이 다르다. 다른 사람과 자기의 비교를 추가했다.

제1연에서는 고향에 돌아가야 할 이유를, 제2연에서는 고향에서 기대하는 바를 말했다. 제1연에서는 뱃사람과 견주어 자기의 불행을 말했다. 고기잡이를 하러 나갔다가 얻은 것이 있어 만족스럽게 집으로 돌아가는 뱃사람을 들어, 예사 사람의 삶과 자기의 비정상이 너무 다르다고 했다. 자기는 괴로움 외에는 얻은 것이 없다고 탄식했다. 제2연에서는 사랑의 괴로움을 견딜 수 없어 고향으로 돌아가고 싶다고 했다.

다른 사람들과 자기는 처지가 다르고, 돌아가는 이유도 상반된다. 고향으로 돌아가면 어린 시절에 놀던 강가와 숲이 괴로움을 진정시켜 마음을 다시 편안하게 해 줄 것인지 물었다. 물음에 부정적인 예측이 있다. 고향이 시인은 고독한 예외자임을 확인하게 한다.

2

고향이 통상적인 의미를 지니지 않고, 시인이 특별하게 추구하는 대상일 수도 있다. 구체적인 내역이 각기 달라 비교고찰이 필요하다.

李庭綽의 시조

소요당 달 밝은 밤에 눌 위하여 앉았는고?
솔바람 시내 소리 듣고지고 내 초당에,
저 달아 고향을 비치거든 이내 소식 전하렴.

李庭綽은 한국 조선시대 문인이다. 〈玉麟夢〉이라는 소설을 지어 널리 애독되었다. 이 시조에서는 달을 보고 고향을 생각하는 마음을 간절하게 나타냈다.

逍遙堂은 己卯士禍를 일으켜 趙光祖를 희생시킨 權臣 沈貞이 陽川, 지금의 서울 양천구에 호화롭게 지은 정자이다. 2백년이나 지난 뒤에 이 노래의 작자 李庭綽이 무슨 연유로 거기 갔는지 확인되지 않는다. 관련 사실을 몰라도, 逍遙堂이 화려하지만 낯선 곳이라고 이해하면 작품에서 무엇을 말하는지 알 수 있다.

타향에서는 대단한 것을 누려도 자아 상실에서 벗어날 수 없어, 고향으로 돌아가야 한다. 고향에는 내 草堂이 있다. 逍遙堂에 비할 바 없이 초라해 이름조차 없지만, 마음 편하게 앉아 있을 수 있는 곳이다. 내 草堂에서는 내가 나서서 자아를 회복한다. 솔바람 소리, 시내 소리만 들어도 마음이 편안하고 즐겁다. 더 바라는 것이 없어 만족스럽다.

그런 고향과 단절되어 있다. 연결을 부탁하려고 달을 부른다. 달은 고향에 가서 고향을 비추기도 하므로, 내 소식을 전해달라고 한다. 누구에게 전해달라는 말은 없고, 할 필요도 없다. 고향을 그리워하는 내 마음이 달에 들어 있으므로, 달이 고향에 가서 고향을 비추는 것 자체가 내 소식 전달이다. 소식 전달만 바라고 갈 생각은 하지 못한다.

고향에 대한 그리움은 자아 회복을 위한 염원이다. 고향이 그리워도 가지 못하는 것은 자아 회복이 가능하지 않기 때문이다. 크고 훌륭한 것을 탐내고 이름이 나기를 바라 변질된 자아가 원점으로 되돌아가지 않으려고 버티어 제어하지 못한다. 자아 회복의 염원은 실현되지 않고, 고향에 대한 영원한 그리움으로 남아 있다.

자아 회복의 염원을 말하기 위해 고향이 필요하다고 시인은 말한다. 이에 관해 일반인의 동의를 구할 필요가 없어, 시인이 자기 고향을 말한다. 이 점이 다음에 드는 두 노래와 아주 다르다.

Edgar A. Guest, "The Home-Town"

Some folks leave home for money
And some leave home for fame,
Some seek skies always sunny,
And some depart in shame.
I care not what the reason
Men travel east and west,
Or what the month or season――
The home-town is the best.

The home-town is the glad town
Where something real abides;
'Tis not the money-mad town
That all its spirit hides.
Though strangers scoff and flout it
And even jeer its name,
It has a charm about it
No other town can claim.

The home-town skies seem bluer

Than skies that stretch away,
The home-town friends seem truer
And kinder through the day;
And whether glum or cheery
Light-hearted or depressed,
Or struggle-fit or weary,
I like the home-town best.

Let him who will, go wander
To distant towns to live,
Of some things I am fonder
Than all they have to give.
The gold of distant places
Could not repay me quite
For those familiar faces
That keep the home-town bright.

게스트, 〈고향 마을〉

사람들은 돈 때문에 고향을 떠나고,
명성을 얻으려고 떠나기도 한다.
항상 해가 뜬 하늘을 찾기도 한다.
부끄러워 떠나가는 사람도 있다.
이유가 무엇인지 상관하지 않으리,
동쪽으로도 서쪽으로도 여행해도.
그러나 달이나 계절이 언제이든
고향 마을이 가장 좋은 곳이다.

고향 마을이 반가운 마을이다.
진실한 것들이 있는 곳이다.
그곳에서는 돈벌이에 미쳐서

정신이 자취를 감추지 않았다.
낯선 사람들은 비웃고 조롱하며
이름만 듣고도 야유할지라도,
그곳에는 다른 어디에도 없는
그 나름대로의 매력이 있다.

원한다면 헤매고 다니다가
먼 곳에 가서 살아도 된다.
그러나 내가 가진 것들이
그 쪽의 선물보다 더 좋다.
멀리서 가져온 황금을 내게
온전한 보답으로 삼을 수 없다.
낯익은 얼굴을 한 사람들이
고향 마을을 지키고 빛낸다.

게스트는 영국 출신의 미국인이다. 1881년에 영국 버밍검(Bir-
mingham)에서 태어나고, 10세 때 부모를 따라 미국 디트로이트
(Detroit)로 이주했다. 13세 때 아버지가 실직하자 학교를 중퇴하고
〈디트로이트 프리 프레스〉(Detroit Free Press)라는 신문사에서 '카
피 보이'(copy boy)라고 하는 원고 심부름을 하는 아이로 일하기 시
작했다. 그 뒤에 그 신문사 기자가 되고 논설위원으로 승진해 36년
동안이나 근무했다. 신문에 쉽고 친근한 시를 자주 실어 인기를 얻
고, '대중시인'(People's Poet)이라는 칭호를 얻었다.

이런 경력을 자세하게 소개하는 것은 이 시 이해를 위해 긴요한
사항이기 때문이다. 어려서 영국에서, 그 뒤에는 미국에서, 이 시인
은 대도시에서만 살아 고향이라고 할 것이 있었는지 의문이다. 신
문사에서 하는 일이 바빠 시골 마을을 찾아 조용히 지내고 싶다는

생각도 하지 못했다. 고향 체험이 결여되었다. 그런데도 이런 시를 지은 것은 신문 독자가 원하기 때문이었다.

대도시 디트로이트에 살면서 그 신문을 구독하는 독자들도 고향에 대한 막연한 동경을 마음에 품고 있어 이런 시를 즐겨 읽었다. 고향을 "The Home-Town"이라고 막연하게 일컫고 구체적인 묘사는 없다. 고향에 대한 그리움을 불러일으킬 수 있는 상투적인 언사를 누구나 공감할 수 있게 열거했다. 특정한 사연을 갖추지 않아 보편성을 확보하고 광범위한 독자의 호응을 얻고자 했다. 고향이 좋은 이유는 무어라고 설명해도 말이 모자란다.

삭막하기 이를 데 없는 미국의 대도시에도 시가 있어야 하고, 고향을 그리워하는 시가 읽힌 것이 신기한 일이라고 생각된다. 그러나 다시 생각하면 당연하다. 고향이란 국적이나 경력과 무관하게 누구나 지니고 있는 인류 공통의 신화임을 확인할 수 있다.

정지용, 〈향수〉

넓은 벌 동쪽 끝으로
옛이야기 지즐대는 실개천이 휘돌아 나가고,
얼룩배기 황소가
해설피 금빛 게으른 울음을 우는 곳,

... 그곳이 차마 꿈엔들 잊힐리야.

질화로에 재가 식어지면
비인 밭에 밤바람 소리 말을 달리고,
엷은 졸음에 겨운 늙으신 아버지가
짚베개를 돋아 고이시는 곳,

... 그곳이 차마 꿈엔들 잊힐리야.

흙에서 자란 내 마음,
파아란 하늘빛이 그리워
함부로 쏜 화살을 찾으려
풀섶 이슬에 함초롬 휘적시던 곳,

... 그곳이 차마 꿈엔들 잊힐리야.

전설 바다에 춤추는 밤물결 같은
검은 귀밑머리 날리는 어린 누이와
아무렇지도 않고 예쁠 것도 없는 사철 발 벗은 아내가
따가운 햇살을 등에 지고 이삭 줍던 곳,

... 그곳이 차마 꿈엔들 잊힐리야.

하늘에는 석근 별,
알 수도 없는 모래성으로 발을 옮기고,
서리 까마귀 우지짖고 지나가는 초라한 지붕.
흐릿한 불빛에 돌아앉아 도란도란거리는 곳,

... 그곳이 차마 꿈엔들 잊힐리야.

실제의 고향으로 오해되는 가상의 고향을 그렸다. "그곳이 차마 꿈엔들 잊힐리야"라는 말을 되풀이해, 돌아가서 실제로 볼 수 있는 고향은 아님을 분명하게 했다. 가상의 고향을 마음껏 상상하면서 다채롭게 그렸다.

마음의 고향에 대한 그리움을 일깨워주는 기교가 너무나도 뛰어나 충격을 준다. 석양 무렵에서 밤까지 어둠을 배경으로 휘휘 감기면서 움직이는 것들을 능숙하게 휘어잡아 놀라게 한다. 독자가 분별력을 잃고, 어딘지 모르는 곳으로 끌려다니게 한다.

"엷은 졸음에 겨운 늙으신 아버지", "검은 귀밑머리 날리는 어린 누이", "아무렇지도 않고 예쁠 것도 없는 사철 발 벗은 아내"의 너무나도 정겨운 모습을 보고, 정신이 아주 몽롱해진 독자를 마구 휘두른다. 곡예사의 놀라운 솜씨를 현란하게 자랑해, 어디든지 넋을 잃고 따라가게 만든다. 요지경 속에 들어가 헤매게 한다.

"옛이야기 지즐대는 실개천", "밤바람 소리 말을 달리고", "전설 바다에 춤추는 밤 물결 같은 검은 귀밑머리"에서 기발한 비유를 사용해 놀라운 광경을 그리는 기교가, 마술사의 손에서 없던 비둘기가 날아오를 때보다 더 경이롭다. "파아란 하늘 빛이 그리워 함부로 쏜 화살"을 말하고, "알 수도 없는 모래성으로 발을 옮기고"라고 한 것은 마법의 세계로 빨려 들어가게 하는 수법이다. 기교나 수법이 극치에 이른 것을 자랑했다.

게스트와 정지용은 고향의 그림을 잘 그려 인기를 얻은 것은 같으면서, 또한 정반대가 된다. 게스트는 산업화된 시대 크게 발달한 대도시의 주역이다. 발상의 전환을 기발하게 해서, 잃어버린 옛적의 어렴풋한 추억을 윤곽만 대강 흐릿하게 그려 상품으로 내놓았다. 그래야 진품으로 인정되어 잘 팔렸다. 동아시아의 전통 수묵화와 닮은 그림인 것이 놀랍다. 만인대등의 깊은 층위를 보여준다고 할 수 있다.

게스트는 전문적인 평가와는 무관하게, '대중시인'으로 인정되고 사랑받는 것이 출세의 길이었다. 생애에 대해 알려진 것 외에 더 알아볼 것이 없다. 정지용은 당대 최고의 시인으로 평가되고, 시단의 지배자로 등장했다. 온갖 찬사를, 전통수호자이고 모더니스트라고 하는 등 상반되는 것들까지도 함께 받았다. 최후가 어떻게 되었는지 밝혀지지 않아 신비화되었다. 극과 극의 차이를 분명하게 하려고, 이 둘을 비교한다.

정지용은 변함없이 살아가던 농촌 옥천의 읍내 사람이다. 화려하다고 자부하는 곳에서 유학하고, 놀랄 만한 그림을 그려 충격을 주었다. 실제와는 다른 가상 고향의 예사롭지 않은 모습을 뛰어난 기교로 다채롭고 현란하게 묘사해, 허위의식을 겹겹으로 부추기는 인기 상품이 되게 했다.

정지용의 새로운 이웃인 서울의 새 시대 지식인들은 고향을 예찬하는 성스러운 과업에 동참한다고 자부한다. 고향 사람들은 그 소식을 듣고, 모르고 있던 것을 알았다. 전에 가까이 지내던 정지용이, 대처에 나가 출세를 하고 고향을 잘 팔아 높이 평가되니 어깨가 으쓱하다.

그뿐만 아니다. 정지용 해설과 예찬을 정지용 작품처럼 교묘하게 한다고 자부하는 평론가 나부랭이들은 항상 목에 힘을 준다. 옥천 군수는 고향을 빛낸 인물 현창한다면서 생색을 내고, 들인 돈이 크게 늘어나 되돌아온다고 계산한다.

게스트가 만인대등의 깊은 층위를 보여주는 것과는 반대로, 정지용은 허위의식을 겹겹으로 부추기면서 차등론의 우상을 더욱 드높인다. 게스트는 무명인사가 되어 재평가해도 관심을 가져주는 사람이 없을 것 같다. 정지용은 우상이 되어, 비판이 신성모독이라는 이유로 처단될 수 있다.

3

고향은 갈 수 없는 사정이 있을 때 더 그리워진다. 이런 말을 하는 작품은 고향 노래의 오염을 씻어내고 남용을 방지한다. 진실성을 근거로 상업주의 인기를 나무란다.

段義宗,〈思鄉作〉

瀘北行人絕
雲南信未還
庭前花不掃
門外柳誰攀
座久銷銀燭
愁多滅玉顔
懸心秋夜月
萬里照關山

단의종,〈고향 생각을 하고 짓는다〉

노강 북쪽으로 행인이 끊어졌나.
운남 소식은 돌아오지 않는구나.
뜰 앞의 꽃 쓸지 않고 있겠지.
문 밖의 버들에는 누가 올라가나.
오래 앉아 은빛 초만 녹이면서,
근심이 많아 고운 얼굴 쇠약해질 때,
마음을 매달고 있는 가을밤 달은
만리 밖 관문의 산까지 비춘다.

段義宗은 南詔國 白族 시인이다. 지금은 중국의 일부가 된 雲南에 그 나라가 있었다. 《全唐詩》에 段義宗이 "外夷"라고 밝히고 이 시를 수록했다. 중국 당나라에 사신으로 가서 고국을 그리워하면서 지은 시이다. 외국에 가 있으면 고향과 고국이 겹친다. 고국을 떠난 슬픔과 고향을 잃은 슬픔을 함께 노래했다.

서두에서 고국을 떠나 격리된 상황을 말했다. 瀘江은 자기 나라 북쪽을 흐르는 강이다. 노강을 건너다니는 사람이 없어 소식이 끊어졌는가 하고 한탄했다. 그다음에는 두고 온 고향 집의 모습을 그렸다. 뜰에 떨어진 꽃, 문 밖에 서 있는 버들을 생각하고, 자기가 없으니 쓸 사람도 오를 사람도 없다고 하면서 그리움을 나타냈다.

방안에 들어앉아 근심스럽고 쇠약한 모습을 하고 있다고 했다. 만리 밖 두 나라의 국경 관문까지 비추는 가을밤의 밝은 달에다가 그립고 안타까운 마음을 매단다고 술회했다. 달을 보고 고향 생각을 한 것이 李白의 〈靜夜思〉와 같으면서, 고향을 생각해야 할 이유가 분명하고 절실하다.

寇準,〈春日登樓懷鄉〉

高樓聊引望
杳杳一川平
野水無人渡
孤舟盡日橫
荒村生斷靄
深樹語流鶯
舊業遙淸渭
沉思忽自驚

구준,〈봄날 누각에 올라 고향 생각〉

높은 누각에서 멀리 바라보니,

아득아득한 냇물 하나 평평하구나.
들판의 물에는 건너는 사람 없고,
외로운 배만 종일토록 매어 있네.
황량한 마을에서 안개가 들락날락,
깊은 숲에서 꾀꼬리 소리 흐른다.
멀리 물 맑은 위수 가의 고향 집에서
하던 일 생각하다가 놀라서 깨어난다.

구준은 중국 송나라 시인이다. 고향을 그리워하면서 이런 시를
지었다. 왜 고향을 떠났는지 말하지 않고, 고향 생각이 간절하다고
했다. 높은 누각은 올라가면 고향이 보이는 곳이 아니고, 상상의
폭을 넓히기 위해 필요하다.

눈에 보인다고 한 것은 기억의 재생이면서 소망의 투영이다. "외
로운 배만 종일토록 매어 있네"라고 한 "외로운 배"는 자기 처자와
같다. "깊은 숲에서 꾀꼬리 소리 흐른다"고 한 "꾀꼬리 소리"는 자기
가 내고 싶은 소리라고 할 수 있다. "놀라서 깨어난다"고 한 마지막
말에서 모두 상상임을 밝혔다.

丁若鏞, 〈還苕川居〉

忽已到鄕里
門前春水流
欣然臨藥塢
依舊見漁舟
花煖林廬靜
松垂野徑幽
南遊數千里
何處得玆丘

정야용, 〈소내의 집으로 돌아가〉

홀연 고향 마을 이르니,
문 앞 봄물이 흐르는구나.
흔연히 약초밭에 이르고,
전처럼 고깃배 눈에 들어오네.
꽃이 따뜻하고 초막은 조용하고,
솔가지 늘어진 들길 그윽하네,
남녘에서 수천 리 노닐어도,
어디서 이런 곳을 얻으리.

　　조선후기 명사 정약용이 귀양살이를 하면서 지은 시이다. 苕川
[소내]는 고향 마을 이름이다. 돌아갈 수 없는 고향으로 꿈을 꾸거
나 상상해서 돌아갔다. 눈에 보인다고 한 것은 기억의 재생이면서
소망의 투영인 것이 앞의 시와 같다. 모두 기대하고 있는 대로 되어
있어 아름답고 흐뭇하다. 고향은 자기가 지금 있는 곳에서는 아무
리 찾아도 찾을 수 없는 이상향이다.

François-René de Chateaubriand, "Souvenir du pays de France"

Combien j'ai douce souvenance
Du joli lieu de ma naissance !
Ma soeur, qu'ils étaient beaux les jours
De France !
O mon pays, sois mes amours
Toujours !

Te souvient-il que notre mère,
Au foyer de notre chaumière,
Nous pressait sur son coeur joyeux,

Ma chère ?
Et nous baisions ses blancs cheveux
Tous deux.

Ma soeur, te souvient-il encore
Du château que baignait la Dore ;
Et de cette tant vieille tour
Du Maure,
Où l'airain sonnait le retour
Du jour ?

Te souvient-il du lac tranquille
Qu'effleurait l'hirondelle agile,
Du vent qui courbait le roseau
Mobile,
Et du soleil couchant sur l'eau,
Si beau ?

Oh ! qui me rendra mon Hélène,
Et ma montagne et le grand chêne ?
Leur souvenir fait tous les jours
Ma peine :
Mon pays sera mes amours
Toujours !

샤토브리앙, 〈불국 지방 추억〉

감미로운 추억을 얼마나 지녔는가,
내가 태어난 그 훌륭한 곳에 대해!
누이야, 얼마나 아름다웠나,
불국의 나날이!
오 내 고장은 내 사랑이어라.

언제나!

너는 기억하느냐 우리 어머니가
우리 초가집 난로 가에서
우리를 가슴에 즐겁게 껴안았다.
우리 어머니?
우리는 어머니 흰 머리에 입 맞추었다.
우리 둘이.

누이야, 너는 아직 기억하느냐,
도르 강물이 적시는 城을.
모르 지방의
아주 오래된 탑
종을 치는 그곳을.
날이 밝았다고

너는 기억하느냐, 조용한 호수
날쌘 제비가 스쳐가는 그곳을.
바람이 갈대를 흔들어
움직이게 하고,
물 위에 지는 해가
아주 아름다운 곳을?

오! 누가 되돌려주겠나,
나의 여신 엘렌, 나의 산, 큰 떡갈나무를.
그것들을 기억하는 나날
마음 아프다.
내 고장은 내 사랑이어라.
언제나!

샤토브리앙은 불국 낭만주의 시인이다. 이 시에서 고향을 그리워하면서 나라를 사랑하는 마음을 나타냈다. 불어에는 '고향'을 뜻하는 특정 단어가 없다. 'pays'가 '고장'이기도 하고 '나라'이기도 하다. 말이 구별되지 않아 고향 사랑이 나라 사랑과 이어진다.

고향에 관한 추억을 전하면서 그곳이 불국의 한 지방임을 말하고, 고향이 아름다운 것은 불국이 자랑스럽기 때문이라고 했다. 고향 사랑이 나라 사랑과 같다고 여겼다. 눈에 보인다고 한 것은 기억의 재생이면서 소망의 투영인 것이 앞의 두 시와 같다.

"엘렌"(Hélène)은 그리스 신화에 나오는 여신이다. 여기서는 여신이라는 일반적인 의미로 썼다. 고향의 모든 것이 자기에게 여신과 같다고 일렀다. 무슨 이유에서인지, 그 여신과 떨어져 지내니 마음 아프다고 했다. 기억에서 즐거움을 찾고, "내 고장은 내 사랑이어라"라고 했다.

이용악, 〈고향아 꽃은 피지 못했다〉
하얀 박꽃이 오두막을 덮고
당콩 너울은 하늘로 하늘로 기어올라도
고향아
여름이 안타깝다 무너진 돌담

돌 우에 앉았다 섰다
성가스런 하루해가 먼 영에 숨고
소리 없이 생각을 디디는 어둠의 발자취
나는 은혜롭지 못한 밤을 또 부른다

도망하고 싶던 너의 아들

가슴 한구석이 늘 차거웠길래
고향아
돼지굴 같은 방 등잔불은
밤마다 밤새도록 꺼지고 싶지 않았지

드디어 나는 떠나고야 말았다
곧 얼음 녹아내려도 잔디풀 푸르기 전
마음의 불꽃을 거느리고
멀리로 낯선 곳으로 갔더니라

그러나 너는 보드러운 손을
가슴에 얹은 대로 떼지 않았다
내 곳곳을 헤매어 살길 어두울 때
빗돌처럼 우두커니 거리에 섰을 때
고향아
너의 부름이 귀에 담기어짐을
막을 길이 없었다

"돌아오라 나의 아들아
까치둥주리 있는
아카시아가 그립지 않느냐
배암장어 구워먹던 물방앗간이
새잡이하던 버들방천이
너는 그립지 않나
아롱진 꽃그늘로
나의 아들아 돌아오라"

나는 그리워서 모두 그리워
먼 길을 돌아왔다만

버들방천에도 가고 싶지 않고
물방앗간도 보고 싶지 않고
고향아
가슴에 가로누운 가시덤불
돌아온 마음에 싸늘한 바람이 분다

이 며칠을 미칠 듯이 살아온 내게
다시 너의 품을 떠나려는 내 귀에
한마디 아까운 말도 속삭이지 말아다오
내겐 한걸음 앞이 보이지 않는
슬픔이 물결 친다

하얀 것도 붉은 것도
너의 아들 가슴엔 피지 못했다
고향아
꽃은 피지 못했다

이용악은 한국 근대시인이다. 이 시에서 고향에 대한 착잡한 심정을 말했다. 고향을 떠날 수밖에 없었던 것이 안타깝다. 고향이 그리워 돌아갔다. 찾아간 고향은 그리던 고향이 아니다. 고향을 다시 떠나려고 하니 "내겐 한 걸음 앞이 보이지 않는 슬픔이 물결 친다"고 일렀다. 고향 때문에 번민하는 것은 특별히 어떤 사연이 있다고 설명할 수 없는, 어두운 시대를 살아야 하는 총체적인 비극임을 암시했다.

4

고향 노래는 단순하지 않다. 지금까지 보지 못한 경지에 이른 것
도 있다. 어디라고 말하지 않는 고향을 그리워한다.

김소월, 〈고향〉

1
짐승은 모를는지 고향인지라,
사람은 못 잊는 것 고향입니다.
생시에는 생각도 아니 하던 것
잠들면 어느 듯 고향입니다.

조상님 뼈 가서 묻힌 곳이라,
송아지 동무들과 놀던 곳이라,
그래서 그런지는 모르지마는
아아, 꿈에서는 항상 고향입니다.

2
봄이면 곳곳에 산새 소리.
진달래 화초 만발하고,
가을이면 골짜기 물드는 단풍
흐르는 샘물 위에 떠 내린다.

바라보면 하늘과 바닷물과
차차차 마주 붙어 가는 곳에
고기잡이 배 돛 그림자
어기여차 지어차 소리 들리는 듯.

3

떠도는 몸이거든
고향이 탓이 되어.
부모님 기억 동생들 생각
꿈에라도 항상 그곳에서 뵈옵니다.

고향이 마음속에 있습니까?
마음속에 고향도 있습니다.
제 넋이 고향에 있습니다.
고향에도 제 넋이 있습니다.

마음에 있으니까 꿈에 뵈지요.
꿈에 보는 고향이 그립습니다.
그곳에 넋이 있어 꿈에 가지요.
꿈에 가는 고향이 그립습니다.

4

물결에 떠내려간 浮萍 줄기
자리 잡을 새도 없네.
제 자리로 돌아갈 날 있으랴마는
괴로운 바다 이 세상에 사람인지라 돌아가리.

고향을 잊었노라 하는 사람들,
나를 버린 고향이라 하는 사람들,
죽어서만은 天涯一方 헤매지 말고
넋이라도 있거들랑 고향으로 네 가거라.

한국 근대시인 김소월이 고향에 대한 생각을 나타낸 시이다. 모두 네 수로 이루어져 있다. 제1수에서는 고향은 조상의 뼈를 묻고, 동무들과 놀던 곳이라고 했다. 제2수에서는 고향의 경치를 그렸다. 제3수에서는 고향에 대한 그리움이 간절하다고 했다. 제4수에서는 괴롭게 떠돌지 말고 죽어서라도 고향으로 돌아가겠다고 했다.

室生犀星, 〈ふるさとは〉

ふるさとは遠きにありて思ふもの

そして悲しくうたふもの

よしや

うらぶれて異土の乞食かたゐとなるとても

帰るところにあるまじや

ひとり都のゆふぐれに

ふるさとおもひ涙ぐむ

そのこころもて

遠きみやこにかへらばや

遠きみやこにかへらばや

무로오 사이세이, 〈고향은〉

고향은 멀리 두고 생각하는 것.

그리고 슬프게 노래하는 것.

설령

서글프게도 타향에서 거지가 되어도,

돌아갈 곳은 아니겠지

홀로 도시의 해질녘에

고향을 생각하며 눈물짓는

그 마음으로,

먼 서울로 돌아가야지,

먼 서울로 돌아가야지.

일본 근대시인 무로오 사이세이는 고향을 이렇게 노래했다. 고향을 멀리 두고 생각하면서 슬픈 노래를 부른다고 한 것은 예사로운 사연이다. "타향에서 거지가" 되고, "홀로 도시의 해질 녘에 고향을 생각하며 눈물짓는" 신세라면 귀향을 열망해야 하는데, 반대가 되는 말을 했다. 고향으로 가지 않고 "먼 서울로 돌아가야지"라고 했다.

고향으로 돌아가지 않겠다고 한 이유는 밝히지 않았으므로 독자가 추측해야 한다. 돌아가도 실망하기나 하고 위안을 받지 못하라고 생각했다는 것이 쉽게 할 수 있는 일반적인 추측이다. "먼 서울로 돌아가야지"라고 한 말과 연결시켜 생각하면 추측의 범위를 좁힐 수 있다. 고향을 떠난 것은 새로운 삶을 개척하기 위한 선택이고, 서울로 가서 뜻을 이루고자 했을 것이다. 거지가 된 초라한 행색을 고향에서는 면할 수 없으므로, 서울로 다시 가서 더욱 분투해야 한다고 다짐했다고 생각된다.

Freidrich Nietzsche, "Vereinsamt"

Die Krähen schrein
Und ziehen schwirren Flugs zur Stadt:
Bald wird es schnein. −
Wohl dem, der jetzt noch − Heimat hat !

Nun stehst du starr,
Schaust rückwärts, ach! wie lange schon !
Was bist du Narr
Vor Winters in die Welt entflohn ?

Die Welt − ein Tor
Zu tausend Wüsten stumm und kalt !
Wer das verlor,
Was du verlorst, macht nirgends halt.

Nun stehst du bleich,
Zur Winter−Wanderschaft verflucht,
Dem Rauche gleich,
Der stets nach kältern Himmeln sucht.

Flieg, Vogel, schnarr
Dein Lied im Wüstenvogel−Ton !
Versteck, du Narr,
Dein blutend Herz in Eis und Hohn !

Die Krähen schrein
Und ziehen schwirren Flugs zur Stadt:
Bald wird es schnein, −
Weh dem, der keine Heimat hat !

니체, 〈고독〉

까마귀 울부짖고
날개 소리를 내면서 도시로 날아갔다.
곧 눈이 내릴 것이다.
아직도 고향이 있는 사람은 얼마나 즐거운가!

이제 너는 굳은 몸으로
되돌아본다. 아 얼마나 오래 되었나!
너는 바보가 아닌가,
겨울을 앞두고 세상으로 도망쳐 나오다니.

세상은 문이다.
수천 개 사막으로 가는 말없고 차가운 문이다.
네가 잃어버린 것을
잃어버린 사람은 어디서도 멈추지 못한다.

이제 너는 창백한 모습으로 서 있다,
겨울 여행의 저주를 받고.
더 차가운 하늘을 찾아가는
연기인 듯이.

새야 날아라,
사막−새의 곡조로 노래를 불러라.
너 바보야,
피 흐르는 심장을 얼음과 조소 속에 숨겨라.

까마귀 울부짖고
날개 소리를 내면서 도시로 날아갔다.
곧 눈이 내릴 것이다.
고향이 없는 사람은 얼마나 괴로운가!

　　니체는 독일의 철학자이다. 시인이기도 해서 이런 시를 지었다.
고향이 어떤 곳인가는 구체적으로 말하지 않고, 고향을 상실하면
어떤 외로움이나 괴로움이 있는지 말했다.
　　제1·2연에서 한 말을 보자. 까마귀가 울부짖고 날개 소리를 내면
서 날아간 도시는 고향이 아닌 타향이다. 세상이라고 하는 곳이다.
겨울은 시련의 계절이다. 이제 곧 눈이 올 시련의 계절을 앞두고
세상으로 도망쳐 나왔으니 바보다. 제3연에서는 고향을 잃어버리

면 사막 같은 곳에서 헤매고 다니기만 한다고, 제4연에서는 고향을 등지고 겨울 여행을 하는 자는 더 차가운 곳으로 간다고 했다.

이 세 시는 국적이나 언어가 아주 다르다. 차용이나 영향은 있을 수 없다. 그런데도 아주 분명한 공통점이 있다. 특정한 곳이 아닌 고향을 그리워한다. 김소월은 고향이 어디라고 말하지 않고, 고향의 모습을 그리지도 않았다. 무로오 사이세이 "고향은 멀리 두고 생각하는 것"이라고 하고, "먼 서울로 돌아가야지"라고 했다. 니체는 고향은 말하지 않고, 고향 상실을 탄식하기만 했다.

향수 또는 고향 그리움은 타향살이를 한탄하는 소리 이상의 무엇이다. 구태여 정의하면, 심각한 지경에 이른 소외나 고독에서 벗어나고자 하는 원초적인 요구이다. 잃어버린 낙원을 찾아가고자 하는 충동이라고 하면, 이해하기 쉽다. 잘못 선택한 차등을 버리고 본래의 대등으로 되돌아가고자 하는 소망이라고 보면, 긍정적 의의가 확인된다. 누구나 지니고 있으면서 눌러두는 심정인데, 시인이 맡아 드러내 가슴 울렁이게 하는 충격을 준다.

이런 경우에는 누구나 그리워하는 통상적인 의미의 고향이 부정된다. 시인이 특별하게 추구하는 고향이 관심의 대상이 되는 것도 아니다. 고향이라고 하는 것을 비판이나 의문의 대상으로 하고, 자기반성을 한다. 지금 있는 곳이 고향이고. 가고 있는 길이 고향길이라는 깨달음을 얻는 데 이른다.

고향에 실제로 가면 실망한다. 그리워하던 모습과는 딴판이다. 아는 사람이 하나도 없어 너무 외로웠다. 이런 시가 많이 있다. 그 가운데 실망해야 하는 이유를 특히 절실하게 말한 다음 작품을 보자.

5

    고향은 찬양하기만 할 것은 아니다. 고향으로 돌아가면 실망을 한다. 고향을 그리워하는 것이. 착각이거나 망상일 수도 있다.

박용철, 〈고향〉

고향은 찾아 무얼 하리
일가 흩어지고 집 흐너진데
저녁 까마귀 가을 풀에 울고
마을 앞 시내도 옛 자리 바뀌었을라.

어린 때 꿈을 엄마 무덤 위에
남겨두고 떠도는 구름 따라
멈추는 듯 불려온 지 여남은 해
고향은 이제 찾아 무얼 하리.

하늘가에 새 기쁨을 그리어보랴.
남겨둔 무엇일래 못 잊히우랴.
모진 바람아 마음껏 불어쳐라.
흩어진 꽃잎 쉬임 어디 찾는다냐.

험한 발에 짓밟힌 고향 생각
―아득한 꿈엔 달려가는 길이언만―
서로의 굳은 뜻을 남게 앗긴
옛 사랑의 생각 같은 쓰린 심사여라.

    박용철은 한국 근대시인이다. 이 시에서 고향을 찾으면 실망할 것이므로 찾을 필요가 없다고 했다. 사람이 흩어졌을 뿐만 아니라 자연도 바뀌었으리라고 했다. "어릴 적 꿈을 엄마 무덤 위에 남겨두고" 떠났으므로 더 기대할 것이 없다고 일렀다. "험한 발에 짓밟힌 고향 생각"이라고 하면서 살아온 과정이 험해서 고향 상실이 당연하다고 여기고 더 기대할 것이 없다고 했다

Max Jacob, "Mille regrets"

J'ai retrouvé Quimper où sont nés mes quinze premiers ans
Et je n'ai pas retrouvé mes larmes.
Jadis quand j'approchais les pauvres faubourgs blancs
Je pleurais jusqu'à me voiler les arbres.
Cette fois tout est laid, l'arbre est maigre et nain vert
Je viens en étranger parmi des pierres
Mes amis de Paris que j'aime, à qui je dois
D'avoir su faire des livres gâtent les bois
En entraînant ailleurs loin des pins maigres ma pensée
Heureuse et triste aussi d'être entraînée
Plutôt je suis de marbre et rien ne rentre. C'est l'amour
De l'art qui m'a fait moi-même si lourd
Que je ne pleure plus quand je traverse mon pays
Je suis un inconnu : j'ai peur d'être haï.
Ces gens nouveaux qui m'ignorent, je crois qu'ils me haïssent
Et je n'ai plus d'amour pour eux : c'est un supplice.

자코브, 〈천번의 후회〉

태어나 십오 년 동안 살던 켕페르를 다시 찾았다.
그래도 눈물을 다시 찾지는 않았다.
예전에는 흰빛을 띤 가난한 변두리로 다가갈 때면

나무들이 눈을 가릴 만큼 울었다.
이번에는 모든 것이 너절하고, 나무는 마르고 푸른 난장이이다.
나는 이방인이 되어 돌무더기 사이로 돌아왔다.
책 내는 것을 알려주어서 신세를 진,
내가 사랑하는 파리의 벗들이 숲을 망쳤다.
빈약해진 소나무 더미에서 내 생각을
멀리까지 밀어내 행복하다가 슬퍼졌다.
나는 오히려 대리석 인간이라 느낌이 없다.
예술의 사랑이 나를 이처럼 무겁게 만들어
고향을 지나가면서도 울지 않았다.
나는 낯선 사람이다. 미움을 받을까 두렵다.
나를 몰라보는 젊은이들이 나를 미워하리라고 생각한다.
나도 그 사람들에게 애정이 없다. 이것은 고통이다.

자코브는 불국 시인이다. '캥페르'(Quimper)는 브르타뉴에 있는 고풍스러운 도시이다. 자코브는 고향인 그곳에 돌아가 이중의 고통을 겪었다. 알아주는 사람이 없는 이방인이 된 것이 고통이다. 고향이 변해서 자연히 훼손된 모습을 보는 것이 또 하나의 고통이다. 둘 다 자기가 파리에서 가서 작가로 입신하는 동안에 일어난 변화이다.

파리의 벗들이 책 내는 것을 알려주어 시인이 되는 동안, 숲이 망쳐지고 돌무더기만 남게 된 곳에 돌아왔다고 탄식했다. 파리에서 밀어닥친 도시화의 풍조에 자기를 도와준 파리의 벗들이 책임이 있는 듯이 말했다. 전형적인 사태를 자기 체험을 구체적으로 들어 아주 절실하게 말했다.

慧勤,〈臨終偈〉

七十八年歸故鄉
天地山河盡十方
刹刹塵塵皆我造
頭頭物物本眞鄉

혜근,〈세상을 떠나는 노래〉

칠십팔 년 고향으로 돌아가나니,
천지산하의 열 방위 모두에 있는
찰찰진진 모든 것 내가 만들었으며,
두두물물이 본래 진정한 고향이네.

慧勤은 한국 고려후기 선승이다. 懶翁이라는 호로 널리 알려졌다. 세상을 떠나면서 읊은 노래에서 이렇게 말했다.

"천지산하의 열 방위"는 하늘과 땅, 산과 물의 동·서·북동·남동·북서·남서·상·하의 모든 방위를 일컬으며 공간을 총칭한다. "刹刹塵塵의 "찰"은 짧은 시간, "진"은 먼지여서 무수히 많은 미세한 시공이기도 하고, "찰"은 절간, "진"은 먼지이기도 해서 먼지처럼 많은 절간이기도 하다. 어느 쪽이든지 무한한 존재를 말한다. "頭頭物物"의 "두"는 머리를 내민 것이고, "물"은 물건이다. 머리를 내밀고 존재하는 무수한 것들을 말한다.

"진진찰찰"과 "두두물물"은 구별해 적었으나 다르지 않다. 모두 자기 마음으로 만들었으며, 또한 고향이라고 했다. 마음으로 만든 것이라면 假像이다. 그런데 가상이 바로 眞像이라고 하고, 진상이므로 고향이라고 했다. 존재하는 사물이 모두 고향이고 고향이 따로 없다고 일렀다.

太能, 〈無題〉

大地山河是我家
更於何處覓鄉家
見山忘道狂迷客
終日行行不到家

태능, 〈무제〉

대지나 산하가 바로 내 집인데,
어디에서 다시 고향집을 찾으려는가?
산을 보다 길 잃은 미친 나그네
종일토록 가고 가도 집에는 못 가네.

조선후기 선승이가 지은 이 노래는 고향에 대해 아주 다른 말을 했다. 제목을 〈無題〉라고 해서 무엇을 말하며 왜 지었는지 미리 밝히지 않았다. 제1행에서 할 말을 다 했다. 지나 산하가 온통 내가 살고 생각하고, 나와 일체를 이루는 터전이니 어디 가서 찾아야 할 것이 없다. '내 집'[我家]을 버리고 '고향집'[鄉家]이 따로 있다고 찾아나서는 제2행의 노력은 망상에 사로잡혀 헛되다. 제3행에서는 '산'[山]과 '길'[道]을 나누어 말했다. 멀리 있는 산을 바라보고, 지금 가도 있는 길을 잃는 것은 미친 짓이라고 나무랐다. 망상에 사로잡혀 미친 짓을 하니 종일토록 가고 가도 집에 못 간다고 일깨웠다. 인류 공통 마음의 안식처라고 할 수 있는 고향 생각을 일거에 부정했다.

집을 찾는다는 것은 단순한 귀향 이상의 뜻이 있다. 집은 머무를 곳이고, 방황을 끝내는 종착점이며, 탐구해야 하는 진실이기도 하다. 그러나 그 어느 집도 집이 아니어야 집이다. 어디 머물러 방황을 끝내고자 하고 진정을 구태여 가리려고 하는 탓에 모든 가능성을 스스로 차단해버린다. 산하나 대지는 존재하는 모든 것이며 바라보는 대상이다. 존재하는 모든 것을 떠나 진실이 따로 있다는 생각을 없애야 진실을 찾는다는 말이다.

김지하, 〈나그네〉

길 너머
저편에
아무것도 없다.

가야 한다.
나그네는 가는 것,
길에서 죽는 것.

길 너머
저편에
고향 없다.

내 고향은
길
끝없는 하얀 길.

길에는 한 송이
씀바귀
피었다.

김지하는 이 시에서 또 다른 말을 했다. 태능의 〈무제〉와 이것은 나그네가 길을 가면 고향에 이르리라는 기대를 버려야 한다고 한 것이 꼭 같다. 태능은 대지나 산하가 고향이라고 하고, 김지하는 작품에서 가고 있는 길이 고향이라고 했다. 제2연에서 나그네는 가야 하는 길을 가다가 죽는다고 할 때 나타난 슬픔이, 끝없는 하얀 길이 고향이라고 한 제4연에 이르면 깨달음으로 바뀐다. 시에서 고향을 들먹일 때에는 으레 고향을 잃은 슬픔을 말하지만, 여기서는 고향을 잃었다는 생각을 부정하는 깨달음을 얻는다.

무엇을 깨달았는가? 길은 무한하고 인생은 유한하다. 사람은 누구나 끝없는 길을 가고 있는 나그네이므로, 결과에 대해 헛된 기대를 하지 말고 하는 일을 계속 성실하게 하다가 생애를 마치는 것이 마땅하다. 원론에 머무르고 있는 태능의 〈무제〉보다 한 걸음 더 나아가, 실천을 중요시하는 이런 교훈을 얻었다고 하면 너무 범속하고 지나치게 산문적인 이해이다.

제5연에서 한 송이 씀바귀가 길에 피어 있다고 해서, 그런 것을 보는 시심이 또한 소중하다고 일깨워주었다. 씀바귀는 시련을 견디는 생명의 모습을 보여준다. 태능은 눈을 아주 크게 떠서 망상을 떨치라고 하기만 했으나, 김지하는 작은 것의 소중함이 가슴 저리게 와 닿도록 하고, 생명의 소중함을 일깨워준다.

6

정리해 말해보자. 고향은 그리움이다. 무엇이든 그리워하면 아름다워진다. 고향이 아름다운 것은 그리워하기 때문이고, 다른 이유는 있을 수 없다.

자기 고향이 특별하게 아름답다는 것은 그리움이 남다르기 때문이다. 남다르게 특별난 아름다움은 자연에서 벗어나 조작한 물건이다. 능력을 자랑하고, 수입을 늘리는 따위의 차등 확대에나 이용된다. 경계하고 나무하지 않을 수 없다.

그리워하던 고향에 실제로 가면 실망이나 얻는다. 아름다운 환상이 뜻하지 않게 갑자기 깨져 생기는 실망은 악성이다. 견디기 힘들기만 하지 않고, 정신을 혼미하게 하기까지 한다. 이것이 고향 탓이라면서, 고향을 나무라기만 하면 얼마나 우스운가?

고향은 따로 없고, 지금의 이곳이 고향이다. 지금의 삶이 다름아닌 고향살이이다. 이렇게 생각하면 편안하기만 하고, 실망해야 할 이유가 아예 없어진다.

이 삶이 남의 몫인 고생살이라고 여기는 어리석기 그지없는 착각을 버리고, 내가 나날이 사는 것이 나의 고향살이인 줄 바로 알고 아름다움을 찾자. 차등론의 환상에서 아주 벗어나, 만인·만생·만물의 대등을 깨달으면, 아름다움이 감당하기 어려울 만큼 넘친다.

죽음 노래

1

모는 생물은 나면 죽는다. 죽는 것이 당연하다. 이렇게 생각하면, 죽음이 특별하게 문제될 것 없다. 그냥 받아들이면 된다.

사람은 별나다. 죽음에 대해 알려고 한다. 죽음이 끝이 아닐 수 있다고 여긴다. 죽음을 피할 수 있다고 생각한다. 자기가 죽는 것을 보고 싶어 하기도 한다.

죽음에 대해 남다르게 아는 전문가가 있다. 의사나 종교인이 죽음 전문가로 나서서, 다른 사람들은 할 수 없는 일을 한다. 철학자나 시인도 죽음에 대해 각별한 관심을 가졌다면서 무슨 소리를 한다. 이 넷을 비교해 고찰하기로 한다. 고담준론을 피하고, 되도록 알기 쉬운 말을 하기로 한다.

의사나 종교인은 공인된 능력을 가지고, 남들의 죽음을 돌보는 업무에 종사한다. 철학자나 시인은 스스로 키운 식견에 근거를 두고, 자기 죽음에 관해 말하는 것을 활동의 일부로 한다. 업무는 수익이 만족보다 더 큰 일이다. 활동은 수익이 변변치 않아도 만족 때문에 하는 일이다.

의사와 종교인이 남들의 죽음을 실제로 돌보는 방식은 반대이다. 의사는 치료를 잘한다는 말을 들으려고 죽음의 도래를 늦추려고 한다. 죽음이 닥치면, 둘이 임무를 교대한다. 종교인은 그 뒤에 일어나는 일은 자기 소관이라고 하고 맡아 나선다.

둘 다 일정한 절차를 거쳐 전문 능력을 얻었다. 의사는 검증된 내용의 의학을 공부해 공인된 능력을 얻었다. 종교인이 교리를 습득해 얻었다고 하는 능력은, 종교나 교파에 따라 다르다. 의사는, 검증된 의학에서 밝힌 사실이 얼마 되지 않아 의사는 죽음에 대해 말해 줄 것이 거의 없다. 환자가 죽으면 그냥 물러날 따름이다. 종교인은 전문 능력을 의식 거행에서 발휘해, 죽은 사람을 좋은 곳으로 가도록 한다고 한다.

좋은 곳을 천국이니 극락이니 하는 것까지는 여러 종교가 거의 같다. 불교는 그 정도에 그치지 않고 더 나아간다. 좋은 곳에 다시 태어나라고 하고, 윤회에서 벗어나라고도 한다. 소망의 수준을 이렇게 높이면, 사제자 승려의 기여는 줄어들고 당사자의 업보나 수도가 더 큰 작용을 한다. 그 어느 쪽도 원론을 재확인하기니 해서 자료를 여럿 들어 구체적으로 고찰할 흥미는 없다.

철학자나 시인은 남들의 죽음이 아닌 자기의 죽음을 문제로 한다. 일정한 절차를 거쳐 전문 능력을 가지고 남다른 업무에 종사하지 않고, 누구나 할 수 있는 생각을 더 깊고 절실하게 한다. 철학자는 자기의 죽음을 죽음 일반에 대해 고찰하는 예증으로 삼고, 생각을 더 깊이 하는 데 힘쓴다. 시인은 자기의 죽음이 특별해 절실한 의미가 남다른 것을 말하려고 한다.

죽음 철학은 비슷한 소리를 복잡하고 어렵게 하는 시합이나 하고 있어 모아 고찰한다면 수고에 비해 소득이 적다. 죽음 노래는 보아라! 백화만발한 꽃동산을 이루고 있다. 탐구하는 학자가 벌이 되어 돌아다니며 벌꿀에 견줄 수 있는 창조물을 만들어내기 아주 좋다.

Theodor Storm, "Beginn des Endes"

Ein Punkt nur ist es, kaum ein Schmerz,
Nur ein Gefühl, empfunden eben;
Und dennoch spricht es stets darein,
Und dennoch stört es dich zu leben.

Wenn du es andern klagen willst,
So kannst du's nicht in Worte fassen.
Du sagst dir selber: »Es ist nichts!«
Und dennoch will es dich nicht lassen.

So seltsam fremd wird dir die Welt,
Und leis verläßt dich alles Hoffen,
Bist du es endlich, endlich weißt,
Daß dich des Todes Pfeil getroffen.

슈토름, 〈종말의 시작〉

그것은 고통이라고 할 것이 아니고
조금 전에 알아차리는 점 하나일 따름이다.
그런데도 그대를 언제나 유혹하고
그런데도 그대의 삶을 어지럽힌다.

그대가 다른 사람에게 하소연하려고 해도
말로는 어떻게 해볼 수가 없다.
그대는 스스로 말한다, "아무것도 아니다"라고.
그런데도 그것이 그대로 놓아주지 않는다.

그래서 이상하게도 세상이 낯설게 느껴지고,
조용히 모든 희망이 그대를 떠난다.
그대가 마침내 알아차릴 때까지

죽음의 화살이 그대에게 적중하는 것을.

독일 근대시인 슈토름은 시간에 관해 좀 더 심각한 말을 했다. 시간을 멈출 수 없어 죽음이 다가온다. 죽음은 삶의 종말이다. 종말이 다가오는 순간을 "종말의 시작"이라고 하고, 이에 관해 집중적인 고찰을 했다. 독자도 움직임을 멈추고 깊이 생각하게 했다.

죽는 것은 한순간이어서 "점 하나"라고 했다. 점 하나가 절대적인 작용을 해서 벗어나지 못하게 하고 모든 희망을 버리게 한다. 누구의 도움을 청할 수 없고, 아무 것도 아니라고 부인해도 소용이 없다. 이상하게도 세상이 낯설게 느껴지다가 모든 관계가 끝난다. 시인은 자기가 죽어본 듯이 말해 죽는 순간이 다가온다는 것을 미리 알고 마음의 준비를 하고 있으라고 했다.

죽음이 시간의 횡포라고 여겨 벗어나려고 하거나 항변을 하지 말고, 조용히 따르라고 했다. 죽은 다음 어떻게 되는가에 대해서 말하지 않았다. 그것은 시인의 관심사가 아니고 독자가 알아야 할 일도 아니다. 알아야 할 것만 조용한 어조로 일러주고 시가 끝났다.

구상, 〈임종 예습〉
흰 홑이불에 덮여
앰블런스에 실려간다.

밤하늘이 거꾸로 발 밑에 드리우며
죽음의 아슬한 수렁을 짓는다.

이 채로 굳어 뻗어진 내 송장과
사그라져 앙상한 내 해골이 떠오른다.

돌이켜보아야 착오투성이 한평생
영원한 동산에다 꽃 피울 사랑커녕
땀과 눈물의 새싹도 못 지녔다.

이제 허둥댔자 부질없는 노릇이지…

"아버지 저의 영혼을
당신 손에 맡기나이다"

시늉만 했지 옳게 섬기지는 못한
그분의 최후 말씀을 부지중 외우면서
나는 모든 상념에서 벗어난다.

또 숨이 차온다.

　　한국 현대시인 구상은 죽음에 대해 이렇게 노래했다. 죽음에 이르
는 과정을 실감 나게 묘사했다. 신앙에 의지해 죽음의 공포에서 벗
어나고자 하면서도 확신이 없다. 제목을 〈임종 연습〉이라고 했다.
시에서 말한 사항을 마음에 새기면서 임종 연습을 한다는 말이다.
　　죽음은 피할 수 없으므로 받아들여야 한다. 어떤 과정을 거쳐 죽
게 되는지 미리 헤아려 준비하고 연습하는 것 외에 다른 대책은 없
다. 유한한 인간은 무한한 시간 앞에서 무력해 삶의 종말인 죽음을
받아들여야 한다. 무한한 신을 믿고 구원을 받고자 하지만 뜻대로
이루어지지 않는다.

寒山, 〈白鶴…〉

白鶴銜苦桃
千里作一息

欲往蓬萊山
將此充糧食
未達毛摧落
離群心慘惻
卻歸舊來巢
妻子不相識

한산, 〈백학이...〉

백학이 고행의 복숭아를 물고
천리를 가다가 한 번 쉰다.
봉래산에 가려고 하면서
그것을 양식으로 삼는다,
도착하기 전에 털이 빠지고,
무리를 떠나 마음이 착잡하다.
물러나 옛 둥지로 돌아오니
처자가 알아보지 못한다.

호를 한산이라고 하고, 성명과 생애는 밝혀지지 않은 중국 당나라 隱士가 〈寒山詩〉라는 시집을 남겼다. 추운 산에 들어가 숨어 살면서 세속의 욕망을 버리고 마음을 닦는다고 한 데 공감하는 사람들이 애독한다. 이 시에서는 백학과 같은 구도자가 되어 멀리 떠나가기를 바라다가 실패한 사람의 이야기를 백학을 주인공으로 삼고 했다. 탈속의 수도가 지나친 것은 경계했다.

멀고 아득한 신선의 세계로 가려고 별난 방법으로 고행을 하는 것은 잘못이다. 무리한 시도를 하면 자기 몸이 손상되기만 한다. 남들과는 다른 길을 찾으려고 하다가 비참하게 된다. 집에 돌아와도 처자가 알아보지 못할 지경이 되니 얼마나 가련한가. 이런 말을

하면서, 시간의 구속에서 벗어나고 죽음을 넘어서려고 하는 무리한
시도는 그만두어야 한다고 했다.

W. B. Yeats, "Death"

Nor dread nor hope attend
A dying animal;
A man awaits his end
Dreading and hoping all;
Many times he died,
Many times rose again.
A great man in his pride
Confronting murderous men
Casts derision upon
Supersession of breath;
He knows death to the bone...
Man has created death.

예이츠, 〈죽음〉

두려움도 희망도 따르지 않는다,
죽어가는 동물에게는.
사람은 종말을 기다린다.
모든 것을 꿈꾸고 바라면서.
사람은 여러 번 죽고,
여러 번 일어난다.
위대한 사람은 자존심을 가지고
살인자들과 맞선다.
죽음을 없앤다는 데 대해
조소를 보낸다.

뼛속까지 죽음에 관해 안다.
사람이 죽음을 창조했다.

아일랜드의 이름난 시인 예이츠는 죽음에 대해 이렇게 말했다. 동물은 그냥 죽지만, 사람은 죽음에 대해 생각한다. 죽음에서 많은 것을 기대한다. 자기 생각 속에서 여러 번 죽고 일어난다. 여기까지는 모든 사람에게 동일한 사항이다.

위대한 사람은 두 가지 점에서 다르다고 했다. 살인자들과 당당하게 맞선다. 죽음을 두려워하지 않기 때문이다. 죽음을 없앤다고 하는, 죽지 않게 해준다고 하는 갖가지 신앙이나 언설에 대해서 조소를 보낸다.

위대한 사람은 예사 사람과 다르다고 할 것만은 아니다. 사람은 누구나 뼛속까지 죽음에 관해 안다. 알고 있는 것이 사람의 죽음이다. 사람의 죽음은 동물의 경우와 마찬가지로 생명이 종말에 이르는 자연적인 과정이 아니고, 사람이 알고 생각해낸 창조물이다.

2

陶淵明, 〈挽歌〉

有生必有死
早終非命促
昨暮同爲人
今旦在鬼錄
魂氣散何之
枯形寄空木
嬌兒索父啼

良友撫我哭
得失不復知
是非安能覺
千秋萬歲後
誰知榮與辱
但恨在世時
飲酒不得足

在昔無酒食
今但湛空觴
春醪生浮蟻
何時更能嘗
肴案盈我前
親舊哭我傍
欲語口無音
欲視眼無光
昔在高堂寢
今宿荒草鄉
一朝出門去
歸來夜未央

荒草何茫茫
白楊亦蕭蕭
嚴霜九月中
送我出遠郊
四面無人居
高墳正嶕嶢
馬爲仰天鳴
風爲自蕭條
幽室一已閉
千年不復朝

千年不復朝
賢達無奈何
向來相送人
各已歸其家
親戚或餘悲
他人亦已歌
死去何所道
托體同山阿

도연명, 〈만가〉
삶이 있으면 반드시 죽음이 있으니,
일찍 끝나도 명을 재촉한 것은 아니다.
어제 저녁에는 다 같은 사람이다가
오늘 아침에는 귀신 명부에 올라 있다.
혼은 흩어져 어디로 가버리고,
말라빠진 신체만 빈 나무를 기댄다.
귀여운 아들 아비 찾아 울고
좋은 벗들 나를 잡고 곡한다.
득실을 다시 알지 못하니
시비인들 어찌 깨닫겠는가.
천 년 만 년 지난 다음에
누가 알리오 영화나 치욕을.
다만 한스러운 것은 살아서
술을 흡족하게 마시지 못함이라.

전에는 마실 술이 없더니,
지금은 비었던 잔에 넘친다.
봄 막걸리에 거품이 일어난 것을

어느 때 다시 맛볼 수 있겠는가.
안주 상 내 앞에 가득 차려놓고
친구들이 내 곁에서 곡을 하는구나.
말을 하고 싶어도 입에 소리가 없고,
보고 싶으나 눈에는 빛이 없구나.
전에는 높은 집에서 잤는데,
지금은 풀 거친 곳에서 묵는구나.
하루아침에 문을 나서버리면
밤이 밝지 않을 때야 오리라.

거친 풀은 어찌 그리 아득하며
백양나무 또한 쓸쓸하기만 하다.
된서리 내리는 구월중에
나를 보내려고 먼 교외로 나왔구나.
사면에 사는 사람은 없고
높은 무덤 우뚝우뚝 솟아 있다.
말은 하늘을 쳐다보고 울고,
바람은 스스로 쓸쓸하게 분다.
깊은 방 한 번 닫혀버리면
천년이 되어도 다시 날 새지 않으리라.
천년이 되어도 다시 날 새지 않으니
현명하고 통달한 사람도 어쩔 수 없다.
이제껏 나를 전송한 사람들이
각기 자기 집으로 돌아가는구나.
친척들은 남은 슬픔 있을 수 있으나,
타인은 역시 벌써 노래를 부른다.
죽어 가면 무엇을 말하겠는가,
몸을 맡겨 산이나 언덕과 같아지니.

'輓'이라는 한자는 죽은 사람을 애도한다는 뜻이다. 애도하는 노래는 '輓歌'는 '상여소리'이다. 여기서는 '輓' 대신에 음과 뜻이 같은 '挽'을 사용했다.

陶淵明은 죽기 몇 달 전에 자기가 상두꾼을 이끄는 앞소리꾼 노릇을 하면서 만가 세 수를 지었다. 제1수는 納棺, 제2수는 葬途, 제3수는 埋葬을 다루었다. 자기의 장례절차를 차례대로 그리면서 소감을 말했다. 자기가 죽으면 어떤 생각을 할 것인지 알렸다. 죽은 사람이 자기의 장례가 진행되는 광경을 본다고 하면서 보이는 것을 그렸다.

보면서도 말은 하지 못한다고 하다가, 빛이 없어 보지도 못한다고 제2수에서 말했다. 죽으면 어디로 가는지는 말하지 않고 돌아올 수 없다고 하기만 했다. 죽어서 가 있는 곳은 풀이 거칠고 밤이 계속된다고 말했다. 죽어 묻힌 곳이 황량하고 쓸쓸하다고 제3수에서 거듭 말했다.

제1수에서 한 번 "혼은 흩어져 어디로 가버리고"라고 하기만 하고, 죽은 다음에 신체가 어떻게 되는지 말하기만 했다. 신체가 산이나 언덕과 같아진다고 제3수 말미에서 말했다. 죽어서 다른 곳으로 간다는 말은 전혀 없다. 내세는 전혀 생각하지 않았다.

죽음은 당연하게 받아들여야 하고, 일찍 죽어도 원통해 할 것 없다고 했다. 죽으면 득실이나 시비를 모르고, 죽고 오래되면 영욕을 아는 사람도 없다고 했다. 죽음은 망각의 세계라고 했다. 죽으면 잘나고 못난 것이 소용이 없어지고 누구나 대등하게 된다고 했다. 죽는 것이 불만스럽지 않지만 술을 흡족하게 마시지 못해 한탄스럽다고 술타령을 했다.

대단한 시인이라고 높이 평가되는 陶淵明이 명성 이전의 모습을 보여주었다. 죽음에 대한 생각이 범속하기만 해서 예사 사람과 다

를 바 없는 것을 알게 한다. 사람은 누구나 마찬가지라는 지극히
단순한 사실을 알려주는 것이 시인의 임무가 아닌가?

Pierre de Ronsar, "Les derniers vers"

Je n'ai plus que les os, un squelette je semble,
Décharné, dénervé, démusclé, dépoulpé,
Que le trait de la mort sans pardon a frappé ;
Je n'ose voir mes bras que de peur je ne tremble.

Apollon et son fils, deux grands maîtres ensemble,
Ne me sauraient guérir, leur métier m'a trompé.
Adieu, plaisant soleil, mon œil est étoupé,
Mon corps s'en va descendre où tout se désassemble.

Quel ami me voyant en ce point dépouillé
Ne remporte au logis un œil triste et mouillé,
Me consolant au lit et me baisant la face,

En essuyant mes yeux par la mort endormis ?
Adieu, chers compagnons, adieu, mes chers amis,
Je m'en vais le premier vous préparer la place.

롱사르, 〈마지막 시구〉

나는 이제 뼈만 남아, 해골같이 되었다.
살 빠지고, 힘줄 늘어나고, 근육 풀리고, 말랐다.
죽음이라는 것이 가차 없이 와서 때린다.
몸이 떨려 차마 내 팔을 볼 수 없구나.

아폴로와 그 아들, 두 명의가 함께 와도
내 병을 낫게 하지 못해, 의술이 소용없다.

잘 있어라, 즐거운 태양이여, 내 눈이 감긴다.
내 몸은 모든 것이 흩어지는 곳으로 내려간다.

어느 벗이 肉脫하는 이 시점에 나를 보고,
슬픔에 젖어 있는 시선을 집으로는 보내지 못하면서,
누워 있는 나를 위로하고, 내 얼굴에 입 맞춘다.

잠든 듯이 죽어 있는 내 눈을 닦아줄 것인가?
잘 있어라, 다정한 친구들아, 잘 있어라, 다정한 벗들아,
내가 먼저 가서 그대들의 자리를 준비한다.

불국의 시 개척자 롱사르가 일찍이 죽음에 이르는 과정을 이렇게 말했다. 죽게 되는 일은 어쩔 수 없다고 했다. 죽을병이 들어, 명의라고 알려진 고대 그리스 신화의 아폴로(Apollo, Apollon)나 그 아들(그리스에서는 Asklepios, 로마에서는 Esculape)도 구해줄 수 없다고 했다. 흔히 할 수 있는 말을 사려 깊게 해서 격조 높은 시를 이룩하는 본보기를 죽으면서도 보여준 것이 예사롭지 않다.

비통하지만 차분한 자세로, 자기가 쇠약해져서 죽게 되는 과정을 자초지종 살폈다. 모든 것을 단념하니 여유가 있고 어조가 부드럽다. 즐거운 태양에도, 다정한 벗들에게도 예의를 갖추어 작별을 고하는 것을 잊지 않고, 누가 와서 어떻게 해도 도움이 되지 않는다고 친절하게 일러주었다. 저승에 먼저 가서 남아 있는 사람들을 위한 자리를 마련하겠다고 하면서, 자기가 도리어 위로하는 말을 했다.

노천명, 〈고별〉
어제 나에게 찬사와 꽃다발을 던지고
우레 같은 박수를 보내주던 人士들

오늘은 멸시의 눈초리로 혹은 무심히
내 앞을 지나쳐 버린다.

청춘을 바친 이 땅
오늘 내 머리에는 용수가 씌어졌다.

고도에라도 좋으니 차라리 머언 곳으로
나를 보내다오.
뱃사공은 나와 방언이 달라도 좋다.

내가 떠나면
정든 책상은 고물상이 업어갈 것이고
아끼던 책들은 천덕꾼이 되어 장터로 나갈게다.

나와 친하던 이들, 또 나를 시기하던 이들
잔을 들어라. 그대들과 나 사이에
마지막인 작별의 잔을 높이 들자.

우정이라는 것, 또 신의라는 것,
이것은 다 어디 있는 것이냐
생쥐에게나 뜯어 먹게 던져 주어라.

온갖 화근이었던 이름 석 자를
갈기갈기 찢어서 바다에 던져버리련다.
나를 어디 떨어진 섬으로 멀리멀리 보내다오.

눈물 어린 얼굴을 돌이키고
나는 이곳을 떠나련다.
개 짖는 마을들아
닭이 새벽을 알리는 村家들아

잘 있거라.

별이 있고
하늘이 있고
거기 자유가 닫혀지지 않는 곳이라면.

한국 근대 여성시인 노천명은 자기가 죽으면 어떻게 되는지 예상해서 이 시를 썼다. 말이 왔다 갔다 해서 종잡을 수 없는 듯하지만, 자기의 죽음에 대한 생각이 네 가닥 나타나 있는 것을 가려낼 수 있다. 가벼운 데서 시작해 심각한 데로 나아가는 순서로 정리하고, [가]에서 [라]까지로 지칭한다.

[가] 제4연과 제6연에서 정든 것들을 버리고 떠나니 서운하다고 했다. 흔히 있을 수 있는 생각이다. [나] 제1연에서는 찬사를 보내던 사람들이 "멸시의 눈초리로 혹은 무심히" 죽은 자기 앞을 지나가고, 제6연에서는 죽으면 우정이나 신의가 소용이 없게 된다고 했다. 죽으면 자기가 무시될까 염려해서 한 말이다. [다] 제2연에서는 머리에 "용수"를 쓴 죄인이 되어 떠나간다고 하고, 제7연에서는 "이름석 자"가 화근이었으므로 찢어서 버리겠다고 했다. 살아 있는 동안 시련을 겪어 원통하다고 했다. [라] 제3연에서는 멀리 가고 싶다고 하고, 제9연에서는 별과 하늘이 있고, "자유가 닫혀지지 않는" 곳으로 가고 싶다고 했다. 죽어서는 어떤 소망이라도 실현하는 자유를 얻고 싶다고 했다.

[가]는 이별에 으레 따르는 소감이다. [나]는 남들과의 관계를 염려하면서 살았음을 말해준다. [다]는 부당한 세상과 맞서다가 피해자가 되었다고 하는 심각한 사연이다. [라]는 죽음이 종말이 아니고 해방을 이룩하는 새로운 시작이라는 말이다.

시인은 자기 만가를 부르고자 한다. 자기의 죽음을 알고, 보고, 말하고자 한다. 예사 사람도 하는 생각을 시인이 이런 시를 나타낸 다. 누구나 이런 시를 자기가 하는 말이라고 여기면서 읽을 수 있다.

3

François Villon, "Épitaphe, la ballade des pendus"

Frères humains, qui après nous vivez,
N'ayez les coeurs contre nous endurcis,
Car, si pitié de nous pauvres avez,
Dieu en aura plus tôt de vous mercis.
Vous nous voyez ci attachés, cinq, six :
Quant à la chair, que trop avons nourrie,
Elle est piéça dévorée et pourrie,
Et nous, les os, devenons cendre et poudre.
De notre mal personne ne s'en rie ;
Mais priez Dieu que tous nous veuille absoudre !

Se frères vous clamons, pas n'en devez
Avoir dédain, quoique fûmes occis
Par justice. Toutefois, vous savez
Que tous hommes n'ont pas bon sens rassis.
Excusez-nous, puisque sommes transis,
Envers le fils de la Vierge Marie,
Que sa grâce ne soit pour nous tarie,
Nous préservant de l'infernale tarie.
Nous sommes morts, âme ne nous harie,
Mais priez Dieu que tous nous veuille absoudre !

La pluie nous a débués et lavés,

Et le soleil desséchés et noircis.
Pies, corbeaux nous ont les yeux cavés,
Et arraché la barbe et les sourcils.
Jamais nul temps nous ne sommes assis
Puis çà, puis là, comme le vent varie,
A son plaisir sans cesser nous charrie,
Plus becquetés d'oiseaux que dés à coudre.
Ne soyez donc de notre confrérie ;
Mais priez Dieu que tous nous veuille absoudre !

Prince Jésus, qui sur tous a maistrie,
Garde qu'Enfer n'ait de nous seigneurie :
A lui n'ayons que faire ne que soudre.
Hommes, ici n'a point de moquerie ;
Mais priez Dieu que tous nous veuille absoudre !

뷔용, 〈묘비명, 교수형을 당한 사람들의 노래〉

우리 뒤에 살고 있을 인간 형제들이여,
냉혹한 마음으로 우리를 대하지 말아달라.
가여운 우리에게 동정심을 가진다면,
신이 곧 그대들에게 자비를 베풀 것이다.
그대들이 보다시피 여기 대여섯씩 매달려,
너무 많이 먹어 불어나게 했던 살이
오래전에 이미 헤어지고 썩어버리고,
우리 해골이 재나 먼지가 되고 있다.
누구도 우리의 불운을 비웃지 말고,
우리가 용서받도록 모두 기도해다오.

그대들을 형제라 부른다고 멸시하지 말아라,

우리가 비록 법에 따라 처형되었어도.
그대들은 알고 있으리라, 사람이 누구나
상식을 확고하게 지니기만 하지 않은 것을.
용서해주게나, 우리는 이미 죽었으니.
성모님의 아들을 향해 기원해다오
우리에게 베푸시는 은총이 마르지 않도록.
지옥의 벼락에서 우리를 지켜주시도록.
우리는 죽었으니 누구도 괴롭히지 말고,
우리가 용서받도록 모두 기도해다오.

비가 우리를 씻고 닦아 주고,
햇빛은 말리고 검게 해준다.
까막까치는 우리 눈을 파내고,
수염과 눈썹까지 쪼아댄다.
우리는 잠시도 조용히 있지 못한다.
이리저리 다니며 모습을 바꾸는 바람이
우리를 제 멋대로 끌고 다닌다.
새들이 쪼아 먹은 꼴이 골무보다 더 사납다.
우리 같은 패거리가 되지 않기 바라고,
우리가 용서받도록 모두 기도해다오

모든 것을 주관하시는 왕자 예수여,
지옥이 우리를 덮치지 않도록 지켜주소서.
그곳에서 해야 할 일도 거래할 것도 없으며,
사람들이여 이 말은 비웃을 것이 아니다.
우리가 용서받도록 모두 기도해다오.

15세기 불국 시인 비용이 남긴 것으로 알려진 묘비명이다. 살인

죄를 짓고 도망 다니다가 잡혀 교수형을 당하게 된 자기 자신과 동료들이 하는 말로 묘비명 시를 지었다. 사람은 누구나 극단적인 상황에 처할 수 있으니 남의 불운을 보고 비웃지 말아 달라고 했다. 교수형을 당하지 않는다고 해도 죽지 않는 것은 아니다. 누구나 겪어야 하는 최후의 본보기를 보여주었다.

William Shakespeare, "No Longer Mourn for Me When I Am Dead..."

No longer mourn for me when I am dead
Than you shall hear the surly sullen bell
Give warning to the world that I am fled
From this vile world with vilest worms to dwell;
Nay, if you read this line, remember not
The hand that writ it; for I love you so,
That I in your sweet thoughts would be forgot,
If thinking on me then should make you woe.
O, if I say, you look upon this verse,
When I perhaps compounded am with clay,
Do not so much as my poor name rehearse,
But let your love even with my life decay,
Lest the wise world should look into your moan,
And mock you with me after I am gone.

셰익스피어, 〈내가 죽거들랑 나를 위해 더 애도하지 말아라...〉

내가 죽거들랑 나를 위해 더 애도하지 말아라.
음울하고 무례한 종소리를 듣는 것 이상으로.
세상에 경고하라, 나는 이 더러운 세상에서
가장 더러운 구더기들과 살다가 떠나갔다고.

이 시를 보고도 쓴 손을 기억하지 말아라.
내가 너를 지극히 사랑하기 때문이다.
너의 감미로운 생각에서 잊어주기를 바란다.
나를 생각하는 것은 너를 슬프게 하기만 한다.
네가 이 시를 혹시 보게 된다고 해도
나는 이미 흙과 섞여버렸을 것이므로,
나의 변변치 못한 이름 입 밖에 내지 말아라.
너의 사랑도 나의 생명과 함께 썩게 하여라.
잘난 세상이 네가 나를 애도하는 것을 보고
가버린 나를 가지고 너를 조롱하지 않도록.

셰익스피어는 영국의 이름난 극작가이다. 14행시 소네트 연작으로 서정시도 지었다. 이 작품은 그 가운데 71번째이다. 독립된 제목이 없어 첫 줄로 제목을 대신한다.

이 시에서 더러운 세상에 대한 반감을 강하게 나타냈다. "가장 더러운 구더기들과 살다가 떠나"간 자기를 애도하지 말고 잊어버리고, 이름을 입 밖에 내지 말라고 했다. 죽어서 시빗거리가 되지 않기를, 자기 때문에 사랑하는 사람이 곤란을 당하지 않기를 바란다고 했다.

셰익스피어가 오늘날은 높이 평가되지만, 창피스럽게 살아야 했던 것을 알 수 있게 한다. 잘난 체하면서 자기를 박해하던 사람들에게 하고 싶은 말을 능청스럽게 둘러서 전하는 방법을 시에서 찾았다. 셰익스피어는 비열한 무리가 하는 짓을 꿰뚫어 보면서 반감을 사지 않고 적절하게 시비하는 표현을 다채롭게 개발한 대단한 작가이다.

죽으면서 불만을 나타내고 싶은 사람들은 위와 같은 시를 남겼다. 창피스럽게 살고, 불명예를 감수해야 하고, 그냥 죽기는 원통하다는 말을 무엇이든 할 수 있는 시에다 쏟아놓았다. 이런 시가 동아시아에도 있는지 의문이다. 사형장으로 끌려가던 사육신 成三間(성삼문)이 남긴 사연은 다음과 같은 간접적인 표현을 사용했다.

이 몸이 죽어가서 무엇이 될꼬 하니,
蓬萊山 제일봉에 낙락장송 되어 있어,
白雪이 滿乾坤할 제 獨也靑靑 하리라.

蓬萊山은 신선이 산다고 하는 세상 밖의 먼 산이다. "白雪이 滿乾坤할 제 獨也靑靑 하리라"는 "흰 눈이 하늘과 땅에 가득 찰 때 홀로 푸르고 푸르리라"라고 하는 말이다. 죽어서도 세상의 풍조를 거스르고 절개를 분명하게 하겠다고 했다.

4

John Donne, "Death, Be Not Proud"

Death, be not proud, though some have called thee
Mighty and dreadful, for thou art not so;
For those whom thou think'st thou dost overthrow
Die not, poor Death, nor yet canst thou kill me.
From rest and sleep, which but thy pictures be,
Much pleasure; then from thee much more must flow,
And soonest our best men with thee do go,
Rest of their bones, and soul's delivery.
Thou art slave to fate, chance, kings, and desperate men,

And dost with poison, war, and sickness dwell,
And poppy or charms can make us sleep as well
And better than thy stroke; why swell'st thou then?
One short sleep past, we wake eternally
And death shall be no more; Death, thou shalt die.

던, 〈죽음이여, 뽐내지 말아라〉

죽음아 뽐내지 말아라, 어떤 이들은 너를
힘세고 무섭다고 하지만, 그렇지 못하다.
네가 쓰러뜨렸다고 여기는 이들도 죽지 않았다.
가련한 죽음아, 너는 나를 죽이지 못한다.
너의 그림일 뿐인 휴식과 잠에서도
많은 즐거움을 얻으니, 너라면 훨씬 환영하리라.
최상의 인물들이라도 너와 함께 빨리 가리라,
육신의 휴식과 영혼의 해방을 얻으려고,
너는 운명, 우연, 국왕, 막돼먹은 녀석들의 노예,
독약, 전쟁, 질병과 더불어 사는 녀석이다.
마약이나 마법도 네가 어루만지는 것보다 더 잘
우리를 잠들게 할 수 있는데, 너는 왜 뽐내는가?
잠시 동안 잠이 지나가면, 우리는 마침내 깨어나
더 죽어 있지 않아, 죽음아 너는 죽을 것이다.

죽음을 "너"라고 불러 의인화하고, 만만한 상대로 만들어 여러 말을 둘러대면서 최대한 격하했다. [가] 죽음은 두렵지 않다. 휴식을 얻기 위해 죽음을 즐겨 맞을 것이니 죽음이 뽐내지 말라고 했다. [나] 죽음은 위대한 존재가 아니다. 운명, 우연, 국왕, 막돼먹은 녀석들의 노예이다. 독약, 전쟁, 질병의 동거자이다. 마약이나 마법과 같은 짓을 한다. 이렇게 말했다. 죽게 되는 이유는 경우에 따라서 갖가지로 다르므로 죽음이라고 총칭해야 할 것이 따로 없다고 했다. [다] 얼마 동안 잠자듯이 죽었다가 다시 깨어난다. 사람은 죽지 않고, 죽음이 죽는다고 했다.

[가]에서는 죽음을 두려워하지 말자고 하는 심리적 위안을 말했다. 누구나 할 수 있는 말이다. [나]에서는 죽음의 양상을 말했다. 아무리 조심해도 피할 수 없이 죽게 만드는 것들이 여기저기 무수히 많다는 것을 알고, 죽음이 뜻밖의 일이라고 여기지 말자고 했다. 죽게 만드는 것들에 [a] 운명과 우연 같은 불가항력, [b] 국왕이나 막돼먹은 녀석들 같은 횡포한 가해자, [c] 독약, 전쟁, 질병은 직접적인 요인, [d] 마약이나 마법 같은 간접적인 요인이 포함된다. 험악한 세상에 살고 있어서, 이 모두를 피할 길은 없다고 했다. [다]에서는 부활을 믿는 기독교 신앙에 의해 죽음을 부정했다. 죽음을 부정하고 "죽음아 너는 죽을 것이다"라고 했다.

죽음과의 싸움에서 말로는 이긴 것 같다. 죽음은 말이 없어 반론을 제기하지 않는 것을 승리한 증거로 삼았다. 그러나 죽음은 죽음이다. 정체를 알고 적절하게 대응하면 두려움을 줄일 수 있다는 것을 죽음과 싸워 이겼다고 뽐내는 것은 잘못이다.

Dylan Thomas, "And Death Shall Have No Dominion"

And death shall have no dominion.
Dead man naked they shall be one
With the man in the wind and the west moon;
When their bones are picked clean and the clean bones gone,
They shall have stars at elbow and foot;
Though they go mad they shall be sane,

Though they sink through the sea they shall rise again;
Though lovers be lost love shall not;
And death shall have no dominion.

And death shall have no dominion.
Under the windings of the sea
They lying long shall not die windily;
Twisting on racks when sinews give way,
Strapped to a wheel, yet they shall not break;
Faith in their hands shall snap in two,
And the unicorn evils run them through;
Split all ends up they shan't crack;
And death shall have no dominion.

And death shall have no dominion.
No more may gulls cry at their ears
Or waves break loud on the seashores;
Where blew a flower may a flower no more
Lift its head to the blows of the rain;
Though they be mad and dead as nails,
Heads of the characters hammer through daisies;
Break in the sun till the sun breaks down,
And death shall have no dominion.

딜런 토마스, 〈죽음의 지배를 받지 않으리라〉

죽음의 지배를 받지 않으리라.
죽은 사람은 알몸이라 하나가 되리라.
바람이나 서쪽 달에 있는 사람과도.
골라내 씻은 뼈다귀마저 사그러지면
팔꿈치나 발에 별이 뜨리라.

미쳤더라도 미치지 않고,
바다에 빠졌더라도 솟아오르고,
연인을 잃어도 사랑은 잃지 않을 것이다.
죽음의 지배를 받지 않으리라.

죽음의 지배를 받지 않으리라.
굽이치는 바다 아래 오래 누웠어도
바람에 사라지듯 죽지는 않으리라.
고문대에서 뒤틀려 힘줄이 끊어져도,
바퀴에 묶여도, 부서지지는 않으리라.
저들의 손에서 신앙이 두 동강나도,
일각수의 악행이 관통해 지나가도,
모든 것이 망가져도, 깨어지지는 않으리라.
죽음의 지배를 받지 않으리라.

죽음의 지배를 받지 않으리라.
이제는 갈매기들이 귓전에서 울지 않고,
파도가 해안에 부딪쳐 소리내지도 않으리라.
꽃이 날려가 꽃이라고는 없는 곳에서
꽃 머리가 비를 맞으면서 쳐들리라.
미쳐서 완전히 죽어버리더라도
사람들 머리가 아름다운 꽃 속에서 쿵쿵거리고,
해가 질 때까지 해에 끼어들리라.
죽음의 지배를 받지 않으리라.

   딜란 토마스는 웨일즈 출신의 영국 시인이다. 죽음에 관한 생각
을 길게 피력하는 이런 시를 지었다. 내용이 복잡해 설명이 많이
필요하다.

"And Death Shall Have No Dominion"라는 시 제목은 성서 《로마서》 6장 9절 "and death hath no more dominion over him"(그리고 사망이 그를 주장하지 못한다)에서 따왔다. 예수가 죽은 다음에 부활한 것은 먼저 말하고 말을 이어 "and"라는 접속사가 있다. 예수를 뜻하는 "him"(그를)은 버렸다. "그리고"를 앞세우면 어색해 〈죽음의 지배를 받지 않으리라〉라고만 번역하기로 한다.

설명이 있어야 이해되는 대목이 여럿 있다. 죽은 사람은 "알몸"이 된다는 것은 살면서 지닌 모든 것을 버린다는 뜻이다. 구별되는 특징이 없어서 누구와도 같다는 것을 "하나가 된다"고 했다. 그 범위가 "바람이나 서쪽 달에 있는 사람"에게까지 이르러 자연과 합치되는 경지를 공유한다고 했다. 육신이 사그라져도 혼이 남아 있어 저 멀리 별들 가까이까지 갈 것이라고 했다. 살아서 원통한 사정이 있으면 죽은 다음에는 풀리리라고 했다.

"unicorn"(일각수)는 신화에 나오는 신이한 동물이며, 예수나 하느님을 상징하기도 한다. 그런 일각수가 악행을 저지른다는 것은 있을 수 없는 일이어서 극단적인 상황을 말한다. 극단적인 상황에서 죽게 되어도 죽음의 지배를 받지는 않으리라고 했다. "미쳐서 완전히 죽어버리더라도 사람들 머리가 아름다운 꽃 속에서 쿵쿵거리고"라고 한 대목은 설명이 필요하다. 원문에서는 "daisy"라는 꽃 이름을 말했는데 생소하고 우리말 번역이 없으므로 "아름다운 꽃"이라고 했다. 죽은 사람이 정처 없이 떠돌다가 아름다운 꽃으로 나타나려고 안에서 쿵쿵거리리라고 상상했다.

문제의 구절을 모두 이해한다고 해도 시 전체에 대한 의문은 해소되지 않는다. 왜 이런 시를 지었는가? 이런 시를 지어 무엇을 말하려고 했는가? 죽음으로 모든 것이 끝난다는 것은 너무나도 원통하다. 이 말을 "죽음의 지배를 받아 아무것도 없게 될 수는 없다"로 바꾸고, "죽음의 지배를 받지 않으리라"로 간추렸다. 죽으면 형체가 없어지는 자유를 누려 살아서는 이루지 못한 소망을 이룰 수 있다고 해서 위안을 받고자 했다.

기독교에 의거해 내세를 말한 것은 아니다. "일각수의 악행"을 말한 것은 기독교에 대한 불신이다. 불멸의 영혼이 있어 업보를 받는다는 것과는 더욱 거리가 멀다. 불행하거나 원통하게 죽으면 죽어도 죽지 않는다고 시인 특유의 사고방식으로 이런 저런 상상을 펼쳐보였다. 떠돌고 붙고, 뒤집히고 바뀌고 하는 것들을 초현실주의 그림에서처럼 보여주었다.

　　田村隆一,〈立棺〉
　　わたしの屍体を地に寝かすな
　　おまえたちの死は
　　地に休むことができない
　　わたしの屍体は
　　立棺のなかにおさめて
　　直立させよ

　　地上にはわれわれの墓がない
　　地上にはわれわれの屍体をいれる墓がない

　　わたしは地上の死を知っている
　　わたしは地上の死の意味を知っている
　　どこの国へ行ってみても
　　おまえたちの死が墓にいれられたためしがない
　　河を流れて行く小娘の屍骸

射殺された小鳥の血そして虐殺された多くの声が
おまえたちの地上から追い出されて
おまえたちのように亡命者になるのだ

地上にはわれわれの国がない
地上にはわれわれの死に価いする国がない

わたしは地上の価値を知っている
わたしは地上の失われた価値を知っている
どこの国へ行ってみても
おまえたちの生が大いなるものに満たされたためしがない
未来の時まで刈りとられた麦
罠にかけられた獣たちまたちいさな姉妹が
おまえたちの生から追い出されて
おまえたちのように亡命者になるのだ

地上にはわれわれの国がない
地上にはわれわれの生に価いする国がない

타무라 류우이찌, 〈立棺〉

나의 시체는 땅에 눕히지 말아라.
너희의 죽음은
땅에서 쉴 수가 없다.
나의 시체는
立棺 안에 넣어
똑바로 세워라.

지상에는 우리의 무덤이 없다.

지상에는 우리의 시체를 넣을 무덤이 없다.

나는 지상의 죽음을 알고 있다.
나는 지상의 죽음의 의미를 알고 있다.
어느 나라를 가보아도
너희 죽음이 무덤에 들어간 예가 없다.
강물에 떠내려가는 여자아이의 시체,
총살된 작은 새의 피, 그리고 학살된 많은 소리가
너희의 지상에서 쫓겨나
너희처럼 망명자가 되는 것이다.

지상에는 우리의 나라가 없다.
지상에는 우리의 죽음을 알아주는 나라가 없다.

나는 지상의 가치를 알고 있다.
나는 지상의 잃어버린 가치를 알고 있다.
어느 나라에 가보아도
너희의 삶이 위대한 것으로 채워진 예가 없다.
미래의 시간마저 베어진 보리,
덫에 걸린 짐승들, 또 나이 어린 자매가
너희 삶에서 쫓겨나
너희처럼 망명자가 되는 것이다.
지상에는 우리의 나라가 없다.
지상에는 우리의 생을 알아주는 나라가 없다.

　일본 현대시인의 작품이다. 〈立棺〉 연작 세 편 가운데 둘째 것을 든다. '立棺'이란 시체를 세워서 넣는 관이다. 시체를 눕혀서 넣는 '寢棺', 앉혀서 넣는 '座棺'이라는 말은 일본어에 있지만, '立棺'이라는 말은 없는 것을 지어냈다. 말이 없는 것은 시체를 세워서 관에 넣는 일이 없기 때문이다. 매장의 관례를 아주 무시하고 죽거든 '立棺'에 넣어달라고 한 것은 반발이다. 죽어서도 편안하게 휴식을 취할 수 없으므로 지상의 무덤을 바라지 못하고, 학살된 새나 짐승, 어린 아이들처럼 혼이 공중에서 떠다녀야 하는 사후 세계의 망명자가 될 수밖에 없다고 했다.

'立棺'에 넣을 사람은 단수이기도 하고 복수이기도 하다. "나"(わたし)라고 하다가 "너희"(おまえたち)라고 하고, "우리"(われわれ)라고도 했다. "나"를 포함한 "너희"를 다른 사람들이 지칭하니 "우리"가 집단의식을 가졌다. "너희"를 폄하하는 쪽에 맞서서 "우리"를 옹호하는 논란을 벌였다. 잃어버린 가치를 되찾고자 하는 노력이 무시되고 "우리"가 망명자가 될 수밖에 없는 사정을 말했다.

"우리"는 어느 집단인가? 시인이라고 이해하는 것이 마땅하다. 어느 나라에서도, 시인은 장례의 관습에 반발하고, 사후에도 휴식을 거부하고, 원통하게 죽은 가련한 생명체들과 함께 혼이 망명자가 되어 떠돌아다니지 않을 수 없다고 했다. 진정한 가치를 말살한 횡포에 대한 시인의 반발이 사는 동안에 관철되지 못해 죽어서 더욱 심각하게 표출될 것이라고 했다

5

李滉, 〈自撰墓碣銘〉

生而大癡
壯而多疾
中何嗜學

晚何叨爵
學求猶邈
爵辭愈嬰
進行之路
退藏之貞
深慙國恩
亶畏聖言
有山嶷嶷
有水源源
婆娑初服
脫略衆訕
我懷伊阻
我佩誰玩
我思古人
實獲我心
寧知來世
不獲今兮
憂中有樂
樂中有憂
乘化歸盡
復何求兮

이황, 〈스스로 지은 묘갈명〉

태어나자 크게 어리석고,
자라면서 병이 많았다.
중년에 학문을 좋아하고,
나중에 어찌 벼슬했나.
학문은 갈수록 멀어지고,
벼슬은 마다해도 많아지네.

앞으로 나아가기 어려워,

물러나 은거하기를 뜻하네.

나라의 은혜에는 부끄러우나,

성현의 말씀 참으로 두렵네.

산은 있어 높고 높고,

물이 있어 흐르고 흐르네.

예전 옷으로 편안히 지내며,

뭇 비방에서 벗어났네.

그리운 분 멀리 있으니,

나의 패옥 누가 알아주리.

내가 고인을 생각하니

내 마음과 맞는구나.

어찌 오는 세상에서

오늘의 마음을 모른다 하리.

근심 속에 즐거움이 있고,

즐거움 속에 근심이 있네.

조화를 좇아 사라지니

다시 무엇을 구하리오.

李滉은 한국 조선시대 성리학자이며, 시인이기도 했다. 자기의 墓碣에 새길 글을 이런 말로 스스로 작성했다. 묘갈은 무덤 앞에 세우는 둥그스름한 작은 비석이다.

벼슬을 버리고 산천에 은거하는 것이 성현의 가르침이고, 고금의 선비가 함께 취할 도리라고 했다. 산 높고 물 흐르는 고향으로 돌아와 예전에 입던 옷을 입고 편안하게 지내면서 벼슬할 때 듣던 뭇 비방에서 벗어났다고 했다. "그리운 분 멀리 있으니, 나의 패옥 누가 알아주리"는 임금을 떠나 멀리 왔으므로 어떤 지위에 있었던지 알 바 없다는 말이다. "근심 속에 즐거움이 있고, 즐거움 속에 근심이 있네"라고 하니 마음이 편안하다. 천지만물의 조화를 좇아 죽음을 맞이하니 더 바랄 것이 없다고 했다.

Gérard de Nerval, "Épitaphe"

Il a vécu tantôt gai comme un sansonnet,
Tour à tour amoureux insoucieux et tendre,
Tantôt sombre et rêveur comme un triste Clitandre.
Un jour il entendit qu'à sa porte on sonnait.

C'était la Mort ! Alors il la pria d'attendre
Qu'il eût posé le point à son dernier sonnet ;
Et puis sans s'émouvoir, il s'en alla s'étendre
Au fond du coffre froid où son corps frissonnait.

Il était paresseux, à ce que dit l'histoire,
Il laissait trop sécher l'encre dans l'écritoire.
Il voulait tout savoir mais il n'a rien connu.

Et quand vint le moment où, las de cette vie,
Un soir d'hiver, enfin l'âme lui fut ravie,
Il s'en alla disant : "Pourquoi suis-je venu ?"

네르발, 〈묘비명〉

그이는 찌르레기처럼 즐겁게 살기도 했다.
걱정 없이 사랑하기도 하고 부드럽기도 했다.
우울해지다가 클리탕드르처럼 슬픈 몽상가이기도 했다.
그러던 어느 날 문에서 소리가 나는 것을 들었다.

그것은 죽음이다! 그래서 기다려달라고 빌었다,

마지막으로 지은 소네트에 점을 찍을 수 있도록.
그러고는 마음의 동요가 없이, 가서 누웠다,
차가운 관 밑바닥에, 거기서 몸을 떨었다.

그이는 게을렀다고, 역사가 말해준다.
필기도구 상자 속 잉크가 마르도록 내버려두었다.
모든 것을 알려고 했으나 아는 것이 없다.

삶에 지쳐 있을 때 마침내 그 순간이 왔다.
어느 겨울날 저녁에 혼이 유괴 당하게 되었다.
가면서 말했다. "내가 왜 왔는가?"

  네르발은 불국 낭만주의 시인이다. 이 시에서 제3자의 죽음을 말
한다고 하고서 자기 자신에 대해 성찰했다. 이 시에서 자기가 겪어
온 삶, 창조, 환멸, 매혹 등을 최상의 심상을 갖추어 나타냈다고 평
가된다. 클리탕드르(Clitandre)는 코르네이유(Pierre Corneille) 비극
작품의 주인공이다. 가련한 인물의 본보기이다.
  즐겁게 살았든 슬픔에 잠겼든 죽음이 찾아오는 것은 마찬가지라
고 했다. 예상하지 않던 죽음은 어느 날 문득 찾아온다고 하고 세
가지 죽음에 대해 말했다. 죽음은 육신이 움직이지 못하고 관속에
들어가 눕게 한다. 죽음은 시인이 작품 창작을 더 하지 못하게 하고
지적 활동에 종말을 고하게 한다. 게을러 잉크가 마르게 했다고, 모
든 것을 알려고 했으나 아는 것이 없다고 한탄해도 소용없다. 죽음
은 혼을 유괴해가는 것으로 완결된다.
  마지막으로 "내가 왜 왔는고?"라고 한 것이 주목할 만한 말이다.
이 말은 "죽음의 세계로 왜 왔는고?"라고 이해하면 어쩌다가 죽게

되었는가 하고 묻는 것이다. 죽음에는 이유가 없는데 이유를 묻는 것은 적합하지 않다. "이 세상에 왜 왔는고?"라고 이해해야 깊은 뜻을 알 수 있다. 죽게 되자 이 세상에 왜 태어나서 무엇을 했던지 되돌아본다고 했다. 죽는 것은 당연하지만 세상에 온 보람이 있게 살지 못한 것이 아쉽다고 했다.

Christina G. Rossetti, "Remember"

Remember me when I am gone away,
Gone far away into the silent land;
When you can no more hold me by the hand,
Nor I half turn to go yet turning stay.
Remember me when no more day by day
You tell me of our future that you plann'd:
Only remember me; you understand
It will be late to counsel then or pray.
Yet if you should forget me for a while
And afterwards remember, do not grieve:
For if the darkness and corruption leave
A vestige of the thoughts that once I had,
Better by far you should forget and smile
Than that you should remember and be sad.

로세티, 〈기억해다오〉

나를 기억해다오, 내가 멀리 가거든
멀리 침묵의 나라로 가거든.
내 손을 잡을 수 없게 되고,
내가 중간에서 되돌아올 수 없게 되거든.
나를 기억해다오, 나날을 함께 하지 못하면,

네가 계획한 우리의 앞날을 말해다오.
다만 나를 기억해다오, 너는 알지
충고도 간청도 이미 늦었다는 것을.
네가 만약 나를 잠시 잊었다면
그 뒤에는 기억하고, 슬퍼하지는 말아다오.
어둠이나 부패를 남겨두고 가서
내가 지녔던 생각의 흔적이 되어도,
너는 잊어버리고 미소 짓는 것이 더 나으니
그런 것들을 기억하고 슬퍼하지 말아다오.

  쉽게 이해되는 시이다. 자기를 기억해달라고 하고, 좋은 기억만
지니고 미소지어달라고 했다. 나는 죽음이 종말임을 분명하게 알고
아무 미련도 가지지 않는다고 했다. 내가 죽어도 너는 남으니 나의
죽음이 너에게는 종말일 수 없다. 종말일 수 없어 기억을 하지 않을
수 없으면 좋은 기억만 하라고 했다.

6

Alfred Tennyson, "Crossing the Bar"

Sunset and evening star
And one clear call for me!
And may there be no moaning of the bar,
When I put out to sea,

But such a tide as moving seems asleep,
Too full for sound and foam,
When that which drew from out the boundless deep
Turns again home.

Twilight and evening bell,
And after that the dark!
And may there be no sadness of farewell,
When I embark;

For though from out our bourne of Time and Place
The flood may bear me far,
I hope to see my Pilot face to face
When I have crossed the bar.

테니슨, 〈모래톱 넘어가기〉

해는 지고 저녁 별
나를 향한 분명한 부름!
모래톱을 넘을 때 신음 소리 없으리라.
내가 바다에 빠지려고.

잠든 듯이 움직이는 물결
너무 높이 솟아 소리도 거품도 없이,
끝없이 깊은 곳에서 밀려와서
자기 집으로 돌아간다.

황혼과 저녁 종
어두워진 다음.
작별의 슬픔은 없으리라
내가 떠나갈 때.

시간과 공간 경계 너머로
물결이 나를 멀리 데려가서,
대인도자와 대면하고 싶다
모래톱을 넘어갈 때.

테니슨은 영국 근대시인이다. 이 시는 다가오는 자기 죽음에 대한 생각을 명확하게 정리해 표현했다. 낮의 육지는 삶, 밤의 바다는 죽음을 상징한다고 했다. 제1연 서두에서 해는 지고 저녁별이 뜨는 것을 보고, 자기를 부르는 분명한 소리가 들린다고 했다. 제1연 후반에서 제3연까지에서, 육지와 바다의 경계를 넘어갈 때 높은 물결이 밀려와 편안하게 데려가기를 바란다고 하면서, 죽음을 편안하게 맞이하고 싶은 소망을 나타냈다. 작별의 슬픔도 없기를 바란다고 했다.

생사를 달관해서 그런 것은 아니다. 고통 없이 가더라도 어디로 가는지 몰라 불안하다. 시인이기에 남달리 깨달은 바가 있는 것도 아니다. 죽음의 문턱을 넘어갈 때 원문에서 대문자를 사용해 "Pilot"라고 한 대인도자와 대면해 불안에서 벗어나고 싶다. 대인도자는 기독교의 주님이다. 주님의 구원을 기대한다는 것을 결말로 삼았다.

Rabindranath Tagore, "Death"

O thou the last fulfilment of life,
Death, my death, come and whisper to me!

Day after day I have kept watch for thee;
for thee have I borne the joys and pangs of life.

All that I am, that I have, that I hope and all my love
have ever flowed towards thee in depth of secrecy.

One final glance from thine eyes
and my life will be ever thine own.

The flowers have been woven

and the garland is ready for the bridegroom.

After the wedding the bride shall leave her home
and meet her lord alone in the solitude of night.

타고르, 〈죽음〉
그대, 삶의 마지막 도달점인,
죽음이, 나의 죽음이 내게 다가와 속삭인다.

날이면 날마다 나는 그대를 기다리면서,
그대를 위해 나는 삶의 기쁨도 슬픔도 간직했다.

나의 존재, 소유, 희망, 사랑이 모두
그대를 위해 은밀하고 깊은 곳에서 꽃피었다.

그대가 마지막으로 나를 바라보니
나의 삶은 영원히 그대의 것이 된다.

꽃을 엮어 꽃다발을 만들어
신부가 되기 위한 준비를 했도다.

결혼식을 마치면 신부는 자기 집을 떠나
신랑하고만 외로운 밤에 만난다.

인도의 근대시인 타고르는 죽음에 관해서 이렇게 말했다. 죽음이 다가와서 하는 말을 듣고 죽음에 대해 알게 되었다고 했다. 죽음은 복된 일이어서 신부가 신랑을 맞이하듯이 맞이하자고 했다.

소박한 발상을 쉬운 말로 나타내서 긴 말을 할 것이 없지만, 발상의 근거를 조금 생각해볼 필요는 없다. 삶과 죽음은 둘이 아니다.

삶이 죽음이고 죽음이 삶이다. 살면 죽고 죽으면 산다. 이런 연쇄과정이 있어 죽음이 다가오는 것은 당연한데, 별난 일로 여기고 피하려고 할 필요가 없다.

이렇게 생각하는 것은 마음에 간직하고 있는 힌두교의 주님 덕분이다. 위의 테니슨 시에서 말한 기독교의 주님은 구원자이다. 신앙심 차등의 상위자를 선별해 죽음의 공포에서 벗어나 영원한 생명을 누리도록 한다. 힌두교의 주님은 구원자가 아닌 포용자이다. 아무 조건 없이 누구나 대등하게 포용해 죽음의 편안함을 누리도록 하니, 안달할 것도 염려할 것도 전연 없다.

休靜, 〈回心曲〉의 일부이다.

월직사자 등을 밀고 일직사자 손을 끌어,
천방지방 몰아갈 제 높은 데는 낮아지고
낮은 데는 높아지니 시장하고 숨이 차다.
애옥하고 고생하며 알뜰살뜰 모은 전량
먹고 가며 쓰고 가나 세상일은 다 허사다.
사자님아 쉬어 가세 들은 체도 아니 하며
쇠몽둥이 뚜드리며 어서 빨리 가자 하니,
그렁저렁 열나흘에 저승 원문 다다르니,
우두나찰 나두귀졸 소리치며 달려들어
인정 달라 하는 소리 인정 쓸 낯 바이없다.
담배 줄여 모은 재물 인정 한 푼 써나 볼까?
저승으로 날라 오며 환전 부쳐 가져올까?
의복 벗어 인정 쓰며 열두대문 들어가니
무섭기도 그지 없다 두렵기도 측량 없네.
대령하고 기다리니 옥사장이 분부하여

남녀 죄인 등대 할 때 정신차려 둘러보니,
십대왕이 좌기하고 최판관이 문서잡고
남녀 죄인 잡아 들여 다짐받고 봉초 할 제,
귀면정제 나졸들이 전후좌우 벌려서서
정기검극 삼열한데 형벌기구 차려 놓고,
대상호령 기다리니 엄숙하기 측량없다.
남자 죄인 차례차례 호령하여 내입하여,
형벌하고 묻는 말이 이놈들아 들어보라.
선심하마 발원하고 진세간에 나가더니
무슨 선심하였느냐 바른대로 아뢰어라...
배고픈 이 밥을 주어 기사구제 하였느냐?
헐벗은 이 옷을 주어 구난선심 하였느냐?
좋은 터에 원을 지어 행인구제 하였느냐?
깊은 물에 다리 놓아 월천공덕 하였느냐?
목마른 이 물을 주어 급수공덕 하였느냐?
병든 사람 약을 주어 활인공덕 하였느냐?

日直使者 月直使者에게 잡혀 갑자기 저승으로 갔다. 鬼卒들이 "인정 쓰라"는 말로 뇌물을 바치라고 해도, 돈을 가지고 갈 수 없었으므로 옷을 벗어 주었다. 十大王이 坐起한 자리에서 崔判官이 문서를 잡고 심문을 한다.

"善心하마 發願하고 塵世間에 나가더니 무슨 善心하였느냐 바른대로 아뢰어라"라는 말부터 한다. 착한 마음을 가지고 남을 도울 터이니 사람이 되어 인간 세상에 나가게 해달라고 하더니 무슨 선행을 했는가 물었다. 선행을 여럿 구체적으로 열거하고 어느 것을 했는가 대답하라고 했다. 배고픈 이 밥을 주는 饑死救濟, 헐벗은 이 옷을 주는 救難善心, 좋은 터에 원을 짓는 行人救濟, 깊은 물에 다리 놓는 越川功德, 목마른 이 물을 주는 汲水功德, 병든 사람 약을 주는 活人功德 등 모두 대단치 않은 것들이다. 마음만 먹으면 누구나 할 수 있다.

테니슨 시에서 말한 기독교의 주님은 심판자여서, 신앙심 차등의 상위자만 선별해 구원해준다. 타고르가 마음에 간직하고 있는 힌두교의 주님은 포용자여서, 자기를 버리고 찾아오면 누구나 대등하게 받아들인다. 불교에는 그 어느 주님도 없다. 十大王과 崔判官이 실무를 맡아, 善業을 지으면 좋게 되고 惡業을 지으면 나쁘게 되는 自業自得을 확인하기만 한다.

7

世愚, 〈臨終偈〉

生本不生
滅本不滅
擦手便行
一天明月

새우, 〈임종게〉

출생은 출생이 아니고,
죽음도 죽음이 아니네.
손 뿌리치고 문득 가니,
하늘에는 밝은 달이네.

불교의 승려들은 죽음을 가볍게 여기고 죽음이 아니라고도 한다.

중국 원말·명초의 고승 世愚가 세상을 떠나면서 부른 〈臨終偈〉가 좋은 본보기이다. 자기가 지금 당하고 있는 죽음이 죽음 아니라고 하면서 출생 또한 출생이 아니었다고 했다. 세상과 작별하고 죽음을 향해 가는 모습을 "손 뿌리치고 문득 가니"라고 하고, 죽음이 종말이 아니므로 "하늘에는 밝은 달이네"라고 했다.

허형만, 〈이제 가노니〉

이제 가노니
본시 온 적도 없었듯
티끌 한 점마저 말끔히 지우며
그냥 가노니

그동안의 햇살과
그동안의 산빛과
그동안의 온갖 소리들이
얼마나 큰 신비로움이었는지

이제 가노니
신비로움도 본시 한바탕 바람인 듯
그냥 가노니

나로 인해 눈물 흘렸느냐
나로 인해 가슴 아팠느냐
나로 인해 먼 길 떠돌았느냐
참으로 무거운 인연 줄이었던 것을

이제 가노니
허허청청 水月의 뒷모습처럼

그냥 가노니

한국 현대시인 허형만은 죽음의 길을 담담하게 가겠다고 했다. 온 적이 없는 것처럼 가지 않는 듯이 간다고 했다. 온갖 신비로움을 한바탕 바람으로 누리고 후회할 것이 없이 간다고 했다. 눈물 흘리고 가슴 아파하게 하던 무거운 인연 줄을 다 벗어놓고 떠난다고 했다. 물에 비친 달, 그것도 앞모습이 아닌 뒷모습처럼 흔적 없이 가겠다고 했다.

앞의 시에서처럼 몸이 작동을 멈추자 혼이 움직인다고 하지 않았다. 누가 도와준다고 한 것도 아니다. 깨달을 것을 스스로 깨달아 막힘이 없고 마음이 가볍다. 있다느니 없다느니, 온다느니 간다느니 하고 분별을 하지 않으니 거동이 자유스럽고 흔적이 남지 않는다.

D. H. Lawrence, "The Ship of Death"

Build then the ship of death, for you must take
the longest journey, to oblivion.

And die the death, the long and painful death
that lies between the old self and the new.

Already our bodies are fallen, bruised, badly bruised,
already our souls are oozing through the exit
of the cruel bruise.

Already the dark and endless ocean of the end
is washing in through the breaches of our wounds,
Already the flood is upon us.

Oh build your ship of death, your little ark

and furnish it with food, with little cakes, and wine
for the dark flight down oblivion.

로런스, 〈죽음의 배〉

이제 죽음의 배를 건조해라,
망각을 향해 가장 긴 여행을 떠나야 한다.

그리고 죽음을, 낡은 자아와 새로운 자아
사이의 괴로운 죽음을 겪어야 한다.

이미 우리의 몸은 넘어져, 심하게 멍들었다.
이미 우리의 넋이 참혹하게 멍든 곳을
출구로 삼아 새어 나오고 있다.

이미 종말의 어둡고 무한한 바다가
상처가 터진 곳으로 밀려들고 있다.
이미 만조가 우리를 덮친다.

오, 너는 죽음의 배를, 작은 방주를 건조해라.
음식, 약간의 과자와 술을 싣고
망각을 향한 검은 항해를 준비하라.

로런스는 영국 근대작가이고 시도 지었다. 〈죽음의 배〉라는 것이
1에서 10까지 번호가 붙어 있는 열 수 연작인데, 그 가운데 5번을
든다. 죽음의 괴로움에서 벗어나려면 죽음을 미리 생각하고 준비해
야 한다는 것을 죽음의 배를 건조하라는 말로 했다.

죽은 사람이 배를 타고 망각의 바다로 간다는 것이 오랜 신앙이
다. 죽음의 신이 그 모든 절차를 관장한다고 여겼다. 이 시에서는

신을 믿지 않고, 죽은 다음의 항해만 가져와서 비유로 삼는다. 배를 건조하고 음식을 싣고 "망각을 향한 검은 항해를 준비하라"는 것은 죽음이 다가오는 것을 알고 마음의 준비를 단단하게 하자는 말이다.

8

Alfred de Musset, "Épitaphe"

Mes chers amis, quand je mourrai,
Plantez un saule au cimetière.
J'aime son feuillage éploré.
La pâleur m'en est douce et chère
Et son ombre sera légère
A la terre où je dormirai.

뮈세, 〈묘비명〉

다정스러운 벗들이여, 내가 죽거든
내 무덤에 버드나무를 하나 심어다오.
눈물 젖은 그 가지를 내가 좋아하고,
창백한 그 빛이 내게 부드럽고 정다우리.
그 그림자가 가볍게 드리우겠지.
내가 잠들어 있는 땅 위로,

불국 낭만주의 시인 뮈세의 묘비명이다. 이 시인은 다정스러운 관계를 소중하게 여겼다. 살아서 다정스럽게 지내던 벗들에게 무덤에 버드나무를 심어 가까이할 수 있게 해달라고 했다. 버드나무의 눈물 젖은 가지, 창백한 빛, 가벼운 그림자는 자기와 같은 심정을 지닌 벗이고 연인이다. 죽음은 삶의 연장이고, 살아서 충분히 이루지 못한 소망을 실현하는 기회라고 했다.

함형수, 〈해바라기의 碑銘〉

나의 무덤 앞에는 그 차거운 빗돌을 세우지 말라
나의 무덤 주위에는 그 노오란 해바라기를 심어 달라
그리고 해바라기의 긴 줄거리 사이로 끝없는 보리밭을 보여달라
노오란 해바라기는 늘 태양같이 태양같이 하던
화려한 나의 사랑이라고 생각하라
푸른 보리밭 사이로 하늘을 쏘는 노고지리가 있거든
아직도 날아오르는 나의 꿈이라고 생각하라

함형수는 한국 근대시인이다. 죽은 뒤에 부탁하는 말을 이렇게
했다. "청년 화가 L을 위하여"라는 부제가 있어, 그 사람이 한다는
말이다. 그 사람이 한다는 말이 자기 말이다.

제목에 묘비명이라는 말을 내놓고, 해바라기를 묘비명으로 삼으
라고 했다. 죽은 뒤의 소원을 말하면서, 무덤에 노오란 해바라기를
심고, 해바라기 사이에서 끝없이 뻗은 보리밭을 보여달라고 했다.
하늘에 날아오르는 노고지리 같은 꿈도 지니고 싶다고 했다. 해바라
기, 보리밭, 노고지리는 생명이 싱싱하게 약동하는 것을 보여준다.
죽어도 죽지 않겠다고 다짐하는 마음을 나타내려고 이 시를 썼다.

Hermann Hesse, "All Tode"

Alle Tode bin ich schon gestorben,
Alle Tode will ich wieder sterben,
Sterben den hölzernen Tod im Baum,
Sterben den steineren Tod im Berg,

Irdenen Tod im Sand,
Blätternen Tod im knisternden Sommergras
Und den armen, blutigen Menschentod.

Blume will ich wieder geboren werden,
Baum und Gras will ich wieder geboren werden,
Fisch und Hirsch, Vogel und Schmetterling.
Und aus jeder Gestalt
Wird mich Sehnsucht reißen die Stufen
Zu den letzten Leiden,
Zu den Leiden des Menschen hinan.

O zitternd gespannter Bogen,
Wenn der Sehnsucht rasende Faust
Beide Pole des Lebens
Zueinander zu biegen verlangt !
Oft noch und oftmals wieder
Wirst du mich jagen von Tod zu Geburt
Der Gestaltungen schmerzvolle Bahn,
Der Gestaltungen herrliche Bahn.

헤세, 〈모든 죽음〉

모든 죽음을 나는 이미 겪어보았다.
모든 죽음을 나는 다시 겪어볼 것이다.
수목에서는 나무의 죽음을,
산악에서는 돌의 죽음을,
사막에서는 모래의 죽음을,
소란한 초원에서는 풀의 죽음을,
그리고 가련하고, 피에 젖은 인간의 죽음을.

꽃이 되어 나는 다시 태어날 것이다.
나무와 풀이 되어 나는 다시 태어날 것이다.
물고기, 사슴, 새, 그리고 나비.
이들 갖가지 모습에서
그리움이 나를 밀어 올릴 것이다.
마지막 고뇌에까지
인간 고뇌의 계단에까지.

떨리면서 당긴 활이여,
그리움이라는 분노의 주먹이
삶의 양극을
서로 맞서게 굽히려 한다면!
때때로 여러 번 다시
너는 나를 죽음에서 소생으로 내몰 것이다.
고통에 찬 형성의 길로,
즐거운 형성의 길로.

독일의 소설가이고 시인인 헤세는 이 작품에서 죽음 총론이라고 할 것을 마련하려고 했다. 시인은 죽음을 겪는 것을 직분으로 삼는다. 인간의 죽음이 다른 생물체나 온갖 무생물의 죽음과도 연결되어 있는 것을 알고 모든 죽음을 체험하는 것이 시 창작의 길이다. 시인 자신의 죽음에서 시가 완결된다. 죽음은 죽음으로 끝나지 않는다. 죽음이 소생이다. 죽어야 살아난다. 죽음의 시련을 겪지 않고 소생할 수 없어, 죽음이 소생이다. 죽음을 체험해야 소생을 체험한다. 시인의 죽음에서 시는 완결되어 소생한다. 말하고자 한 바를 이렇게 간추릴 수 있다.

그러면서 특별히 주목할 것이 있다. 제2연에서 "그리움이 나를 밀어 올릴 것이다"라고 하고, 제3연에서는 "그리움이라는 분노의 주먹"이라고 했다. "그리움"이 시인을 움직이게 해서, 죽음과 소생, 고통과 즐거움을 경험하게 하는 동력이라고 했다. 분리되어 있던 세계를 끌어당겨 자아와 하나가 되게 하는 것이 그리움이므로 동력을 지녔다고 할 수 있다. 동력이 너무 세차게 작용해 위협이 될 수 있으므로 "분노하는 주먹"이라고 했다.

제3연 서두의 "떨리면서 당긴 활이여"라고 한 말은 시간을 일컬었다고 이해된다. "너는"이라고 한 것은 "활"이고 시간이다. 시간의 경과가 죽음과 소생, 고통과 즐거움을 체험하게 한다고 말했다. 그리움이 "분노하는 주먹"이 되어 죽음과 소생, 고통과 즐거움이 "서로 맞서게 굽히려 한다면" 삶의 양극 체험이 촉진된다고 했다.

9

죽음이 소생이고 소생이 죽음이며, 고통이 즐거움이고 즐거움이 고통인 것은 누구나 인식할 수 있는 삶의 실상이고 존재의 본질이다. 시인은 그리움이라는 동력을 남다르게 지니고 있어, 양극이 하나임을 강렬하게 체험해 시로 나타낸다.

인간의 죽음과 소생이 다른 생물체의 죽음뿐만 아니라 온갖 무생물의 죽음과도 연결되어 다르지 않다는 것을 체험하게 하는 것도 그리움이라는 동력의 작용이다. 이런 견해를 갖추어 천지만물 죽음 총론이 소생 총론이게 했다.

죽음은 절실한 관심사이지만, 겪어보지 않아 안다고 할 수 없다. 죽음 노래를 이리저리 엮어 체계적인 논술을 이룩해 마무리로 삼는다면, 지탄받아 마땅한 과분한 짓이다. 지금까지와는 달리, 죽음에

대해 내 나름대로 어떻게 생각하는지 노래를 지어 말하는 것으로
마무리를 대신한다.

너후너후 에이넘차 너후너후
이 소리를 코흘리개 얻어듣고
상여 뒤를 넋을 잃고 따라가며
사람은 죽어야 하는가?
죽으면 어떻게 되는가?
깊은 의문 남몰래 간직했다.

무슨 방법으로 의문을 풀려는가?
동서고금 시인들의 죽음 노래 찾아 듣는
안전하고 쉬운 길을 요행으로 찾아내
해답이 무엇인지 은근슬쩍 알려다가,
아무도 못한 말 너무나도 많고 많아,
노래를 다시 지어 한 걸음 더 나간다.

자기 혼자 죽는다고 탄식하면 수준 이하 가련한 철부지.
태어날 때에도 외롭지 않았음을 당연히 알아야 한다.
삶이나 죽음은 무한한 얽힘의 아주 작은 매듭이다.
배가 항구에 잠시 동안 머물다 망망대해 떠나듯이,
부모를 거쳐온 공동의 유전자 자식이 맡아 멀리 보낸다.
보이지 않은 것은 없어졌다는 착각 말고 정신을 차려라.
인연의 얽힘은 생각보다 월등하게 넓고도 복잡해,
이 세상 모든 사람, 과거와 미래의 그 어느 누구와도
있고 없는 모든 것 서로 서로 대등하게 주면서 받는다.
다투면서 도와주고, 상생과 상극이 하나인 생극 관계
너무나도 넓은 영역 펼쳐져 있으며, 새롭게 생겨나서,

역사 창조 지금도 여전히 이루어져 이 노래까지 태어난다.

생명 그물 복잡하게 사방으로 펼쳐졌다.
동물 식물 미생물 세균이며 바이러스
모든 것의 삶과 죽음 겹겹으로 얽혔구나.
삼라만상 천지만물 맞물려 돌아가는
대등생극 총체는 상상을 초월하고,
있음이 없음이고, 모름이 앎이다.

없는 죽음 노래하니 어리석다 할 것인가?
이런 수작 거듭 하면 어리석기 그지 없다.
죽음 있어 삶이 있고, 없음이 있음이라,
죽음 노래 그만두면, 있음도 잊고 만다.
동서고금 시인들 죽음으로 삶을 노래,

종소리 노래

1

죽음 노래에서 논의를 끝내면 서운하다. 죽음을 넘어선 무엇은 없는가 하는 의문을 봉쇄하는 것 같다. 내세나 천국을 말하는 종교의 교리를 가져와 위안하려는 것은 아니다. 죽어 없어져도, 세상에 또는 다른 사람들에게 남기는 무엇이 있을 수 있다. 종소리가 그 말을 하는 것 같으니, 들어보자.

韓龍雲, 〈雪夜〉

四山圍獄雪如海
衾寒如鐵夢如灰
鐵窓猶有鎖不得
夜聞鐘聲何處來

한용운, 〈설야〉

사면 산 감옥을 에워싸고, 눈이 바다 같다.
이불은 쇠처럼 차고, 꿈은 재인가 한다.
쇠창살을 쳐놓아도 가두지 못하는 것 있어,
한밤중 종 소리가 어디선가 들려온다.

사면 산으로 둘러싼 감옥에 갇혀 있고, 밖에는 눈이 내려 바다 같다. 이불은 쇠처럼 차고, 꿈도 재인가 한다. 이렇게 말하며 시인 만 절망적인 상황에 빠졌다고 한 것은 아니다. 조국이나 시대가 이민족의 지배로 어느 정도 처참한 지경에 이르렀는지 말했다. 그래도 절망할 것은 아니다. 쇠창살을 쳐놓은 감옥에 가두지 못할 것이 있어, 한밤중 종소리가 어디선가 들려온다. 종소리는 희망이다. 어떤 방법으로도 누르지 못하는 해방의 가능성이다. 이런 말을 해서 절망에서 벗어나고자 했다.

2

독일 시인 하이네(Heinrich Heine)는 자기 조국이 부당한 지배자의 억압을 받고 있는 불운을 걱정하고 탄식하는 시를 길게 쓰고, 제목은 좀 엉뚱하게 〈독일, 겨울 동화〉(Deutschland, Ein Wintermärchen)라고 붙였다. '겨울'은 수난을 뜻한다. '동화'는 실현 가능성을 묻지 않고 지어내는 이야기라는 말이다. 공상은 자유니까 희망을 말한다고 하면서 즐거운 노래를 지었다. 첫 줄을 제목으로 삼는다.

Leise zieht durch mein Gemüt
Liebliches Geläute.
Klinge, kleines Frühlingslied.
Kling hinaus ins Weite.

Kling hinaus, bis an das Haus,
Wo die Blumen sprießen.
Wenn du eine Rose schaust,
Sag, ich laß sie grüßen.

내 느낌으로 조용하게 들려오라,
사랑스러운 종이여.
울려라, 작은 봄노래여.
울려라, 저 멀리까지.

울려라, 저 집까지
꽃이 피어 있는 곳까지.
장미꽃이 보이거든,
내 인사를 전해다오.

　서양의 종은 안에 방울이 달려 있고, 움직여 소리를 낸다. 그런
것이 여럿일 수 있다. 처음에는 사랑스러운 종소리가 내 마음으로
조용하게 들려오라고 했다. 희망을 찾아 은밀하게 다가오게 한다는
말이다. 신념이 조금 생기니, 종소리가 작은 봄노래가 되어 멀리까
지 울려 퍼지라고 했다. 장미꽃은 이루고자 하는 이상이다. 거기까
지 이르거든 자기 인사를 전해달라고 할 만큼 확신이 자라났다.

3

Alfred Tennyson, "Ring Out, Wild Bells"

Ring out, wild bells, to the wild sky,
The flying cloud, the frosty light;
The year is dying in the night;
Ring out, wild bells, and let him die.

Ring out the old, ring in the new,
Ring, happy bells, across the snow:

The year is going, let him go;
Ring out the false, ring in the true.

Ring out the grief that saps the mind,
For those that here we see no more,
Ring out the feud of rich and poor,
Ring in redress to all mankind.

Ring out a slowly dying cause,
And ancient forms of party strife;
Ring in the nobler modes of life,
With sweeter manners, purer laws.

Ring out the want, the care the sin,
The faithless coldness of the times;
Ring out, ring out my mournful rhymes,
But ring the fuller minstrel in.

Ring out false pride in place and blood,
The civic slander and the spite;
Ring in the love of truth and right,
Ring in the common love of good.

Ring out old shapes of foul disease,
Ring out the narrowing lust of gold;
Ring out the thousand wars of old,
Ring in the thousand years of peace.

Ring in the valiant man and free,
The larger heart, the kindlier hand;
Ring out the darkenss of the land,
Ring in the Christ that is to be.

테니슨, 〈울려라, 거친 종이여〉

울려라. 거친 종이여, 거친 하늘로,
날아가는 구름, 차가운 빛으로.
이 해가 죽어가고 있는 밤이다.
울려라 거친 종이여, 이 해가 죽게 하라.

울려라 전처럼, 울려라 새롭게,
울려라, 복된 종이여, 눈을 가로질러.
이 해는 가고 있으니, 가도록 해라.
울려서 거짓 없애고, 진실 가져오라.

울려서 마음에 스며든 슬픔을 없애라,
우리가 더 보지 않게 될 사람들을 위해,
울려서 빈부의 반목을 없애라,
울려서 모든 인류를 치료하라.

울려서 서서히 사라지는 시비 없애라.
패거리 지어 싸우는 낡은 관습을.
울려라, 더욱 고상하게 사는 방식으로,
더욱 감미로운 태도, 더욱 순수한 법률로.

울려서 결핍을 없애고, 죄를 보살펴라.
이 시대의 신념 없는 냉혹함을.
울려서 슬픔에 젖은 내 노래 없애고,
더욱 착실한 음유시인을 불러오라.

울려서 지역과 혈통 그릇된 자부심 없애라.
터놓고 하는 비방과 훼손을.
울려라, 진리와 정의의 사랑으로,

울려라, 선행에 대한 공통된 사랑으로.

울려서 더러운 질병의 낡은 모습 없애라.
울려서 황금을 협소한 갈망 없애라.
울려서 과거의 수많은 전쟁을 없애라.
울려라, 몇 천년의 평화를 가져오라.

울려라, 용감하고 자유로운 사람을 위해,
더 넓은 가슴, 더 친절한 손을 위해.
울려서 이 땅의 어둠을 없애라.
울려라, 계셔야 할 크리스토를 모셔오라.

한 해가 끝나는 날 밤 눈 쌓인 자기 나라에 특별히 어려운 사정이 있는 것은 아니다. 어디서나 있는 보편적인 문제를 제기하고 해결하고 싶은 소망을 말했다. 除夜의 종이 울려서 送舊迎新을 하면서, 진위를 바로잡고, 빈부 차등의 대립을 해결하고, 모든 일이 잘되게 하기를 바란다고 했다. 그릇된 차등을 버리고 올바른 대등을 이룩하자고 한 것이 물론 타당하지만, 막연한 이상론에 머물러 절실함이 없다.

"슬픔에 젖은 내 노래 없애고, 더욱 착실한 음유시인을 불러오라"고 한 데서는 자기를 낮춘 것은 작전상의 후퇴라고 할 수 있다. "용감하고 자유로운 사람"들이 "크리스토를 모셔" 좋은 세상을 만든다고 하면서 대등론을 뒤집은 차등론으로 우월감을 과시했다. 제국주의를 옹호하는 언사라고 나무라지 않을 수 없다.

4

오장환, 〈종소리〉

울렸으면… 종 소리
그것이 기쁨을 전하는
아니, 항거하는 몸짓일지라도
힘차게 울렸으며……종 소리

크나큰 鍾面은 바다와 같은데
상기도 여기에 새겨진 하늘 시악시
온몸이 業火에 싸여 몸부림치는 거 같은데
울리는가, 울리는가.
태고서부터 나려오는 여운 ──

울렸으면……종소리
젊으디 젊은 꿈들이
이처럼 외치는 마음이
울면은 종소리 같으련마는……

스스로 죄 있는 사람과 같이
무엇에 내닫지 않는가,
시인이여! 꿈꾸는 사람이여
너의 젊음은, 너의 바램은 어디로 갔느냐.

　　제국주의 침략을 받고 식민지가 된 곳은 처참했다. 한용운이 조
용하게 한 말을 오장환은 이 시를 지어, 울부짖듯이 키웠다. 희망의
종이 울려 소리를 크게 내라고 하면서도, 좌절감을 가지고 자책했
다. 기쁨을 전하지 못하는 항거의 몸짓이라도, 종은 울리라고 했다.

鍾面은 바다와 같이 넓고 거기 새겨진 바다는 새아씨에 지나지 않아, 온몸이 業火에 싸여 몸부림치는 것 같이 우는가 물었다. 가능성이 없는 것은 아니지만, 절망이 너무 심하게 얽혀 있다는 탄식을 이렇게 했다. 그것이 太古로부터 내려오는 餘韻인 줄 알고 마음을 추스르자고 했다.

지옥에서도 살아 돌아온 것 같은 수사법을 갖추고 있는 말이 점차 수그러졌다. 젊으디 젊은이들이 울면서 외치는 말이 종소리이다. 꿈꾸는 사람 시인이 그 앞길을 열어야 하는데, 스스로 지은 죄가 있는 사람같이 무엇에 걸려 내닫지 못하는가 하고 자책했다. 젊음과 바람이 어디로 갔는가 하고 힐문했다.

5

Charles Baudelaire, "La cloche fêlée"

Il est amer et doux, pendant les nuits d'hiver,
D'écouter, près du feu qui palpite et qui fume,
Les souvenirs lointains lentement s'élever
Au bruit des carillons qui chantent dans la brume,

Bienheureuse la cloche au gosier vigoureux
Qui, malgré sa vieillesse, alerte et bien portante,
Jette fidèlement son cri religieux,
Ainsi qu'un vieux soldat qui veille sous la tente !

Moi, mon âme est fêlée, et lorsqu'en ses ennuis
Elle veut de ses chants peupler l'air froid des nuits,
Il arrive souvent que sa voix affaiblie

Semble le râle épais d'un blessé qu'on oublie
Au bord d'un lac de sang, sous un grand tas de morts,
Et qui meurt, sans bouger, dans d'immenses efforts.

보들래르, 〈깨진 종〉

겨울 밤 연기 내며 타오르는 불 곁에서
몽롱하게 들려오는 종소리를 들으니
멀리 있는 추억이 서서히 떠올라
쓰라리면서 또한 감미롭기도 하다.

다행히도 종은 목구멍이 건장해,
나이가 많아도 활기차고 의젓해,
종교적인 소리를 충실하게 쏟아낸다.
노병이 천막 아래서 밤새 지키듯이.

나는, 나의 혼은 깨지고 말았다.
적들 사이에서 밤 냉기 메우는 노래를 부르려다.
이따금 목소리마저 쇠약해졌다.

부상당한 사람인듯 버려져 숨을 헐떡이고,
피의 호수 가, 시체 더미에 깔려 있으며,
아무리 애써도 움직이지 못하고 죽어간다.

불국 시인 보들래르는 이 시에서, 좌절과 자책이 더 심했다. 제국
주의 국가에서 누구나 "용감하고 자유로운 사람"인 것은 아니다. 시
인은 소외당한 처지에서 좌절감에 사로잡혀 "슬픔에 젖은 내 노래"
에 매달렸다. 그것은 깨진 종이 가까스로 내는 소리와 같다고 했다.
처음에는 겨울 밤 불 곁에서 깨진 종소리를 들으며 과거를 회상

하니 쓰라리면서 감미로운 느낌이 든다고 했다. 자기는 관찰자이
다. 그다음에는 깨진 종이 목구멍만 성한 늙은이 같아, 소리를 내는
임무를 계속한다고 했다. 종소리가 자기 시이다.

다시 깨진 종이 자기라고 하고, 적들 사이에서 밤의 냉기를 메우
는 노래를 지어 부르다가 깨졌다고 했다. 마지막으로 자기는 처참
하게 죽어가는 부상병 같다고 하고, 종에 관한 말은 없다. 극단에
이른 허무주의에 사로잡혔다.

6

Pierre Reverdy, "Son de cloche"

Tout s'est éteint
Le vent passe en chantant

Et les arbres frissonnent
Les animaux sont morts
Il n'y a plus personne

Regarde
Les étoiles ont cessé de briller

La terre ne tourne plus
Une tête s'est inclinée

Les cheveux balayant la nuit
Le dernier clocher resté debout

Sonne minuit

르베르디, 〈종소리〉

모든 것이 소멸했다.
바람이 노래라며 지나간다.

나무들은 몸을 떤다.
짐승들은 죽었다.
사람은 아무도 없다.

보아라.
별도 빛을 내지 않는다.

지구는 돌지 않는다.
머리 하나만 기울이고 있다.

머리칼로 밤을 쓸면서
마지막 종탑이 서 있다.

한밤중에 소리 낸다.

　이 시에서는 절망이 극도에 이르렀다. 모든 것이 사라지고 없으며, 마지막 종탑이 하나 서 있어, 한밤중에 소리 낸다고 했다. 어떻게 이 지경이 되었는지는 말하지 않았다. 절망이 극도에 이르렀는데 한밤중에 종소리가 들린다고 하는 것에서 일말의 희망을 찾고자했다. 어떤 희망이고, 어떻게 찾아야 하는가? 시인이 하지 않은 말을 우리가 생각해내야 한다. 세계가 종말에 이르고, 인류는 멸종할수 없기 때문이다.

7

위에서 든 노래는 모두 멀리서 나는 종소리를 듣고 희망을 얻는 다고 한다. 절망은 긴 이유가 가해자 때문인지 자기 탓인지 가릴 필요 없이, 어느 것이든 너무 커서 감당할 수 없다. 희망의 종소리가 들려와도 사태가 호전되지 않는다. 노력을 더하면 절망이 극도에 이르기나 한다.

이것은 함정에 빠졌다고 하지 않을 수 없는 사태이다. 희망의 종 소리가 더 크게 들리면 절망이 사라지고 희망이 실현된다. 이렇게 생각하는 것은 함정에서 벗어나지 못하게 하는 착각이다. 이에 대해 정확하게 진단하고, 슬기롭게 대처해야 한다. 기존의 철학에서는 알아차리지 못하고 있는 아주 심각하고 긴요한 쟁론이 여기 있다.

어떤 힘으로 함정에서 벗어날 것인가? 희망의 실현되게 하려면 또 어떤 힘이 있어야하는가? 愚問에는 賢答을 내놓아야 한다. 물리 적인 힘은 전연 없는 슬기로운 통찰력이 최상의 賢答이고 최대의 역량이다. 시인이 물리적인 힘을 섬기는 졸도가 되어 칭찬을 얻으 려고 하면, 슬기로운 통찰력이 아주 굳어져 화석이 된다. 철학자가 하듯이 잘났다고 뽐내다가 집안을 망친다.

시인은 철학자처럼 우둔하지 않아야 한다. 잘못을 깨닫고 길을 바꾸어야 한다. 시인이 정신을 차려 마을을 버리고 황야로 나가면, 함정에서 벗어나게 하는 힘이 생긴다고 할 것도 아니다. 함정이 착 각이었던 듯이 사라질 수 있다.

발상의 대전환을 이룩하고 행동이 아주 달라지면, 절망/희망의 함정이 눈 녹듯이 사라진다. 희망은 어디서 닥쳐오는 것이 아니고 스스로 만들어내야 한다. 만들어내는 것은 관심을 절망/희망의 관계에서 무지/각성의 관계로 돌려야 한다. 만들어내는 것이 무엇이며 어떻게 이루어지는가에 대한 각성을 얻고 실행해야 한다.

8

멀리서 종소리를 듣고 있기만 하지 말고, 가까이 다가가 종을 자세하게 살펴보는 곳이 좋은 대책이다. 종소리를 그냥 한꺼번에 거론하지 않고, 종과 분리시켜 소리를 들어야 한다. 종에서 어떻게 소리가 생겨나는가 살펴야 한다. 소리가 이루어지는 것을 들어. 모든 생성의 이치를 생각할 수 있어야 한다.

박남수, 〈종소리〉
나는 떠난다. 靑銅의 표면에서
일제히 날아가는 진폭의 새가 되어
광막한 하나의 울음이 되어
하나의 소리가 되어.

忍從은 끝이 나는가.
청동의 벽에
'역사'를 가두어 놓은
칠흑의 감방에서.

나는 바람에 실리어
들에서는 푸름이 된다.
꽃에서는 웃음이 되고
천상에서는 악기가 된다.

먹구름이 깔리면
하늘의 꼭지에서 터지는
雷聲이 되어
가루 가루 가루의 音響이 된다.

　이 시에서 발상의 대전환을 이루어졌다. 종과 소리를 분리하고,
둘은 다르다고 했다. 어떻게 다르다고 했는지, 정리해보자.

　　　[가] 종　　　　　　　　[나] 소리

　　　靑銅의 표면떠나간다.　　일제히 날아가는 진폭의 새.
　　　　　　　　　　　　　　광막한 하나의 울음.
　　　　　　　　　　　　　　하나의 소리.

　　　끝없는 忍從
　　　청동의 벽
　　　가두어 놓은 '역사'
　　　칠흑의 감방
　　　　　　　　　　　　　　바람에 실리어
　　　　　　　　　　　　　　들에서는 푸름.
　　　　　　　　　　　　　　꽃에서는 웃음.
　　　　　　　　　　　　　　천상에서는 악기.

　　　　　　　　　　　　　　먹구름이 깔리면,
　　　　　　　　　　　　　　하늘의 꼭지에서 터지는
　　　　　　　　　　　　　　雷聲.
　　　　　　　　　　　　　　가루 가루 가루의 音響.

[가]와 [나]는 종과 소리에 메이지 않은 넓은 의미를 지닌다. 이에 관해 아무리 많은 말을 해도 모자란다. 체계적인 고찰도 가능하지 않다. [가]는 객관적 조건이고, [나]는 주관적 진전이다. 이 말이 서론일 수는 있어도 결말은 아니다. [가]는 고정되어 있고, [나]는 얼마든지 달라질 수 있다. 이렇게 말하면 앞으로 나아간다. [가]는 주어진 조건이라면, [나]는 노력해 이룩하는 성과이다. [가]는 조상의 유산이라고 할 수 있고, [나]는 자기 창조이다.

[가]가 절망적이라고 한탄하면, [나]의 희망이 저절로 나타나고 실현되는 것은 아니다. 책임전가로 직무유기를 변명하지 말고, 정당한 노력을 해야 한다. [가]는 돌이고, [나]는 거기 새기는 조각이다. 돌이 좋으면 조각이 잘되는 것은 아니다. [가]의 결함을 무시해야, [나]에서 비약적인 창조가 이루어진다. [가]가 선진이면 [나]는 후진이고, [가]는 후진이라야 [나]가 선진이다.

9

조선후기의 승려의 다음 시는 알려지지 않았는데, 행운이 각별해 찾아낼 수 있었다. 다른 분들이 다시 찾을 수 있게 자료가 〈伽山藁〉에 있고, 그 책이 《한국불교전서》에 수록되었다고 알린다. 이 시를 만나 종소리를 노래한 시를 여럿 들어 비교고찰을 해야 하겠다고 작정했다.

戒悟, 〈鐘〉

爾鳴大瀏瀏
日夜也受棒

吾人亦如此
名譽猶惶悚

계오, 〈종〉

너는 울음이 너무나 맑아,
밤낮으로 몽둥이 찜질인가.
나도 그렇게 될까 염려해
명예로움 오히려 두렵구나.

종은 금속 덩어리이다. 수난도 영광도 있을 수 없다. 그런데 내는
소리가 너무 맑은 것이 화근이 되어 밤낮으로 매를 맞는다고 했다.
누구나 보고 있는 일을 두고 이렇게 말하는 것은 종이 구경거리가
아니고 제 몸이라고 여기기 때문이다.

맑은 소리를 내는 생성이 훌륭하기 때문에 수난을 당한다. 박남
수의 〈종소리〉에서처럼 생각해 무엇을 생성하는 것은 모두 훌륭하
다고 여기면 속단이다. 생성이 누구에게는, 어느 경우에는 훌륭하
지 않고 방해가 될 수 있다. 방해가 자기 자신에게 돌아와 자해가
될 수 있다. 종이 내는 소리는 방해로 확인되지 않아도 자해인 것은
분명하다.

종은 그렇고, 사람은 어떤가? 종은 내는 소리가 너무 맑아 밤낮으
로 몽둥이 찜질을 당하는 수난을 그냥 받아들이고 있지만, 사람은
슬기로울 수 있다. 그런 수난을 피하는 방법을 둘 찾아낼 수 있다.
재능이 모자라 소리가 맑지 않으면 건드리지 않아 무사하다. 맑은
소리 내는 것을 남들이 모르게 감추면 수난을 피할 수 있다. 둘 다
말은 쉬워도 실행이 어렵다.

앞의 방법은 노력할 수 있는 범위를 넘어서 있어 시도하지 못한

다. 뒤의 방법은 덜 어려우니 채택하자는 말로 결론을 삼을 수는 없다. 숨기고 있는 재능을 구설수를 피하면서 은밀하게 발휘해, 대지를 흡족하게 적시는 물이나 마음 놓고 숨을 쉬는 바람이 되게 해야 한다. 형체가 없고 은밀한 공덕이라야 크고 훌륭하다.

10

형체가 없고 은밀한 공덕이라야 크고 훌륭하다는 말을 신라 때의 다음 글에서 아주 크고 훌륭하게 했다. 시가 아닌 산문은 불필요한 수식이 없어 시 위의 시일 수 있는 것도 보여준다. 그 서두를 든다.

〈聖德大王神鍾銘序〉

夫至道包含於形象之外 視之不能見其原 大音震動於天地之間 聽之不能聞其響 是故 憑開假說 觀三眞之奧載 懸擧神鍾 悟一乘 之圓音

〈성덕대왕신종명서〉

무릇 지극한 도는 형상의 밖을 둘러싸고 있어, 보아도 그 근원을 볼 수가 없다. 아주 큰 소리는 천지 사이에서 진동하고 있어, 들어서 그 울림을 들을 수 없다. 이런 이유로 假說에 의거해 세 가지 진실의 오묘함을 보듯이, 神鐘을 매달아놓고 一乘의 圓音을 깨닫게 한다.

지금 국립경주박물관 바깥에 매달아 놓아 쉽게 가 볼 수 있는 그 종 표면에 이 銘文을 새겨 그 종이 울려서 내는 소리가 一乘의 圓音을 듣고 깨닫게 한다고 했다. 一乘은 수레 하나라는 말이다. 궁극의 이치를 하나로 아울러 수레 하나에 싣는다고 했다. 그 이치는 한

자로 요약하면 圓이다. 모든 것을 치우침이 전연 없이 가득 포용한다는 말이다. 종소리가 그것을 들려주는 圓音이라고 했다. 종소리에 대해 별별 말을 했는데, 최상의 해답이 이른 시기에 이미 마련되어 있었다.

一乘의 圓音인 종소리도 실체가 아니다. 가설이거나 방편이다. 앞에서 지극한 도는 형상의 밖을 둘러싸고 있어, 보아도 그 근원을 볼 수가 없다고 했다. 아주 큰 소리는 천지 사이에서 진동하고 있어, 들어서 그 울림을 들을 수 없다고 했다. 보이지 않는 것을 보이는 것을 이용해 알려주듯이, 들리지 않는 소리를 들리는 소리를 미루어 짐작하게 하려고 종을 우려 소리를 낸다고 했다. 無有나 虛氣는 하나여서, 無는 有, 虛는 氣를 들어 알 수 있게 한다고 했다.

11

여기서 지금까지 편 모든 논의를 총괄할 수 있다. 종소리는 有이면서 無이고, 氣이면서 虛여서, 존재의 기본 양상이나 그 근본 이치를 알려준다. 철학에 대해 전연 무지한 사람도 종소리를 들으면, 이 점을 바로 알아차리고 깊은 상념에 빠지면서 온몸의 전율을 느낀다.

종소리는 누구나 철학을 하게 하는 힘을 가지고 있으면서 행사한다. 다른 생물도 이 혜택을 함께 누리는지 의문이다. 이에 관한 해명은 하지 못해 유감이다.

종소리의 철학을 받아쓰는 작업은 시인이 어느 정도 할 수 있어, 지금까지 고찰한 작품을 제공했다. 더 찾아보면 한층 심오하고 미묘한 논의를 전개할 수 있을 것이다. 이런 이유에서 후속 연구가 필요하다.

종교는 대부분 종소리를 이용해 신도를 모으면서, 이에 대해 폐쇄되고 경직된 교리를 가지고 부적절한 설명이나 한다. 절대자를 개입시켜 사리를 왜곡하는 것이 예사이다. 그런 종교도 이제는 달라져야 한다고 주장하려면 더 많은 준비를 해야 한다.

기존의 철학은 관념의 그물로 종소리를 잡을 수 없어 멀찌감치 물러나 있다. 그래도 귀가 조금은 열려 있다고 믿는다. 지금까지 한 작업으로 철학을 생동하게 하고 새로운 가능성을 제시한다고 해도 거부하지 않으리라고 믿는다.

역사 노래

1

역사 노래는 서사시이고, 서사시는 장편이다. 여기서 그런 것들을 다룰 겨를이 없다. 역사 노래를 빼놓으면 이 책이 온전하지 못하다. 그러면 어떻게 해야 하는가? 적절한 해결책이 있다.

짧은 서정시에다 장편 서사시에서 할 말을 간추려 담아 보석처럼 빛나는 작품도 여기저기 있다. 세계를 두루 돌아보면서 찾아내 이리저리 견주어 살피기로 한다. 세계사의 내면을 깊이 살피고 역사를 이해하는 철학이 어디까지 나아갔는가 알 수 있다.

2

작자 미상, 〈신아리랑〉

무산자 누구냐 탄식 마라,
부귀와 빈천은 돌고 돈다.

감발을 하고서 주먹을 쥐고,
용감하게도 넘어 간다.

밭 잃고 집 잃은 동무들아.

어디로 가야만 좋을까보냐.

괴나리 봇짐을 짊어지고,
아리랑 고개로 넘어간다.

아버지 어머니 어서 오소.
북간도 벌판이 좋다더라.

쓰라린 가슴을 움켜쥐고,
백두산 고개로 넘어간다.

감발을 하고서 백두산 넘어,
북간도 벌판을 헤맨다.

제국주의 일본의 침략이 이런 민요가 저절로 생겨나 널리 퍼지도록 했다. 민요가 민족의 처참한 수난을 가장 잘 말해주었다. 지면에 발표하는 시는 식민지 통치자의 검열을 받아야 하므로 할 수 없는 말을, 민요는 지하방송 같아서 얼마든지 했다. 이런 것이 가해자에게는 없고 피해자에게는 있어, 가해는 불운이고 피해는 행운이다.

일제의 강점으로 나라를 빼앗기자 "밭 잃고 집 잃은" 사람들이 고향을 떠나 유랑민이 되면서 이런 민요를 불렀다. "어디로 가야만 좋을까보냐"라고 말했듯이 갈 데가 없지만, "감발을 하고서 주먹을 쥐고 용감하게" 떠난다고, "백두산 고개를 넘어" "북간도"까지 간다고 했다. 시련 때문에 절망하지 않고 세상이 달라진다는 희망을 가지자고 "무산자 누구냐 탄식 마라, 부귀와 빈천은 돌고 돈다"고 했다.

장편 서사시를 써도 다 감당하지 못할 너무나도 많은 사연을 몇 마디 말에 담았다. 넓디넓은 영역에서 펼쳐지는 역사를 내려다보고 휘어잡았다. 실증사학의 미로에서 완전히 벗어난 거시적 통찰을 제시하며 "이런 것이 역사철학이다"라고 깨우쳐준다.

피해가 행운이고, 수난이 각성이고, 절망이 희망인 역전의 원리가 그 핵심을 이룬다. 일본이 수입해 자랑거리로 삼는 서양철학에는 이런 것이 있을 수 없다. 이 말이 아래에서 고찰할 역사 노래 대부분에 타당하다.

심훈, 〈輓歌〉

궂은 비 줄줄이 내리는 황혼의 거리를
우리들은 동지의 관을 메고 나간다.
壽衣도 銘旌도 세우지 못하고
수의조차 못 입힌 시체를 어깨에 얹고
엊그제 떠메어 내오던 獄門을 지나
철벅철벅 말없이 무학재를 넘는다.

비는 퍼붓듯 쏟아지고 날은 더욱 저물어
街燈은 鬼火같이 껌벅이는데
동지들은 옷을 벗어 관 위에 덮는다.
평생을 헐벗던 알몸이 추울 상싶어
얇다란 널조각에 비가 새들지나 않을까 하여
단거리 옷을 벗어 겹겹이 덮어 준다...

동지들은 여전히 입술을 깨물고
고개를 숙인 채 저벅저벅 걸어간다.
친척도 애인도 따르는 이 없어도
저승길까지 지긋지긋 미행이 붙어서
弔歌도 부르지 못하는 산송장들은

관을 메고 철벅철벅 무학재를 넘는다.

한국 근대시인 심훈은 이런 시를 썼다. 무엇을 주장하지 않고, 식민지 통치에 맞서 싸운 전사들의 모습을 그렸다. 싸우다가 잡혀서 투옥되고, 죽어서야 감옥을 나온 애국 투사의 초라한 장례 행렬을 눈앞에 있는 듯이 보여주었다. 말을 할 수 없어 입은 닫아야 하지만, 눈을 뜨고 보는 것은 가까스로 허용되었다.

동지들이 자신의 옷을 벗어 시신을 덮어 주는 장면에서 감동이 절정에 이른다. "저승길까지 지긋지긋 미행이 붙어서/ 弔歌도 부르지 못하는 산송장들"이 식민지 통치에 시달리는 민중의 처지이다. 모두 6행씩 4연인데, 제3연이 검열에서 삭제되었다. 시인이 1936년 35세의 나이로 세상을 떠나, 삭제된 부분을 복원하지 못한다. 없어진 말을 우리가 마음속으로 생각하게 한다.

이 시를 읽으면 누구나 감당하기 어려운 충격을 받는다. 역사의 향방에 대해 깊은 성찰을 한다. 결연한 의지로 자기 삶을 가다듬는다. 철학이 책 속으로 도피해 죽을 수 없게 하고, 역사의 현장에서 살아 있게 한다.

3

周新命, 〈釣龍臺懷古〉

江上荒臺落日邊
不知龍去自何年
殿檐花滿眠鼯鼠
輦道苔深哭杜鵑
遺事有時談野老

斷碑無主臥寒煙
凄然四望春風路
縱是鶯聲亦可憐

주신명, 〈조룡대 회고〉

강가 황량한 누대에서 해가 지는데,
알지 못해라, 용은 어느 해에 떠났는가.
전각 처마에는 꽃이 만발해 다람쥐가 잠들고,
연이 지나던 길에 이끼가 짙어 두견이 운다.
시골 노인네나 이따금 지난 일 이야기하고,
잘린 비석 주인 없어 차가운 안개 속에 누웠네.
사방 봄바람 부는 곳 처연한 느낌으로 바라보니,
들려오는 꾀꼬리 소리 또한 가련하구나.

이 시 지은이는 琉球 시인이다. 이름을 어떻게 읽는지 알지 못해 표기하지 못한다. 자기 나라가 일본의 침공을 받고 국권을 상실한 다음에도 대외적인 외교 관계는 유지하고 있어, 청나라에 사신으로 갔다가 이 시를 지었다. 중국 어느 곳에 남아 있는 나라가 망한 흔적을 지나가다가 보고 느낀 바를 전한다고 해서 일본의 감시를 피하면서, 자기 나라의 수난을 통분하게 여기는 마음을 처절하게 나타냈다.

용이 떠났다는 것은 나라가 망했다는 뜻이다. 전투에서 승리한 적장이 강에서 용을 낚았다고 하는 것으로 군주가 당한 수난을 말하고 그곳을 조룡대라고 하는 전설이 백제의 옛 도읍 부여에도 전한다. 망국의 자취가 사라지고 있어 알아보기 어렵다고 하고, 그래도 지난날을 이야기하는 시골 노인네나 잘린 비석이 있어 역사를 망각

할 수 없다고 말했다. 시인이 할 수 있는 일은 더 없어, 망국의 참상
이 처연하고 가련하다고 탄식하기만 했다.

  나라가 망한 것을 통탄하는 사람은 이 시를 읽으면 자기 역사를
말해주는 것 같다. 亡國史의 공통적인 줄거리를 갖추고 있기 때문
이다. 각자의 자료로 구체적인 내용을 갖추면, 도도하게 흘러가는
강물 같은 장편을 만들 수 있다. 이 작업이 마음속에서 진행되게
한다.

潘佩珠,〈愛國歌〉

噫噫
水兮我先之血
山兮我先之肉
我先膏脂灌全南
一朝使飽豺狼腹
故國輿圖異國旗
異國之榮我之辱
辱我河山痛我先
此恨海號山亦哭
吁嗟國魂歸來乎
萬衆齊聲唱光復
光復光復大光復
萬人同一心
法賊何足剝
愛國歌歌一曲
凡我同胞勗哉勗

반 보이 쩌우,〈애국가〉

아아,

물이여, 우리 선조의 피인가,

산이여, 우리 선조의 살인가.

우리 선조의 기름 월남 전역에 흐르는가.

하루아침에 이리떼의 배를 부르게 했다.

고국 강토에 이국 깃발

이국의 영광이 우리의 치욕,

우리 산하도 치욕이고, 우리 선조 통분한다.

이 한탄으로 바다가 소리치고 산도 통곡한다.

아아, 국혼이여 돌아오라.

만백성이 한 목소리로 광복을 외친다.

만인이 같은 마음이면,

법국 도적이 어찌 해칠 수 있겠나.

애국가 한 곡조 부르며

우리 동포 모두 힘쓰자, 힘쓰자.

이 사람은 월남의 애국투사이다. 불국의 식민지 통치에 항거하면서 많은 저술을 하고, 구속되어 사형언도를 받기까지 했다. 〈越南亡國史〉가 우리말로 번역되어 애독되었다. 위에서 든 것은 오욕을 씻고 억압에서 벗어나 독립을 쟁취하려고 하면서 1910년에 지은 노래 후반부이다. 한시여서 우리도 아무 거리낌 없이 원문 그대로 읽을 수 있다.

'故國', '國魂', '愛國' 등의 친근한 말을 쓰면서, '國'은 선조에게서 물려받은 나라이고 산천과 일체를 이룬다고 했다. 선조가 피땀 흘려 산천을 돌보고 삶의 터전을 가꾼 자기 나라 월남이 하루아침에 이리떼 같은 침략자의 배를 불리는 먹이가 되었다고 개탄했다. 식민지 통치에서 신음하는 다른 어느 곳에서 이 노래를 자기 것으로 할 수 있다.

불국과 싸워 이겨 월남은 독립을 쟁취했다. 침략군의 항복을 받아낸 것이 특기할 사실이고, 세계 적인 범위의 민족해방투쟁사에서 높이 빛난다. 이것은 上下·强弱·優劣·賢愚·先後의 逆轉을 모두 갖춘 쾌거이다. 潘佩珠는 그때까지 살아 있지 못했지만, 이 〈愛國歌〉를 지어 역사를 정당하게 통찰하며 용맹스럽게 싸우라고 독려했다.

4

Joseph Plunkett, "The Spark"

Because I used to shun
Death and the mouth of hell
And count my battle won
If I should see the sun
The blood and smoke dispel,

Because I used to pray
That living I might see
The dawning light of day
Set me upon my way
And from my fetters free,

Because I used to seek
Your answer to my prayer
And that your soul should speak
For strengthening of the weak
To struggle with despair,

Now I have seen my shame

That I should thus deny
My soul's divinest flame,
Now shall I shout your name.
Now shall I seek to die

By any hands but these
In battle or in flood,
On any lands or seas,
No more shall I share ease,
No more shall I spare blood

When I have need to fight
For heaven or for your heart,
Against the powers of light
Or darkness I shall smite
Until their might depart,

Because I know the spark
Of God has no eclipse,
Now Death and I embark
And sail into the dark
With laughter on our lips.

플런키트, 〈불꽃〉

나는 죽음이나 지옥의 입구를
원하지 않아 피해 다니면서,
태양을 바라보면 전투에서 이겨
피와 안개를 퇴치하리라고 생각하곤 했다.

나는 내가 살아 있으면서,
어느 날의 새벽빛을 보고

나아갈 길 인도를 받아
속박에서 벗어나게 해달라고 기도하곤 했다.

나는 당신이 나의 기도에 응답하고,
당신의 영혼이 말을 해와
약자가 강력한 힘을 얻어
절망과 싸우게 되리라고 기대하곤 했다.

그 모두 부끄러운 짓인 줄 알게 되어,
내 영혼이 가장 성스러운 불길이라고 하지 않는다.
이제 당신의 이름을 소리쳐 부른다.
이제 나는 죽음을 찾는다.

누구의 손에 의해서든
전쟁에서든 홍수에서든
어느 땅에서든 바다에서든,
나는 편안함도 피도 아끼지 않는다.

하늘을 위해서나 당신을 위해서나,
빛의 세력이든 어둠의 세력이든
맞서서 싸워야 한다면
물리칠 때까지 공격하겠다.

하느님의 불꽃은 불멸임을 알아
이제 죽음과 내가 배를 타고
어둠 속으로 항해해 들어간다.
우리 입술에 웃음을 띠고서,

영국은 강성대국이 되려고 이웃 나라 아일랜드를 침략하고 지배

했다. 착취와 억압을 견딜 수 없을 정도로 자행했다. 독립을 위한 항거가 일어나는 것이 당연했다. 그 선두에 선 플런키드는 시인이었다. 몸에 병이 있고 마음이 여린 시인이 무장 투쟁을 주동하다가 1916년에 처형되었다.

독립 전쟁을 위해 떨쳐나서는 투지를 가다듬은 이 시는 두 부분으로 이루어져 단계적인 변화를 말해주었다. 제3연까지의 전반부에서는 죽음을 피하고 살아 있으면서 요행을 얻어 전투에서 승리하기를 기대했다고 했다. 제4연부터의 후반부에서는 그런 소극적인 자세가 잘못인 줄 알고 죽음을 각오하고 적극 투쟁하겠다고 했다.

"당신"이라고 하다가 나중에는 "하느님"이라고 한 신앙의 대상이 투쟁과 계속 연결되어 있다. 정당성을 보장하고, 힘을 얻어야 하기 때문이다. 정당성과 힘은 상관관계를 가졌다. 전반부에서는 신앙의 대상에 의존하려고 해서 얻는 힘이 약했으며, 후반부에서는 신앙의 대상이 지닌 힘을 발현해 정당성이 완벽하다.

투쟁에서 발현되는 힘을 불이라고 하면서 "flame"과 "spark"를 구별해 사용했으므로 앞의 것은 "불길", 뒤의 것은 "불꽃"이라고 번역했다. "내 영혼이 가장 성스러운 불길"이라고 생각한 것은 잘못임을 깨닫고 "하느님의 불꽃은 불멸임을 알아" 죽음을 각오하고 결전에 나선다고 했다. 자기가 대단하다고 여기는 자부심을 버리고 절대적인 소명 실현에 모든 것을 다 바쳐 희생해야 성스럽고 강력하게 된다고 했다. "불꽃"이 "불멸"이라는 것은 정당성이 순간에 발현하는 위력이 영원이 지속된다는 말이다. 시 제목을 〈불꽃〉이라고 한 것이 깊은 의미를 지닌다.

"빛의 세력이든 어둠의 세력이든" 맞서서 싸워 "물리칠 때까지 공격하겠다"고 했다. 싸움 상대를 누구나 알 수 있으므로 영국을 직접 지칭하지 않았다. "빛이든 어둠이든"이라고 한 것은 어떤 적대자이든 가리지 않는다는 말이라고 할 수 있지만, 빛을 표방하는 영국이 "어둠의 세력"임을 지적했다고 보는 편이 더욱 타당하다.

영국을 물리치기 위한 싸움이 실패로 돌아가고 시인은 여러 동지와 함께 처형되었다. 그래서 "하느님의 불꽃은 불멸"임이 부정된 것은 아니다. 죽음 자체에 죽음을 선택한다는 시가 추가되어, 가까이는 자기 동족, 아일랜드인, 멀리는 외세의 지배에서 벗어나기 위해 투쟁하는 모든 사람들의 마음속에 불꽃이 일어나게 했다. 정의로운 투쟁의 정당성을 확인하고 고무하는 데 널리 쓰일 수 있는 본보기를 마련했다.

아일랜드는 독립을 쟁취했다. 병약한 시인의 엄청난 투지와 장렬한 희생, 아름다운 시어와 간절한 소망이 불씨가 되어, 역사의 역전을 거대하게 이룩하는 데 이르렀다. 침략과 지배를 극대화해 해가 지지 않는 제국이라는 패권주의 차등론을 한껏 뽐내던 영국은 결국 손발을 잃는 것처럼 되더니, 자폐증으로 위신을 차리려다가 비참해지고 있다. 감자마저 모자라 굶거나 떠나가야 하던 아일랜드 사람들은, 이제 대등을 철저하게 실현하는 활짝 열린 나라를 만들어 온 세계의 활력이 모여들게 한다. 아일랜드의 국민소득이 영국 갑절로 된 것이 놀랄 일 아니다. 上下·强弱·優劣·賢愚·先後의 역전이 다른 어디서보다 더욱 분명하게 실현된다.

Amolkumar Udarwar, "We Are Just Human Beings"

Mans's colour is purely geographical
Not just the matter only biological
For continents drifted due to a process

People went to polar zone to live on icicle

Thus they got white due to temperature low
Coloured are those remained on equator below
Got dark of heat which they did absorb
Adaption was only solution they did follow

Thus it's a matter of millennia ago
Let's not fight due to our immense ego
We are different from the fauna rest
Brotherhood is our ultimate logo

Racism or apartheid
It's always been a cruel deed
For it killed humanity
And humanity excels caste and creed

The Almighty has no bias
He calls everyone to His dais
For our blood is just a same
Ensure all stomachs full of rice

To save the clan of homo sapiens
Stay away from being ruffians
Let's dole out benevolence
The King warned against the aliens

"We have no fangs and no stings
Explore the peace, spread the wings
Stay away from retaliation
For we are truly human beings..!!"

우다르와르, 〈우리는 인류일 따름이다〉

사람의 색깔은 오직 지역을 따르고,
생물학적 차이에 관한 사항은 아니다.
대륙이 정해진 순서에 따라 이동하자,
극지의 얼음 위로 가는 무리도 있었다.

기온이 낮은 곳 거주자들은 흰색이고,
적도 아래 남은 사람들은 색깔이 있다.
흡수한 열기 때문에 피부가 검어졌다.
기후 조건에 적응하는 것이 해결책이다.

이것은 몇 천년 전에 있었던 일이다.
우리 자아가 다양하다고 싸우지 말자.
우리는 다른 동물들과 상이하지 않나,
형제들끼리의 우의가 궁극의 목표이다.

인종주의나 인종차별은
언제나 잔혹한 짓이다.
사람다움을 죽인다.
사람다움은 계급이나 신앙을 넘어선다.

전능한 분은 치우침이 없다.
어떤 사람이든 모임에 초대한다.
우리는 핏줄이 같아,
모두 배를 채우도록 한다.

호모 사피엔스의 종족을 구해야 하니,
악당 노릇을 하지 말고 물러서라.
관대함을 나누어 주자.

킹은 다른 종족에게 경고했다.

"우리는 송곳도 가시도 없으며,
평화를 탐사하려고 날개를 편다.
보복을 하지 말고 물러서라.
우리는 진실로 인류이다."

우다르와르라고 하는 미국 현대의 흑인시인이 이런 시를 지었다. 인종차별을 비판하는 총론이라고 할 수 있다. 인류의 종을 "호모 사피엔스"라고 지칭하는 말은 번역하지 않는다. "킹"(Martin Luther King Jr.)은 미국의 흑인인권운동가이다.

인종차별의 근거가 되는 피부색은 기후에 따라 결정될 따름이라고 했다. 피부색이 달라도 생물학적 차이가 없어, 우리 모두 같은 인류라고 했다. 인류를 차별해 해를 끼치는 악당은 인류가 아닌 "다른 종족"이라고 했다. 그러나 싸워서 물리치자고 하지는 않았다. 관대함을 나누어주어, 악당도 "다른 종족"이기를 그만두고 "우리는 진실로 인류이다"는 것을 알게 하자고 했다. 평화적 투쟁의 강령을 선포했다.

이 시는 역사의 진상을 드러내, 많은 생각을 하게 한다. 유럽에서 건너간 미국인은 원주민이 이익을 주는 것은 없으면서 땅을 차지하고 있다고 여기고 거의 다 학살했다. 아프리카인을 납치해와 노예로 부리며, 빼앗은 땅에서 농사를 지어 바치라고 채찍을 휘두르고 강요했다. 다른 곳에서는 노예제가 없어진 시기에 엄청난 역행을 하면서 마국이 가장 앞선 나라라고 강변했다.

아프리카인이 흑인인 것은 가장 열등한 증거라고 하고, 피부색이 검고 흰 정도에 따라 문명의 정도가 입증된다고 하는 인종차별론이

기독교 하나님의 가르침인 절대적인 진리라고 했다. 그런 하나님을 잘 받들어 더욱 번영한다는 자부심이 하늘까지 치솟아 있는 미국의 실상은 그 반대이다. 극단의 차등론이 필연적으로 가져오는 파탄 때문에 아래가 흔들린다.

흑인노예를 해방했다지만 차별이 남아 있어 분노하게 한다. 미국이 기독교 하나님의 가르침을 실현해 세계인 모두의 자유를 수호하는 성스러운 임무를 수행하다고 하는 주장이 반발을 초래하지 않을 수 없다. 미국 흑인만으로는 역량이 부족하므로, 뜻을 함께 하는 모든 인류가 上下·强弱·優劣·賢愚·先後의 역전을 가장 거대한 규모로 지구 전역에서 일으켜야 한다.

5

Henry Derozio, "To India My Native Land"

My country! In thy days of glory past
A beauteous halo circled round thy brow
and worshipped as a deity thou wast—
Where is thy glory, where the reverence now?
Thy eagle pinion is chained down at last,
And grovelling in the lowly dust art thou,
Thy minstrel hath no wreath to weave for thee
Save the sad story of thy misery!
Well—let me dive into the depths of time
And bring from out the ages, that have rolled
A few small fragments of these wrecks sublime
Which human eye may never more behold
And let the guerdon of my labour be,
My fallen country! One kind wish for thee!

데로지오, 〈인도, 나의 조국이여〉

나의 조국이여! 영광을 누리던 지난날
당신은 이마에 황홀한 광채를 두르고,
신으로 받들어 섬기는 예배를 받으시더니,
그 영광, 그 존경이 지금은 어디로 갔나요?
독수리의 날개가 마침내 쇠사슬에 묶이고,
저열한 먼지 구덩이에서 굴욕을 겪다니요.
당신께 시인이 짜서 바칠 꽃다발이라고는
비참하다고 말하는 슬픈 이야기뿐이군요!
그래도, 시간의 심연에 뛰어들게 해주세요.
난파하고 남은 숭고의 작은 잔해들이라도
지나간 시절을 헤치고 건져 올리렵니다.
누구도 보지 못한 그 보물들을 가져와서
제가 수고하는 보람이 있도록 하는 것이
넘어진 조국이여! 당신을 위한 소망입니다.

데로지오는 인도 근대시인이다. 아버지는 인도인과 포르투갈인
의 혼혈이고 어머니는 영국인이어서 인도인의 혈통을 조금만 지녔
으나, 인도 콜카타에서 태어나고 자라면서 자기는 인도인이라고 생
각하고 인도를 위해 헌신하고자 했다. 17세에 대학 강사가 되었다
가, 콜레라에 걸려 22세에 세상을 떠났다. 짧은 생애 동안 인도인의
의식각성을 촉구하는 근대문학을 영어를 이용해 이룩하는 선구자
노릇을 해서 높이 평가된다.

이 시는 소네트 형식이어서, 구분해 적지 않았어도 4·4·3·3행
으로 구성된 네 연이 있다. 제1연에서는 인도가 누리던 영광을 그리
워했다. 제2연에서는 인도가 지금 겪고 있는 참상을 애통해하는 시

인의 마음을 나타냈다. 제3연에서는 과거를 재발견하는 탐구를 하자고 했다. 제4연에서는 과거의 역사에 숨어 있는 보물들의 잔해라도 가져와 불행한 조국이 되살아나게 하는 것이 자기의 소망이라고 했다.

제2연에서 "독수리의 날개가 마침내 쇠사슬에 묶이고/ 저열한 먼지 구덩이에서 굴욕을 겪다니요"라고 한 말로 식민지가 된 참상을 처절하게 나타냈다. 제3연에서 "시간의 심연에 뛰어들게 해주세요"라고 하면서 인도의 오랜 역사에서 소생을 위한 저력을 찾는다고 했다. 제1연에서 말한 지난 시기 인도의 영광이 제4연에서는 건져 올려야 할 보물로 남아 있다고 했다. "누구도 보지 못한 그 보물들"이라고 하면서 인도의 전통문화는 독보적인 가치를 가진다고 일렀다.

아버지는 인도인과 포르투갈인의 혼혈이고, 어머니는 영국인인 이 시인이 조국 인도를 위해 헌신한 사실에 대해 좀 더 생각해보자. 타고르(Rabindranath Tagor)의 소설 《고라》(Gora)에서 말한 바가 도움이 된다. 이 소설의 주인공은 인도 민족운동의 열렬한 투사인데, 아버지가 임종 시에 혈통에서는 인도인이 아닌 출생의 비밀을 밝혀 큰 충격을 받았다. 분노한 인도인들이 폭동을 일으켜 영국인을 살해할 때 피신한 아일랜드인 영국군 병사의 아내가 아들을 낳고 세상을 떠나, 그 아이를 아버지가 맡아 양육했다고 했다. 이 일을 알게 된 고라는 식민지 통치에서 벗어나는 인도의 해방이 인종이나 국가의 구분을 넘어서서 인류 전체를 위하는 숭고한 과업임을 더 크게 깨달았다고 술회했다.

인도인은 인도를 섬기고 영국인은 영국을 섬기는 것이 팔이 안으로 굽어 각자 자기를 위하는 짓이니 피장파장이라고 할 수 없다.

피해자인 인도는 섬겨야 하고, 가해자인 영국은 나무라야 한다. 인도 섬기기는 다른 여러 곳 피해자 동지들뿐만 아니라, 생각을 바르게 하는 모든 사람의 공동 과업이다. 가해에는 경쟁만 있어 영국 섬기기를 함께 할 동지는 없으며, 가해자를 상전으로 섬기는 것은 노예나 하는 짓이다. 인도는 섬기고 영국은 나무라 인류가 대등한 관계를 가지고 평화롭게 살도록 해야 한다. 이 말은 모든 피해와 가해에 그대로 적용된다. 누구나 해야 할 일을 먼저 발설해 미욱한 사람들을 깨우쳐주는 것이 시인의 임무이다.

영국이 인도를 식민지로 삼은 것은 세계사 최대 규모의 참사이다. 상처와 분노가 심각해, 거의 모든 인류를 가만있을 수 없게 한다. 영국이 망하고 있는 것만으로는 속이 차지 않는다. 제국주의, 패권주의, 대국주의, 영웅주의 등등 뿐만 아니라, 모든 차등론을 뿌리까지 뽑아내도록 한다.

Demeter Edwards, "Jamaica our native land"

Have you forgotten your native land, the days when our ancestors sweat and harvest?
crop with their hands, Jamaica our black Negro land
the name itself is a brand

Have you forgotten the Jamaican national bird, our charming doctor bird?
can you remember that national dish we call ackee and saltfish
out of many one people, Jamaica human race, a land, a wonderful place
where human beings express their smile on their happy face

Have you forgotten the national heroes who fought for us and thus who died

for us, can you remember this all, these seven national heroes and one heroine who

stood tall, although our country was small

these were the one's who made it remain still and not fall

The last sentence in the national anthem I shall recall

Jamaica, Jamaica, Jamaica land we love

created by the heavenly father above.

에드워즈, 〈자마이카, 우리 조국〉

너는 우리 조국을 잊었는가?

우리 선조들이 땀 흘리고 곡물을 추수하던 나날을 잊었는가?

우리 자마이카 흑인의 나라,

그 이름이 널리 알려진 상표이다.

너는 나라 새, 매혹적인 벌새를 잊었는가?

너는 우리 음식 애키와 솔트피쉬를 기억하는가?

수많은 국민 가운데, 자마이카 사람들은 국토와 함께 멋지다.

행복한 얼굴에 미소를 짓는다.

너는 우리를 위해 싸우다가 죽은 나라의 영웅들을 잊었는가?

너는 여덟 분 남자 영웅, 한 분 여자 영웅이 우뚝 선 것을 기억하는가?

우리나라는 비록 작지만,

그 분들이 만들어 아직 건재하고 망하지 않는다.

국가의 마지막 대목을 부르겠다.

자마이카, 자마이카, 자마이카, 우리가 사랑하는 이 나라는
저 위 하늘에 계신 아버지가 창조하셨다.

에드워즈는 자마이카 시인이다. 서인도제도에 있는 자마이카는
유럽인이 침공해 원주민을 다 죽이고 아프리카에서 데려온 흑인노
예를 혹사한 곳의 하나이다. 흑인노예가 자유를 찾고 독립을 이루
고자 해서 이런 노래를 지어 불렀다.

흔히 있는 조국 찬가를 지었지만, 자만의 사설을 늘어놓은 것과
는 거리가 멀다. 보잘 것 없다고 여길 수 있는 흑인의 나라를 스스로
사랑하자고 하고, 해방 투쟁의 영웅들을 잊지 말자고 해서 널리 공
감을 얻는다. 이것은 자기네만 위하자는 것이 아니다. 세계사를 왜
곡하는 비극을 시정하고, 바른 길로 가게 하는 투쟁이다.

자기 나라를 사랑하자고 하면서 특이한 것들을 들었다. 나라 새
라고 한 "doctor bird"는 서인도제도에서 사는 벌새의 일종이다.
"ackee and saltfish"는 애키라는 과일과 절인 생선을 함께 먹는 식
사이다. 사소한 것들에 대한 일상적인 사랑이 패권주의를 칭송하는
거대담론을 무색하게 한다.

6

Dayan Masinde, "Revolution is now !"

I write to you fellow youth
From the slums to the suburbs
From upcountry to the cities
Arise!
I write to you fellow youth

Pick up that dream you have shelved

Forget about the voices that whispered

That you can't; don't they see the fire within you?

I write to you fellow youth

You, me, we are great

Let us unlearn and break away

From the things that holds us in useless, undeserving

bondage

I write to you fellow youth

Life will not begin tomorrow

Change is now

We can have the life we desire

I write to you fellow youth

Your mind is great

Your future is bright

The glimmering horizon beckons..

I write to you fellow youth

We are the beauty and life of the world

The strength of our nation

The pillar of our legacy

I write to you fellow youth

Revolution will not come by violence

But by reason, patience, relentlessness

By love and unity of purpose

I write to you fellow youth

Let us be people of integrity, people of justice, people of

leadership

Let us show them how things should be done

Change things now, through hard work, greatness and service

I write to you fellow youth

The future is for the brave

For those who dream and pursue
And we, we are The Brave!
I write to you fellow youth
ARISE!!!!! Revolution is now…

마신데, 〈이제 혁명이다 !〉

젊은 동지들에게 알린다.

빈민가에서 변두리까지,

산골에서 도시까지.

일어나라!

젊은 동지들에게 알린다.

얹어두었던 꿈을 내려라.

너는 할 수 없다고

속삭이기만 하던 말은 잊어라.

마음속에서 타오르는 불꽃을 보지 못하느냐?

젊은 동지들에게 알린다.

너나 나, 우리는 위대하다.

잊어버리고 벗어나자

우리를 무익하고 부당하게 속박하는 것들에서.

젊은 동지들에게 알린다.

삶은 내일 시작되지 않으니,

지금 바꾸어라.

우리가 바라는 대로 살 수 있다.

젊은 동지들에게 알린다.

너의 마음은 위대하다.

너의 미래는 밝다.

번쩍이는 지평선이 손짓한다.

젊은 동지들에게 알린다.

우리는 이 세상의 아름다움이고 생명이다.

우리나라의 힘이다.

정당함을 받치는 기둥이다.

젊은 동지들에게 알린다.

혁명은 폭력을 사용하면 성취되는 것은 아니다.

이성과 끈기, 철저한 노력이 필요하다.

애정을 가지고, 목적을 통일시켜야 한다.

젊은 동지들에게 알린다.

단합되고, 정의롭고, 지도력을 가지는 민중이 되자.

일이 어떻게 되어야 하는지 그들에게 보여주자.

지금 힘든 작업, 위대한 봉사로 사태를 바꾸자.

젊은 동지들에게 알린다.

미래는 용감한 사람들의 것이다.

꿈을 가지고 성취하는 사람들의 것이다.

우리는, 우리는 용감한 사람들이다!

젊은 동지들에게 알린다.

일어나라 !!!!!! 이제 혁명이다...

수난이 가장 심각한 아프리카로 가보자. 마신데는 아프리카 케냐의 시인이다. "젊은 동지들에게 알린다"는 말을 거듭해 노래를 부르는 듯한 시를 썼다. 이제 일어나 독립 혁명을 이룩하자고 하면서, 혁명을 하려면 자신을 가지고 가능성을 믿어야 한다고 했다. 혁명은 폭력을 사용하면 되는 것은 아니라고 했다. 혁명이 테러는 아니라는 말이다. "이성과 끈기, 철저한 노력"을 가지고, 통일된 목적을 달성해야 한다고 했다.

"ARISE !!!!!" "일어나라"는 말을 대문자로 적고, 감탄부호를 여섯이나 달았다. 그래도 다 외치지 못했다. 외침이 세계 도처에서

메아리되고, 메아리가 다시 메아리되어 점점 더 커지니 염려하지
않아도 된다.

Sadiouka Ndaw, "Je suis libre"

J'ai brisé mes liens

Arraché le noeud gardien.

Fini le carcan, fini le boulet

Plus de fardeau, plus de fouet,

Fuir cette prison immonde,

Aller à la conquête du monde,

Je veux être le faucon qui s'envole,

Etre le fauve qui somnole.

Je veux être l'abeille butineuse,

Etre la fourmi courageuse.

Je veux être l'araignée qui façonne,

Etre la guêpe maçonne.

L'heure de la délivrance a sonné,

Servez- moi les mûres et les délices,

Oubliés, les repas fétides.

Au banquet des hommes libres,

Je veux retrouver mon équilibre,

Exercer mon office

Bâtir un édifice

Du haut de l'obélisque, sentir ma liberté.

은다우, 〈나는 자유다〉

나는 마침내 끊었다,

감시자가 묶어놓은 목줄을.

쇠고리도 족쇄도 끝냈다.

등짐도 채찍도 없어졌다.
이 더러운 감옥에서 벗어나
세상 어디라도 찾아간다.
매가 되어 날아가련다,
졸고 있는 맹수 사이에서.
벌이 되어 꿀을 모으련다,
용감한 개미 사이에서.
거미가 되어 줄을 치련다,
집짓는 말벌 사이에서.
해방의 종이 울렸다.
악취 나는 배식은 잊게 하고,
진미를 갖추어 차려다오
자유인을 위한 잔치를.
나는 안정을 찾아
할 일을 하면서
오벨리스크 위에다 건물을 세워
자유를 누리련다.

세네갈의 시인이 식민지 통치에 벗어나는 해방과 독립을 이렇게
노래했다. 서두에서 구속과 시달림에서 벗어나는 해방을 선언했다.
다음에는 독립해서 할 일을 다른 여러 나라와 견주어 제시했다. 다
른 나라는 지상에서 하는 일을 공중에서 하겠다고 했다.

"졸고 있는 맹수"는 기존의 강대국이라고 할 수 있다. 하늘을 나
는 매가 되어 더 높은 위치에 오르리라고 했다. "용감한 개미"는 힘
써 일하는 신생국이라고 할 수 있다. 벌이 되어 꿀을 모으는 더욱
큰 열성을 가지리라고 했다. "집 짓는 말벌"은 국가 건설의 모범자

라고 할 수 있다. 거미가 되어 줄을 쳐서 건설을 더 잘 하리라고
했다.

해방의 종이 마침내 울린 것을 축하하는 잔치를 차리자고 했다.
기쁨에 들떠 있지 말고 안정을 찾아 할 일을 하자고 하면서 앞에서
열거한 것들을 다른 말로 요약했다. 우뚝한 자세를 뽐내는 문명 유
산 오벨리스크 위에다 더 높은 집을 지어 자유의 가치를 실현하자고
했다. 독립해서 할 일을 쉬운 말을 써서 명확하게 제시한 것을 주목
하고 평가할 만하다.

7

Solomon Dankwa, "Africa"

Africa, my motherland.
The home of my forefathers,
Who were as ignorant as children.
But were as industrious as wild beavers.
They call themselves Africans.

Africa.
The land of assiduous beings,
Whose skin as coal.
But their masters' as snow.
How good were they at playing that game called slavery
With the then blindfold blacks.

Oh! Mama Africa.
Behold how fantastically majestic
You look on your throne.

Crowned by the sun
Some millennia back.
With your other five associates
exhibiting some kind of curtsy,
When they see you swagger
Though they feel to stagger.

Africa.
The land of honey and milk indeed.
The land of money and silk not in need.
Civilization started in Africa.
Victimization altered in Africa.
Nought sought when it fought not.
Rather taught how it thought.

Africa!
A place of haven.
Yet not heaven.
A place of dainty nature.
Yet not in saintly feature.
There ingenious and gifted Homo Sapiens,
Emanates from nowhere.
Animals and green plants,
Emerging from somewhere.

Where was I at that time?
Where were you at that time?
Mama Africa.
God bless you.
And your people,
God bless Africans!

단크와, 〈아프리카〉

아프리카, 내 어머니 나라.
조상들이 살아온 고장,
어린아이처럼 몽매하지만
야생 비버처럼 부지런한 그분들이
스스로 아프리카인이라고 했다.

아프리카.
열심인 분들의 고장,
살색이 석탄 같은데,
주인은 눈처럼 희구나.
노예 노릇을 하면서 좋은 일을 얼마나 했나,
눈을 가리고 있는 검둥이 신세로.

오! 어머니 아프리카,
왕좌에 앉아 있는 모습
얼마나 놀랍고 당당한가.
햇빛의 왕관을 쓰고,
몇 천 년을 뒤에 두르고,
각기 예의를 갖추고 있는
다섯 동료를 동반자로 삼고,
활보하는 것을 보여주면서,
답보한다고 여기는데.

아프리카.
꿀과 젖이 넘치게 있는 고장,
돈과 옷은 없어도 되는 고장.
문명은 아프리카에서 시작했다.

수난이 아프리카에서 변이했다.
싸움을 하지 않으면 얻을 것이 없다지만,
생각을 어떻게 해야 하는지 가르쳐주었다.

아프리카!
하늘에 있는 곳.
아직 하늘은 아니다.
자연이 거룩한 곳.
아직 거룩하지는 않다.
영리하고 재주 많은 호모 사피엔스
다른 데서 온 것은 아니다.
동물이나 푸른 식물들도
어디선가 나타나고.

나는 그때 어디 있었나?
당신은 그때 어디 있었나?
어머니 아프리카여,
신이 당신을 축복한다,
당신의 백성도,
신이 아프리카 사람들을 축복한다.

　단크와는 아프리카 가나의 시인이다. 자기 나라의 범위를 넘어서서 아프리카의 해방을 노래했다. "motherland"(어머니 나라), "The home of my forefathers"(조상들의 고장)이 아프리카이다.
　아프리카의 가치를 발견하고 예찬하는 것을 정신적 귀향으로 삼았다. 자기 고장이나 자기 나라를 특별히 내세우지 않고 아프리카 전체가 고향이라고 해서 정신적 귀향을 확대하고 심화했다. 위축된 심정을 나타내는 구김살을 걷어내고 당당하기만 한 발언을 자랑스 럽게 했다.

　노예 노릇을 하던 수난을 회고했다. 아프리카가 수난 이전의 몇 천 년 역사를 이어받아 이제 당당한 모습을 하고 활보하는 것을 다 른 여러 대륙에서 보고 있다고 했다. 아프리카의 특징을 자랑했다. 아프리카는 자연의 혜택을 풍부하게 누려 인공의 조작이 필요하지 않고, 문명이 시작되었을 뿐만 아니라 수난에 대처하는 슬기로운 방법을 가르쳐주는 곳이라고 하는 요지의 발언을 적절한 표현을 갖 추어 나타냈다.

　제5연에서는 아프리카의 이상이 아직 실현된 것은 아니라고 했 다. 제6연에서 "그때 어디 있었나?"라고 한 "그때"는 뜻하는 바가 모호해 여러 가지 추측을 할 수 있으나, 자기와 어머니 아프리카가 헤어져 있던 시기라고 보는 것이 적절하다. 헤어져 있던 시기가 끝 나고 이제는 만나는 것을 축복하자고 했다.

　이 시를 자기 말이 아닌 영어로 쓴 것은 잘못이라고 할 수 없다. 아프리카 사람들이 함께 사용하는 공통어는 없어 영어를 사용해야 널리 알려질 수 있다. 영어를 아프리카 말처럼 사용하려고 했다. 비슷한 어구를 이것저것 이으면서 시상을 전개하는 것이 아프리카 의 어법이라고 생각된다. 번역하기 아주 어려워 근사치라도 찾으려 고 애썼다. 제3연에서 짝을 이룬 "swagger/ stagger"는 "활보/ 답보" 라고 옮겼다. 제4연에서 "The land of honey and milk indeed/ The land of money and silk not in need"라도 한 것은 줄 전체가 절묘한 대구이다. "꿀과 젖이 넘치게 있는 고장/ 돈과 옷은 없어도 되는 고 장"이라고 해서 가까스로 다가갔다. "Nought sought when it fought not/ Rather taught how it thought"라고 한 것도 절묘한 언어 구사이다. "싸움을 하지 않으면 얻을 것이 없다지만/ 생각을 어떻게 해야 하는지 가르쳐주었다"고 해서 근처까지는 가려고 했다.

아프리카 특유의 수법을 활용해 표현을 응축했어도, 이 작품에서 하는 말은 시답지 않고 산문에 가까워졌다. 실향을 귀향으로 해결한다고 결론을 내려, 고향에서 고국으로, 고국에서 대륙으로 확대한 그리움의 대상을 찾아 즐거움을 누린다고 자랑했다. 모든 소망이 다 이루어진 것은 아니지만, 실향의 슬픔이나 고통은 없어지고 귀향해 맞이하는 장래를 낙관했다. 이런 말은 동의할 수는 있어도 감동을 주지 않는다. 귀향시가 되면서 실향시는 의의가 없어진다. 어떤 소망이든지 완결되면 사명이 끝나 무용하게 되는 것이 당연한 이치이다.

David Diop, "Vagues"

les vagues furieuses de la liberté
claquent sur la bête affolée
de l'esclave d'hier un combattant est né
et le docker de suez et le coolie d'hanoi
tous ceux qu'on intoxiqua de fatalité
lancent leur chant immense au milieu des vagues
les vagues furieuses de la liberté
qui claquent sur la bête affolée

디오프, 〈물결〉

자유를 찾는 성난 물결이
두려워하고 있는 짐승에게 덮친다.
어제의 노예가 오늘은 투사로 태어난다.
수에즈의 부두노동자 하노이의 천한 일꾼

숙명의 굴레 속에서 중독되어 지내던 사람들
모두 거대한 물결 속에서 엄청난 노래를 부른다.
자유를 찾는 성난 물결이
두려워하고 있는 짐승에게 덮친다.

디오프는 아프리카 세네갈의 시인이다. 이 시에서 세계사에서 벌어지는 거대한 투쟁을 말했다. 수에즈의 아랍인, 하노이의 동아시아인이 아프리카인과 동지라고 했다. 세계 전역에서 벌어진 제국주의 침략에 항거하고 해방을 이룩하는 성스러운 과업을 함께 수행한다고 했다. 제3세계 국제주의는 이렇게 해서 탄생했다. 아프리카가 하나라고 하는 데서 시작해서 세계가 하나라고 했다.

8

역사는 무엇인가? 대등생극론에 따라 차등론이 부정되고 대등론이 실현되고, 상극이 상생으로 되는 과정이다. 이것은 총론이다. 物極必反에 의해 上下·强弱·優劣·賢愚·先後의 역전이 일어나는 양상이기도 하다. 이것은 각론이다.

역사 노래는 이런 철학을 개념의 틀에 가두어 경직되게 하지 않는다. 그 자체로 누구나 생동하게 감지해, 자기 삶의 동력이게 할 수 있게 한다. 학자가 독점해 망치는 철학을 만인 공유물로 만들어 살리는 것이 다각적인 역전의 좋은 시범이다.

복잡하고 난삽한 사건을 많이도 들어 역사철학을 진술하는 장편 서사시는 폐단이 큰 것이 예사이다. 배타적인 민족주의에 사로잡히고, 자기네 영웅만 위대하다고 한다. 종교에 감염되고 정치에 이용되어, 차등론을 위해 봉사하는 것이 안타깝다. 거기 가서 헤매다가 정신이 몽롱해질 수 있다.

말을 짧게 끊어 차등론의 오염을 제거한 노래, 누구나 쉽게 부르고 들을 수 있는 것이 소중하다. 역사가 무엇이고, 역사철학을 어떻게 이해해야 하는지 바로 알려준다. 대등론의 진실을 깊이 체득하게 한다.

마무리

행로를 점검한다. 《문학 속의 자득 철학》을 제1권 《문학에서 철학 읽기》, 제2권 《문학끼리 철학 논란》, 제3권 《문학으로 철학하기》로 나누어 고찰하는 작업을 하고 있다. 이제 제2권을 끝냈다.

여러 쟁점을 둘러싸고 벌어진 너무나도 많은 작품의 논란을 정신 차리지 못하고 고찰했다. 많은 일을 한 것 같은데, 그렇지 않다. 넓은 바다로 조금 나가보다가 만 것 같다. 그러면서 탐색의 깊이도 모자란다.

고찰하지 못한 쟁점이 얼마든지 더 있고, 논란에 참여해야 하는 작품도 거의 무한하다. 철학을 우습게 보고 변죽만 울리는 소리나 했다고 나무라도 변명하기 어렵다. 전례 없는 시도를 처음 하니, 보이는 것이 너무 많고 마음이 마구 흔들려 착실한 작업을 하지 못한 것을 인정한다.

의양에서 자득으로, 차등론에서 대등론으로 방향을 돌리기 시작하는 것을 수고하는 보람으로 삼는다. 이 정도로 끝내지 않는다. 다음 책 제3권 《문학으로 철학하기》에서는 내실을 더 갖추고자 한다. 마무리를 그 뒤에 길게 하기로 하고, 여기서는 이만 줄인다.

조동일

1939년 경북 영양 출신
1958년부터 서울대학 불문·국문과 학사, 국문과 석·박사
1968년부터 계명대학·영남대학·한국학대학원·서울대학 교수
2004년부터 서울대학 명예교수, 2007년부터 대한민국학술원회원
《한국문학통사》,《문학사는 어디로》,《대등의 길》등 저서 다수

문학 속의 자득 철학 2
문학끼리 철학 논란

2025년 4월 3일 초판 1쇄 펴냄

지은이 조동일
발행인 김흥국
발행처 보고사

책임편집 황효은
표지디자인 김규범

등록 1990년 12월 13일 제6-0429호
주소 경기도 파주시 회동길 337-15 보고사
전화 031-955-9797 **팩스** 02-922-6990
메일 bogosabooks@naver.com
http://www.bogosabooks.co.kr

ISBN 979-11-6587-802-3 94810
      979-11-6587-800-9 (세트)
ⓒ 조동일, 2025

정가 28,000원